草原布鲁斯

肖睿 —— 著

重庆出版集团 重庆出版社

图书在版编目(CIP)数据

草原布鲁斯 / 肖睿著. — 重庆：重庆出版社,2023.12
ISBN 978-7-229-17918-2

Ⅰ.①草… Ⅱ.①肖… Ⅲ.①长篇小说—中国—当代 Ⅳ.①I247.5①

中国国家版本馆CIP数据核字(2023)第160407号

草原布鲁斯
CAOYUAN BULUSI

肖睿　著

责任编辑：陶志宏　阚天阔
责任校对：何建云
装帧设计：王媚设计工作室

重庆出版集团　出版
重庆出版社

重庆市南岸区南滨路162号1幢　邮政编码：400061　http://www.cqph.com
重庆出版社艺术设计有限公司制版
重庆市国丰印务有限责任公司印刷
重庆出版集团图书发行有限公司发行
E-MAIL:fxchu@cqph.com　邮购电话：023-61520646
全国新华书店经销

开本：880mm×1230mm　1/32　印张：9.75　字数：220千
2023年12月第1版　2023年12月第1次印刷
ISBN 978-7-229-17918-2
定价：59.00元

如有印装质量问题，请向本集团图书发行有限公司调换：023-61520678

版权所有　侵权必究

没有人看到草生长

……

目 录
Contents

第一部分　**刑警笔记**　　　　　　*/ 1*

第二部分　**诺敏往事**　　　　　　*/ 13*

第三部分　**天真与伤感之旅**　　　*/ 45*

第四部分　**闪电里的人**　　　　　*/ 147*

第五部分　**《新我心书》**　　　　*/ 251*

第一部分

刑警笔记

这几年很奇怪，人类遭了不少大罪，动物倒是获得了空前的自由。在非洲，旷野里的狮子交配时不用再担心被游客们的欢呼鼓励打扰，生育率明显提高。在大西洋，没有了万吨油轮带来的噪声与污染，鱼群变得更加活跃和健壮，很多已经被认定绝种的深海生物重现踪迹。在澳大利亚，黑熊与麋鹿则把巢穴搬进了公车站与游乐场。

金市也是这样。封城期间，人被禁足在家，家暴案件在我们的出警比例中直线上升。那些还没疯掉的人则艳羡地看着楼下的马路，土狼和狐狸在柏油路上尽情地追逐与嬉戏，城市成为了猎场。它们在电影院把野兔撕成碎片，在洗浴城把野鸡连毛带骨吞进肚子。最暖和的时候，狼在市政府草坪上慵懒地晒太阳，欣赏人工湖中的天鹅与大雁。黄昏，它们挺着圆滚滚的肚子招摇过市，在马路上追逐刺猬与野猪，整日过得不亦乐乎。

在金市北边二十公里处，是一片像海般宽广的大草原，蒿草无边无际。古语里，草原被称为"诺敏"，意思是巨大的青玉。草原上的牧人们会传唱一种叫做"诺敏歌"的民谣。这种音乐流传了千年，基调都很悲凉，内容以表现自然现象和游牧生活为主。其中有一首歌叫《母亲的教诲》，歌词是这样的：

草原布鲁斯

母狼对狼崽说
在草原上的每个清晨
你要做第一个醒来的生灵
拼命奔跑，才会有猎物吃

母羊对羊崽说
在草原上的每个清晨
你要做第一个醒来的生灵
拼命奔跑，才不会变成猎物

在人们被集体禁足的日子里，这个谚语不仅适合草原，同样也适合于金市的大街小巷。

城市解封之后，这些猛兽逃回了草原，可它们已经唤醒了金市人血液中隐藏了几百年的狩猎基因。一时之间，金市诞生了不少业余猎人。王康和李鹏飞就是其中的骨灰级玩家。每逢周末，他们就相约着驾驶皮卡进入草原最深处，用自制猎枪和弓弩猎杀野兔和野鸡。这再次证明，等疫情稳定了，我们在全市开展一次收缴违禁枪支和武器的行动非常有必要。

这对好朋友都是开手机店的私营业主，王康三十八岁，李鹏飞四十岁，都已结婚生子。人近中年的他们身材渐渐发福，眼神渐渐浑浊，每个月的收入能满足家庭的温饱和孩子的学费，但也仅限于此。于是草原这片大猎场成为了他们逃避生活的避难所。

据我事后观察，除去打猎和相互吹牛，这兄弟两个没有其他不良嗜好，甚至可以说这是两个老实孩子。现实也不允许他们做些别的，如今赚钱太难了，尤其是这些干小买卖的。这世界上只有草原会接纳男人的不甘。

狼是草原上的帝王。因为长期猎食以金蒿草作为主要食物的野兔和山鸡，狼的眼眸、皮毛和齿爪都披着一层薄薄的金光。在草丛深处奔跑的时候，就像金色的闪电。金蒿草中不仅蕴含着丰富的营养，更有令生物迷狂的毒素。它似乎已经侵入了狼群的基因。金市草原的狼不仅健壮，更是比其他地方的肉食动物疯癫和嗜血，会咬断猎物的喉咙后再把它们撕得粉碎。所以，草原土狼是金市猎人最崇高的目标，每当有猎人打死一头狼，他会觉得自己征服了草原。

2023年6月11日，是一个星期天，王康李鹏飞兄弟俩早早就潜入了草原深处，他们没用枪，因为野兔越来越少，也越来越警觉。两人使用了新购买的弓弩。短短两个小时，他们就收获了八只野兔，十几只野鸡。两人决定休息一阵，抽根烟，就在野外支锅吃沙葱炖兔子。这是一道猎人之间流传的野味美食，只需要一把盐一棵沙葱，就会品尝到细嫩的兔肉与浓稠的肉汤。

李鹏飞剥兔子皮时，王康发现了那头隐蔽于荒草间的狼。也许是猎物的血腥气吸引了它，狼用金黄色的瞳孔直勾勾地盯着李鹏飞，龇着嘴，露出了獠牙。两人没有迟疑，抄起了藏在皮卡车斗里的弓弩和箭镞。一支箭顺着狼耳飞了出去，另一支打在它脚边，草簇被打断了，绿色的草屑飞溅。

狼转身撒腿就跑，两人驾着皮卡追了过去。他们很激动，如果能够猎杀这头公狼，自己一定会成为金市猎人圈的传奇。他们商议，为了不伤害狼的皮毛，他们想把狼耗到没了气力，用匕首解决战斗。

皮卡在草原上戏耍着狼，一圈又一圈，狼的速度越来越慢，回头看皮卡时眼中的惊恐却越来越浓郁。两个猎人一言不发，像身处瓜田的老农，坐在车上一根接一根地抽烟。

狼最后一眼回头看了看两个男人，似乎明白了什么。它突然调转方向，冲向疾驰而来的皮卡，在猎人的惊叫声中，身躯被车头撞到半空，又砸在了挡风玻璃上。玻璃碎掉后，狼尸冲进车厢，撞在了驾车的李鹏飞身上。李鹏飞晕死过去，皮卡失去了控制，在空中打了个滚，摔进了路边的一个深坑。

王康在黄昏醒来，死狼被卡在自己的身旁，还龇着牙。王康叹口气，他明白，自己能捡回这条命是老天眷顾。他用尽全身力气从车里爬了出来，大声呼唤李鹏飞，没有回应。

王康观察四周，发现自己身处的大坑足有几十米深。在金市草原深处，遍布这样的坑洞，密密麻麻。旅游公司向外地游客宣传，这些坑洞都是外星陨石撞击形成的。不少靠近马路的天坑里还建起了特色民宿。可老金市人知道，二三十年前，草原上盗采露天煤矿的事屡禁不止，这都是被废弃的露天矿坑。当地牧人浪漫地将它们称为"天坑"。

此时，草原变得越来越暗。王康从兜里掏出手机，天坑里没有信号。他看到不远处躺着一个男人，头晕眼花的王康叫着李鹏飞的名字，爬了过去。

等靠近了，王康看清男人面目，觉得全身血液在血管里瞬间凝结成了冰。那不是男人，而是一具尸体。死者不是李鹏飞，事实上，王康都无法辨认男人的相貌，因为脸都被狼吃掉了，这是一具被狼啃过的残躯。王康怪叫一声，又晕了过去。

第二天早上，皮卡摔进天坑之前就掉出了车的李鹏飞在草丛中醒了过来，他想打电话求救，可手机没有信号。李鹏飞拼命叫喊，甚至哭了。当他哭累了喊累了，只好一路爬到最近的草场找人求救。那具没有脸的尸体这才得以重见天日。王康和李鹏飞伤愈后被刑拘了，等待他们的将会是法律的严惩。审讯的时候，我问过王康几次，天坑一夜，他是如何过来的，王康不说这些。只是苦笑着说等从监狱出来，就卖掉武器和皮卡，专心卖手机，并且改吃素。他家给他做饭得另起新锅，那锅要一点油腥都没沾过。

法医对天坑中的男人残躯进行了尸检，确认这是一起野兽伤人致死案。虽然脖颈缺了三分之二，但那上面的致命伤足以证明凶手是一头成年饿狼。接下来，才是这个案件最难的部分。

死者的脸被狼吃了一半，剩下一半也因为诸多原因变得惨不忍睹。近一年警队没有接过男性失踪的报案，死者的血样和指纹也没在系统里出现过。他就像一个凭空出现在草原上的谜题，让我的兄弟们一筹莫展。查清死者身份的任务就这样落在了我的身上。那帮小子来找我的时候，我痛骂他们，我就是给你们这帮妈宝擦屁股的幼教。他们"呵呵"笑着，说没办法，陈队，这是顶级难题，你是最好的解谜者。

我去了停尸房，他就安安静静躺在水泥砌成的台子上，像半截不合格的塑料模特。法医把尸检报告递给我，说，陈诺，怎么又是你来了？我俩都露出了苦笑。他明白我的意思，还能是谁来呢？在这世上，有人的脑子是专门用来赚钱的，也有人的脑子是专门用来琢磨一些美好想法的，还有人的脑子是用来想着怎么把话说到最漂亮，让每个人都舒服地帮他达成自己的目的。总之，每个人的脑子都有各自的用处。我的脑子就是专门用来抓住那些动歪脑筋的人，以及认出被狼吃掉半张脸的死者。

我先看完了验尸报告，然后绕着躺在水泥解剖台上的尸体走了两圈，重点检查了死者的耳垂。警队那帮小子都虔诚地守在我身后，像是一帮等着老和尚说出禅语的小和尚。我做完一切我该做的，说出了自己的推断，死者生前是一个摔跤手。我看向人们，这帮年轻人的脸都憋红了，谁都不敢说话，生怕打断我的思路。我点点头，抽动了几下自己饱受过敏性鼻炎折磨的大鼻子，闷声闷气说出了自己的根据。第一，死者很壮，一米九三，二百二十斤。非常健美。第二，死者身上有多处陈旧性的骨折伤。第三，也是最重要的一点，死者的耳垂呈菜花状。那是职业摔跤手才会有的耳垂，是长年累月被对手摔倒在地造成的肉体痕迹。

我让队里的小伙子从金市摔跤运动协会请来了"老山"。他到我办公室的时候，接他来的两个年轻人额头上一层汗，直吐舌头。我明白他们的意思,"老山"已经七十二岁,走路颤颤巍巍,见到我之后握着手不放,说话也叽里咕噜,俨然一个老糊涂。可他们不知道的是,这老山年轻时是一位无敌的摔跤手,在摔跤界德高望重,现在也是金市摔跤协会的名誉主席。

我带着"老山"去看那个男人,他细细观察着男人的两个耳垂,足有五六分钟,站起身来握着我的手,说你一定要抓住凶手啊陈警官。我说,有眉目了?老者鼻尖红了。他的名字叫骆驼,真没有想到,二十年来金市最伟大的摔跤手被狼咬死了。送走悲伤的"老山"后,有同事嘀咕这老头靠谱吗?眼睛里都长白膜了。我怒斥他们住口,"老山"对每个摔跤手都很了解,就像我们警察了解金市的每条街道每栋建筑一样。

我们确认了"老山"的说法,无脸男尸是骆驼。他生前是金市著名的"奇风集团"工程部总经理,负责"奇风集团"各个地产项目的开发和建设。没经商之前,是一名在牧区长大的职业摔跤运动员,拿过几次全国冠军。

骆驼已经结婚,没有子女。我去他家通知家属时,见到了他的妻子。这女人虽然已经很像一个金市人了,但我能闻到她身上的青草味,她骨子里还是个从草原迁徙来的牧人。她看到警察上门很紧张,以为骆驼在外面喝酒,和人打架了。我看到茶几上放着一本名字古怪的小说,叫《我心书》,不由得拿起来瞄了一眼,讲的是草原上的事,作者叫刘文。我说,您平常喜好文学?她摇摇头,说这是我一个朋友写的,写我们这群人小时候的事。她的声音很古怪，像是两张铁片摩擦发出的声音。这时我才发现，她衣服的高领中隐隐约约露出一截贴在脖颈上的塑料管。她揪了揪衣领，说我经过火灾，喉管切除了一半，只能凭借电子喉简单说点。我点点头，警察做久了，遇到什么怪事我都很平静。我把书放下，说童年最有趣。她说，写的尽是胡闹的事。我看她放松了一些，决定切入主题。我问她，骆驼离开家几天了，他妻子说一个礼拜。我点点头，时间对得上。我好奇地问她，他一个礼拜没和家里联系，你就不担心吗？妻子说骆驼工作繁忙，一段时间音讯全无是常事。我问他们结婚多久了，妻子说十五六年了。我点头，很多结婚多年的夫妻都是这样，伴侣似乎就是一张写着"我不孤独，我有人要"的证书，给社会看，也给自己看。

一切都很正常，我长叹了一口气，看着骆驼的妻子。她似乎已经有了预感，浑身控制不住地战栗。我们两个女同事搂着她都无济于事。我告诉她骆驼死了之后，这个女人直接站起来冲进了卧室，哀哭让我都喘不过气来。我只好走到阳台上去抽烟，那是个夏夜，也许是心理作用，我觉得连空气都湿漉漉的。一只老鹰站在对面的楼顶，似乎在一扇扇窗户中寻找着猎物。

按理说，事情到此，纯粹是场意外，可以结案了。可我心里总觉得这事有点古怪。尸检报告上骆驼的死亡时间是在深夜三点多。我想不明白，死者是个年薪百万的企业高管，为什么会深更半夜，自己孤零零地跑到草原深处。有人说，也许是去会情人了，也有人扯淡，说没准是去和对手摔跤了。我放心不下，决定再挖一挖这件事。

过了几天，草原上走访的同事带回来了消息，当时有人目击了骆驼出事。于是我赶往草原，见到了那名目击者。他是个老牧人。在草原上，每个牧人都有个绰号，大家喜欢以绰号相称，显得豪迈与亲切。他的绰号是"老山羊"。如今草原上能见到牧人可不容易。人们都卖了草场，搬到了金市的移民村。这个老牧人是硕果仅存的几个牧人之一。

老山羊是杆老烟枪。隔着很远，我就能闻到他身上浓重的羊膻和烟油混合的味道，那是草原男人特有的标志。我看着老山羊下巴上那缕雪白的长胡子，心想这个外号真是贴切。我很好奇，老山羊的家人为什么愿意和他守在这个蛮荒的地方。老山羊说，我有老婆，也有女儿。他指着一头屁股肥硕的母羊说，这是我老婆。又指着一头绒毛雪白的小羊说，这是我女儿。我看着那两只红眼睛的山羊，突然想，老山羊夜里睡觉的时候会不会也搂着羊睡。想到这个，我胳膊上的汗毛根根竖立。

老山羊说新冠这个鬼瘟病真是让狼胆大了，草原上现在狼闹得厉害，就连我也有七八头羊被狼叼着吃了。老山羊还说，出事那天晚上，我为了找两只走失的羊崽子，在草原上一直寻觅。半夜两点多，快三点，我跑到了出事的天坑附近。我听见了狼嚎，在天坑里。我赶紧趴在草里，不敢出声，一点一点爬到了天坑边。往里面一瞅，狼正在啃那人腿呢，嘴巴还向草地上滴答着血。我怕得不行，羊崽子也不敢找了，撒腿就跑。

我问他，看没看到现场有人，或者有什么异常。老山羊摇摇头，我印象里就是这个样。吓都吓死了，还管球什么异常。我说，你咋当时不找警察呢？老山羊说，回来以后不知道是吓着了还是吹风着凉了，那时我就发烧了，天天高烧四十度，好不容易退了烧，你们就来问话了。

这二十年来，金市越来越大，草原越来越小，天坑越来越多，牧人越来越少。我能理解这些生于此但未必能死于此的牧人心中的胆怯与惊慌。我给老人燃了根烟。两只小山羊像商量好似的以一致的步调蹦跳着穿过草地，老山羊笑着说谢天谢地，我那天回来时这两个小家伙已经自己找回家了。两只小羊突然加速互相追逐，像小流氓般撞进了羊群，引起了一片不满的"咩咩"声。

我想，骆驼一定有必须要做的事或者必须要见的人，才会自己钻进深夜的草原，下到天坑底部。因为一个摔跤手不会不知道，夜里的草原比毒蛇还危险。可当骆驼出事的时候，那个人在哪里呢？

我心中的谜团没有解开，一切就暂停了。局里打来电话，毛纺街发现了两例确诊病例。市里决定停工停课一周，进行全民核酸检测。所有人都得上街维持治安，我每天在街上站十六个小时，没精力想别的。可这件事终究还是放不下，有时会忍不住给我的朋友张军打电话，动不动和他念叨两句。

第二部分

诺敏往事

1993年的春天，那年我和霞都是十岁，草原上一场大雨过后，漫山遍野鲜花盛开，花香四溢，平时机警的蝴蝶像疯了一样主动冲人的怀里钻。母亲和大姐带着我们去山泉边，那里开满了我们都叫不出名字的野花，奇异的蝴蝶往往栖息于此。一只红色的蝴蝶竟然主动落到了母亲手中，大张着双翅，像是一团晚霞滚落。就在这时，我听到母亲喊，快跑！顺着这叫声，我看到一头狼，转眼就能咬到我们的脚后跟。

我一边跑一边咳嗽，草地冰冷的潮气涌入了我的嘴，让我喘不上气来。可两条腿的怎能跑过四条腿的，我听到狼就在耳旁呜咽，回头看，狼的眼眸是金色的，像两个金色的火球。母亲大喊，分开跑。于是我们四个散开了，狼愣了。但它很聪明，立刻选定了目标，扑向摔倒在地的霞。母亲挥手让我们继续逃跑，她自己折返了回去。母亲扶起霞，霞吓得站在原地，挥手大哭，我喊，快跑。母亲似乎看了我们一眼，把霞往前推去，自己竟然扑向了恶狠狠冲来的狼。当霞反应过来，继续朝前奔跑时，我回头看到狼推倒了母亲，他们在草丛中翻滚着。

黄昏，父亲和牧人们把母亲抬回了毡房。那时她还有一口气。他们用毯子包裹着母亲的身体，以免我们三姐妹感到害怕。

其实我们并不害怕，只是觉得天塌了。我们齐声大哭。父亲要去找那头逃跑的狼，牧人们拦都拦不住。大姐虹不哭，也不闹，她用拧干水的温热毛巾一遍遍擦拭母亲脸上的污泥和伤口。像以往母亲给我们洗澡时一样温柔。我们诧异地发现，虹好像在一瞬间就长大了，再也不是和我们一起玩闹，一起捕蝴蝶的小女孩，而是一个大家可以依靠在她背后的大姐。母亲还有意识，她抬手把我们唤到身边，说从今往后，你们就要相依为命了。

那天晚上是我人生中最寒冷的一晚，我和霞都很后悔。我后悔捕蝴蝶时叫嚷，是不是我的叫声招来了狼。霞后悔她新换了鞋子，如果当时不摔倒，母亲就不会扑过来。她觉得是她害死了母亲。虹抱着痛哭的我们，说都过去了，都过去了。

因为母亲是遭到野兽侵袭丧生的，按草原上的规矩，要对她进行野葬。第二天，人们用白布将她裹住，再用细细的麻绳绑紧包裹，父亲含着泪，将她扛到了他一直乘的枣红马上，任凭它在荒野中漫游。我们只是跟随在枣红马的后面，跟它走了一程又一程。那天很奇怪，我们一点都不觉得累，只是希望枣红马能为母亲选一个好地方。枣红马走到月湖边的一棵大树下，回头看了一眼我们，嘶鸣一声，晃晃屁股，将母亲甩到了草地上。

父亲一言不发，带我们回到了家。虹告诉我们，要等母亲被野兽啃噬，证明草原接纳了母亲的灵魂，我们才能回到树下，把她安葬。

父亲安顿好我们，就带着猎枪离开了毡房。他骑着枣红马在草原上不眠不休，四处寻找杀害母亲的那头狼。可风和雨擦拭净了狼的踪迹，它像一棵纤细的野草隐于草原深处一样狡猾地消失了。

葬礼结束后，父亲把我们三姐妹带到了大树旁，风吹着墨绿的叶子"哗哗"作响。树荫下，我的亲人们脸上阳光斑驳。父亲说，你们母亲的灵魂就在这棵大树里，以后你们有什么心事，都可以来这里讲给她听。我摸着树的躯干，树皮渗出了冰凉的枝叶。我觉得委屈，我母亲的歌声像百灵一样曼妙，胸膛像春风一样温暖，她不是一棵树啊。

我哭了出来，虹和霞受到了我的感染，也流出了泪。我们起先小声啜泣，后来放声大哭。父亲抚摸着我的头说，一切都很顺利，秃鹫和豺狼帮了你们的母亲。感谢草原，她会得到安宁。

我却不这么想，草原上有毒蛇，有暴雨，还有狼。它夺走了母亲，我憎恨这片草原。

父亲似乎看出了我的心事。有天他带我来到了一个火山口，我看到了千万年前的牧人们在石壁上留下的岩画。枣红马也不像以前我一靠近它就甩头扬蹄，反而对我很温柔，任凭我大声地呵斥它。这些新鲜的事物让我一时忘记了沉积的忧愁。这时我俯瞰到了草原的全貌。它晴空万里，一望无际。风吹过数万顷草甸，发出神秘的波声。溪流与湖泊点缀其中，发出珍珠一样的光。一座座毡房炊烟阵阵，我似乎能听到人们的哭闹与玩笑。

我说，我讨厌草原，它就是魔鬼。父亲拍了拍我的头，草原不是神佛，也不是魔鬼。牧人，草木，还有飞禽走兽在草原上相依为命,草原是一个大生命,哪里都是草原,每个生灵都是它其中的一滴血。

记得以前,我和霞最爱干的事就是一人一只脚,躲在父亲的那双大皮靴里,母亲和虹因为找不到我们而焦虑地呼唤时,我们会"咯吱咯吱"地憋住笑声。1993年之后,我们飞速地成长。我学会了清点羊群的数目,帮牧羊犬把掉队的小羊推到母亲身边。霞学会了给枣红马洗澡,还有生火煮饭。

父亲以前最爱干的事情就是和其他牧人比赛。比谁的力气最大,谁的马最快。甚至比谁的胡子更长,谁喝了酒后憋尿憋得更久。只要是男人们能做的事情,都能变成牧人用来消遣的比赛。比不出个结果,父亲就会和对方打架,把对方揍得鼻青脸肿。反正第二天他们又会和好如初,在夜里喝得烂醉,大声唱歌。父亲就是因为这样的好胜性格和火暴脾气,被牧人们叫做火石。牧人们喜欢给彼此取外号,久而久之,外号似乎代替原本的名字,和我们一起在草原上活着。

母亲去世后,父亲再也不和别人进行无聊的比赛,一到晚上,他就回到毡房里,喝着奶茶给我们三姐妹讲他以前的经历。关于大海与轮船,马路与楼房。父亲在没和母亲成亲前去过一阵南方,那时是80年代。父亲在一家汽修厂打工。后来因为思念母亲,又回来做了一个牧人。

母亲死后,有不少女人追求父亲,可他不为所动。不工作的时候,他就骑着枣红马去县城,为三姐妹买裙子和零食。诺敏歌中唱道：母亲在的时候，有的是美丽好看的花裙。母亲离开以后，就剩一件缀满补丁的单袍。母亲去世之后，在父亲的努力下，我们从未感到过这种凄惨。

母亲死后的第一个新年，父亲一大早推醒了我们，说他有礼物给我们。我们冲出毡房，看到雪地上有三副兽皮雪板，我和霞紧紧抱住虹，高兴地尖叫起来。我家草场边有一处大湖，叫做"月湖"。春天的时候，成千上万只鸟迁徙时会在湖边落脚。到了冬天，湖面结冰，像镜子一般光滑。父亲带我们来到湖边，教我们滑冰。那个冬天多亏这座湖和兽皮雪板，欢乐和温暖才没有离开我们的生活。冬天过去时，我和霞已经能在冰山雪原上飞驰了。

这兽皮雪板，据说是世界上最早的滑雪板，是数万年前的草原猎人为了在冬天猎杀饿狼与棕熊制作的，它的材料包括了桦木板、马腿皮和牛皮绳子。后来我听虹讲，父亲足足用了十条品相完好的狐狸皮，才从火山上的猎人手里换来了这几套兽皮雪板，为此他辛苦了整整半个秋天。它是我这一生收到过最好的礼物。

母亲去世后，我们的大姐虹替代了母亲的角色，成为了这个家的管理者。父亲喜欢创新和冒险，虹和他恰恰相反，她是个标准的草原女人，虽然她只比我们大四岁。虹相信草原上一切不成文的规矩，比如不能对着太阳和月亮排泄，比如生了病要在草地上点起野火，并从火焰上面跨过去。虹经常和我们说，我家风调雨顺，一是因为母亲在天上庇护我们，二是因为我们守住了每一条古老的规矩。

　　虹懂得这么多，全是因为梳头奶奶。在草原上，女儿远嫁其他的草场，山高路远，可能今生再不会相见。娘家人挂念女儿，就会托付女儿家附近相熟相知的亲朋乡里帮自己照顾女儿，这样的老妇就被牧人们称为梳头奶奶。

　　母亲的梳头奶奶是坏小子牛角的奶奶。1994年的除夕，虹带着我们清点草场上的羊群，绝不能丢一只羊，也不能让别家草场的羊混入我们的羊圈。到了初一一大早，牛角这个家伙就冲进我们的毡房，用冰冷的双手往我和霞的脸上抹雪，大喊大叫着把我们踢醒。梳头奶奶早就来了，她和虹站在羊圈边，指挥着我们三个给每只羊的额头上涂一道黄油，祈祷上天会为我们的生活带来好运。

　　有时我们会和大姐恶作剧，说自己冲着月亮撒尿了，说自己打扰了别人的墓地。其实我们并没有做这些，只是想证明在虹的心里，我们比这些规矩重要。虹也明白，她不会生气，只是看着傻乎乎的我们微笑。

　　霞成为了我最亲的亲人。曾经我们分享同一个子宫中的营养与悸动，如今我们共同承担同一片草原上的命运。在无数个夜晚，我因为思念母亲而偷偷啜泣时，我知道霞躺在我的身边默默地看着我。在无数个清晨，霞走在草原上，觉得自己微不足道，为自己的未来感到惶恐时，我会上前握住她的手，与她同行。1997年的夏天，我们十四岁，那晚我们做了同一个梦，梦到自己躺在清凉的草地上，一轮巨大的太阳慢慢坠入我们的眉间，经喉咙到胸口，温暖在蔓延，停留在了下腹，然后带着我们的意识，向四面八方流散，我们融入了那片温暖中。我们同时醒来，同时意识到我们的初潮在昨夜的梦中来临。霞说，我好怕死。我说，死也陪着你。我们笑了，然后擦拭彼此流在枕头上的泪。从那天起，我们定了一个规矩，面对草原，没有霞和云，只有"我们"。

霞爱和女孩玩，她最好的朋友是头发又黑又亮，笑起来嘴巴像弯月的少女月牙，我身边都是男孩，比如一天都说不出来一句话的闷葫芦锁头，还有我最讨厌的牛角，他没事就揪我辫子，而且总找我的麻烦，无论我说什么他都要抬杠，倔得像头牛。

无论我遇到什么麻烦，霞都会帮我出头。记得我刚因为胸部发育戴上了胸罩，被牛角发现我和男孩子不一样了，好好嘲弄了我一番，气得我没吃午饭，大哭了一场。霞出主意，让我把牛角引到了山上，我在崖边假意坠崖，其实是躲到了树后面。牛角冲到崖边，只看到"我"躺在崖底，身下还有红墨水做成的鲜血流出来，牛角被吓得竟然尿了裤子，一路跌跌撞撞跑回草场让人救我。

当牛角看到笑嘻嘻的我们时，他没有生气，而是紧紧抱着我们说苍天保佑，草原保佑。他身上的尿骚味呛人极了。从那天以后，再也没有人敢笑话我和霞隆起的胸部。

在草原上，每个姑娘到十六岁就必须学会唱诺敏歌。我们也不例外。1999年春,在我们十六岁的生日,虹教我们唱那首名字叫《积雪的源头》的诺敏歌。

  在那积雪的源头
  慢跑的银褐马多好看
  在春节的头几天
  正好骑上它拜大年

  布谷的雏鸟
  生在山谷是它的命运
  梳单辫的姑娘
  嫁到人家是她的命运

  后梁上生长的
  爬地柏树可怜
  背着我养大的
  我的父亲可怜

  前滩里生长的
  葡萄树可怜
  抱着我养大的
  我的母亲可怜

没有结过枣子的

枣子树哟

没有学好本事的

我的女儿哟

我们十六岁生日那天，还有另一件很重要的事发生了。我和霞那天到火山口滑雪时遇到了接下来会相伴我们一生的好友，他的名字叫光。那时我们还不知道他是谁，从哪里来，只是觉得这个男孩很奇怪，呆呆地站在火山口边欣赏那些岩画。我们看不出他的年龄，看着好像比我们小，可他投到我们身上的目光冰冷机警，像个猎人。

我们和他打招呼，他不理睬我们。当看到我们怀抱的兽皮雪板时，他甚至还轻蔑地"哼"了一声。言下之意，他不相信我们两个女孩会滑雪。这激起了我们的斗志，只要我的脚踩到雪板上，我就觉得自己长上了翅膀，变成了燕子。我们驾驭着风，冰川与雪原都在我们脚下感到敬畏，为我们让路。当我们俯冲到了山脚后，我抬头望向高高的火山口，光敬佩地看着我们。

从那天起，我们知道了他的名字，和他成为了好朋友。我猜得没错，他是住在火山附近的一个猎手。光总是给我们带来各种稀奇古怪的小礼物，有时是两面小镜子，或是两只小水壶。那是他从城里找来的。有时他也会带来一只雪貂，或是两根鹿角，那是他在捕猎中缴获的战利品。我们问光，你想要什么礼物，他却说自己什么都不需要，每天和我们说说话，就很开心了。光很羞涩,和我们认识的其他草原少年不一样。他总是警觉地说猎手永远不会暴露自己的位置,以免变成猎物。我们都喜欢和他交往。那个年纪的女孩,谁不喜欢有个神秘的少年猎手朋友?

不知道从什么时候开始,我心里有了个念头,"我是我自己",而不仅仅是另一个和我长得很像的女孩的妹妹。我不再喜欢以"我们"这样的方式在这世上存在。我开始逃避和霞一起出现在世人面前,尽量避免和霞穿一样的衣服。霞有时说什么,我会故意反对,尽管她是对的。我想战胜姐姐,这样才能证明我的存在。

霞似乎也感知到了这一点,她对我的挑衅寸步不让,针锋相对。我们比赛谁的成绩更好,谁的朋友更多。以前去火山口滑雪,是我们的亲昵秘密。现在连这件事也成了我们暗自较劲的赛道。最严重的一次,霞在雪坡上摔伤了,躺了半个月才能走路。

奇怪的是,我和霞是为了和对方分开才开始这场漫长的战争,可打着打着,我们好像越来越明白自己离不开对方了。每次我们吵到最激烈的时候,虹就会拿出两颗奶糖分给我们。这是她给我们定的规矩,无论多大的火气,吃了奶糖,都要烟消云散。如今,我回想青春,觉得那时再苦的日子,心里都像是那颗奶糖一样甜。

有一天,父亲去县城卖羊,直到晚上才回来,脑袋上裹着纱布,脸上青一块紫一块,嘴唇也肿了。我们三姐妹都吓哭了,不知道发生了什么。父亲也不说，吃了饭，蒙头就睡。第二天，我们找到同去的牧人，才知道父亲昨天是被一帮羊绒贩子给打了。那些人为了追求羊绒的细软，竟然把活羊绑起来剥了皮。这在过去的草原上是不可想象的罪行，人不能这样贪婪。大家都很愤怒，又指望着把羊卖给他们，只能攥着拳头不吭声。父亲忍不住了，冲出人群斥责他们，结果遭到了围殴。从小到大，这是我们第一次看到父亲被人打败，这让我们很伤心。那是2003年，草原上有了不少变化。我现在想，就是从那时起，人们的脾气变得越来越坏。

那时我们十九岁，我已是远近闻名的歌手，人们说我唱诺敏歌能引来燕子和喜鹊。而霞也是草原上最会滑雪的牧人，就连那些滑雪猎人有时都会来找她请教，哪里有险境，哪里有小路。光一直陪伴着我们，从城市里给我们带来各种新鲜的小物件，告诉我们金市的样子，金市人的生活有时令我们心驰神往。

2003年的冬天，一天晚上我梦到了母亲，她就站在月湖边的大树下，隔着湖面的雾霭，看着我流泪。我问她怎么了，母亲好像听不到。醒来后，我叫醒父亲一同去那里走了一遭，在冰面上救了一个男孩，他叫刘文，那年才十五岁。我看他，就像看个小孩子，虽然我也只比他大五岁。我给刘文起了个绰号叫小老虎。他现在已经成了金市著名的大作家，那时可一点看不出来。刘文在雪地上太久了，得了雪盲症，躺在毡包里整日做噩梦。虹找来了半导体，他说，刘文是被雪灵抓了魂。

这个半导体整天疯疯癫癫，好吃懒做。那些掏煤的人还把妓女和赌档带到了草原。半导体染上了嗜赌的恶习，赌掉了自己的草场，老婆带着孩子回娘家了。他整日游手好闲，靠着三寸不烂之舌和认得一点药草，成了个游医。虽然有不少牧人信他，可父亲对他嗤之以鼻，自然也不会信他对刘文的诊断。

可我想，是母亲让我救刘文，我不能辜负她。为了治好刘文，我听半导体的。在朋友们的陪伴下，我带着失明的刘文穿过大雪，去往藏着他灵魂的山洞。现在想想那一路真是危险，好几次我们差点死在路上。后来刘文把这段故事写成了那本叫《我心书》的小说。

关于刘文，还有一件很有趣的事情。2003年，他只有十五岁，却疯狂地爱上了我。那时他刚刚死里逃生，摆脱了雪灵的纠缠，眼睛复明。他经过他父母的同意，在我家的草场又住了一段时间。无论是我们姐妹，还是牛角、眼镜这些草原上的玩伴，都把他当做小兄弟。

有一天，月牙和我说，刘文这小子好像喜欢你呀。他每次和你说话都脸红。我还没反应过来，说我是她姐姐，她当然喜欢我。月牙笑着摇头，说不是那种喜欢，是那种喜欢。

我意识到了她的意思，说不可能，他才多大。后来我观察刘文，他真的还是个孩子。我手把手教他踩着兽皮雪板滑雪，可城市里的孩子手脑不协调，他不知道摔了多少次跟头才勉强能拐弯了。我没有想到，有一天他真敢对我说他喜欢我。希望我可以等他长大，然后和他结婚。否则，他就要投湖淹死自己。我脸红得像被火烧一样，也急哭了。我说草原上的草不会等另一根草长大，每年春天都是新绿。

刘文对我的依恋，是我青春期时一段尴尬但又温暖的小回忆。我觉得，霞肯定还未有过这种体验，人生中终于有件事我超过了姐姐。我得意地把此事告诉了霞，霞只是皱眉听，然后去火山顶滑雪了。牛角也在场，他蹲在地上尴尬地笑，我感到奇怪极了。他对我说，其实我们身边已经有几个男子向霞表达了心意，据他所知，我们的好朋友眼镜是其中心意最坚决的。草原上的年轻男子都喜欢霞，把她当做自己心目中最完美的新娘。霞每天都在不断地拒绝各种各样的表白……

听到这席话，我感觉五雷轰顶，觉得自己简直就是草原上最大的傻瓜。牛角安慰我，你不要难过，我对你忠心耿耿，其实我从小就喜欢你。牛角还未说完，我就把他轰出了毡房。

父亲没有体会到我们的变化，因为草原的变化更大。有天清晨，我家草场前的月湖不见了。湖水被抽干，只留下光秃秃的大坑，像一只瞎了的眼睛。安葬我母亲的大树也被连根拔起，躺在地上，流淌的树汁像是眼泪一样。"月湖"是母亲为它起的名字。因为到了夜晚，湖水中的月亮倒影比月亮还亮。从我出生，母亲就把我带到湖边洗澡。二十年来，月湖是我们和父亲的乐园，春天摘花，夏天游泳，秋天发呆，冬天滑冰。月湖上的时光不仅仅是父女间的游戏，更是仪式和节日。我总感觉当我和父亲在这里漫步时,母亲就在湖的对岸笑呵呵地看着我们。我问过两个姐姐,她们也有同样的感觉。现在月湖不在了,我感到我的家被人从根上毁了。

挖掉月湖的人从金市来,以前倒羊绒,如今要在这里挖煤。父亲想和老板理论,被人们推倒了。他们告诉父亲,这里蕴藏着丰富的煤矿,拿手刨都能挖出不用洗的精煤。只是牧羊放马,实在是太可惜了。

那时父亲也有朋友搬进了市里,回来劝父亲也把草场卖了,移民新村很好,天天能洗热水澡,电梯直上直下。卖掉草场的钱三辈子也花不完,天天打牌喝酒,啥样的女人都有,白的红的黑的黄的,再也不用累得和牛马一样。父亲不吭声。这么多年,草场是他的命。他珍惜草原上的野草,就像珍惜自己头顶的头发,从不让我们劈柴生火,只许捡牛粪。他也爱草原上的人,有一次为了帮隔壁草场找回十二只走失的骆驼,差点死在暴风雪里。可如今面对一座座天坑,父亲只能一杯接一杯喝酒。喝醉了,就跑到埋葬母亲的大树下自言自语。虹很担心父亲,要我们别出去惹事。那些外来的男人和牧人不一样,他们肆无忌惮地盯着我们,像是啃不着骨头的疯狗。我们服从了虹的命令,停止了争吵,整日坐在毡包里,听着远处的炸矿声忧心忡忡。

金色眼睛的狼回到了草原上,游荡于各个草场,几天时间咬死了七十多只羊。很多人看到过它,瘦得皮包骨。大家推断,因为野生动物纷纷逃离草原,狼没了食物,只能侵扰家畜。可人们都忙着和金市来的煤老板们商量草场价格，没人关心狼和羊，除了我父亲。

狼又现身后，父亲把毡房里所有的酒瓶都扔了出去，可是他的眼睛比喝醉时还要红。他把那杆猎枪从草地里重新挖了出来，每天深夜端着枪埋伏在各个草场，清晨再背着枪顶着一头露水回来睡觉。牧人们偷偷议论，火石比那头狼更可怕。这让我们很担心父亲，有次他要出去时我们抱住他，虹哀求父亲不要冒险，我们不能再失去亲人了。

父亲推开了我们，说这是我和狼之间的事，我也只能为你们的母亲做这件事了。女儿们，人比狼还要可怕啊！人要杀死草原，我却一点办法都没有。求求你们不要拦着我了，否则我死也闭不上眼睛。

我们再也不敢劝阻父亲，因为说这些的时候，他竟然像一个孩子般流泪了。

父亲为了猎狼，专门请来了传说中的唤狼人。他来的时候，牛角、眼镜还有霞的好朋友月牙都守在了我家的草场上，就连最不爱凑热闹的锁头也来了。月牙为唤狼人献上了一捧鲜花，唤狼人微笑着说谢谢，月牙慌乱地点头。唤狼人的声音很低沉，像是狼匍匐在草地上等待猎物时相互联络的低吟。这唤狼人叫狼爪，四十多岁，穿着藏蓝色的工作服，抽"牡丹"香烟，和我们说话很和蔼。可大家内心兴奋极了，因为无论唤狼人想让自己变得多普通，我们却都能看出来他非同一般。狼爪个头很高，非常壮实，脸长鼻子高，仿佛一头穿着工作服站起来抽牡丹的狼。

唤狼人从随身带的旅行箱里倒出了他的狼壳子。它是由一张整狼皮缝制的，狼头狰狞，狼爪尖锐，每一根狼毛都泛着寒光，大家发出了惊叹声。唤狼人披上狼壳子后，在草地上打了一个滚，冲着孩子们龇牙，血盆大口令我眩晕，他真的好像那只咬死我母亲的金眼恶狼。草原上最胆小的姑娘月牙甚至当场就吓哭了。

那天晚上，人们都躲在自己的被窝里瑟瑟发抖。因为草原上狼嚎一声接一声，分不清叫唤的是狼，还是扮作狼吸引猎物的唤狼人。夜幕最深的时候，守在桌边的我们听到了一声枪响，惊得站了起来。我们冲出毡房，马蹄声阵阵，父亲和唤狼人狼爪骑着马已冲到我们面前，飞身下马，并合力从枣红马上抬下了一个昏迷的男人。

在毡房里，我看清了他，比我们大一点，样貌有棱有角，全身都是泥和血，但遮掩不住健壮的肌肉。我突然感觉自己的心在烧，瞅了一眼身旁的霞，她的脸也红了。父亲说遇到那头狼的时候，他俩正在殊死搏斗，这小子一点都没软，是个男人。牧人们纷纷赶到了毡房，有人认出了他，他叫骆驼，是草原上最有前途的摔跤手。

天花板上有块受潮后产生的污渍，正对着我的双眼。每天晚上睡不着时，我会静静地盯着那块污渍，直到它变成辽阔的草原。我们三姐妹共同经历过的那段岁月都在上面。月光变幻时，污渍上的光斑像兔子一样跳动，现在想想那个时刻，我都会感到命运的不可思议。可惜，所有发生在我们生命中的奇迹都像秋日草原上的花一样凋零了。我们失去了家，也失去了草原。

发现骆驼后的第三天，骆驼在我们的毡房里醒来。他虚弱地告诉我们，自己是在寻找半导体的路上被恶狼袭击的。当他喝了两口我特意为他熬制的羊肉汤后，脸变红了，眼睛也亮了。我们知道，他脱离了危险。骆驼说他之所以来找半导体，是因为他患上了一种怪病，每到比赛时，他就会十分紧张，无法呼吸。他四处求医，听说半导体是神医，于是慕名而来。

骆驼和父亲交谈的时候，我给骆驼喂水，霞给骆驼擦脸，我们从没见过这么健硕的男人，彼此都能听到对方激动的心跳。

那是2004年正月，照顾他的责任落到了我们肩上。我和霞分工，今天我在家为他做饭，陪他聊天，给他擦拭身子。明天霞把他扶到皮卡上，开车带他去半导体的家治疗，到了晚上，再开车和他一起回家。霞告诉我，骆驼之所以会得这种怪病，是因为在一场比赛中对手失误，被骆驼摔断了腿，这辈子都要拄拐行动。我也告诉了霞，骆驼爱吃牛肉，不爱吃羊肉。因为牛肉会让摔跤手长力气，羊肉只会让他们的肌肉变成肥油。骆驼为此很沮丧。

后来，我发现霞已经连续几天不和我说他们出去后发生了什么事。我不知道为什么，直到有一次我们一起去摘野花，我看着她那含情脉脉的眼神，这才明白她和我一样，已确认了自己喜欢骆驼，准备挑破这层窗户纸。我再也不告诉霞任何我和骆驼独处时发生的事情。

有一天，虹向家人宣布，自己有心上人了。这个消息让我们又惊又喜，惊的是姐姐怎么搞了个突然袭击，喜的是那人我们都认识，叫马鞍。他是个很厉害的驯马人，身形魁梧，草原上没有他降伏不住的野马。据说，马鞍懂马的语言，能为马治病，所以牧人们都很尊敬他，无论是谁家做了美食，或者是采摘到鲜花，都会想着给马鞍分一点过去。有时母马生下马驹，牧人会去虔诚地请马鞍为新生命起名，似乎这样这匹小马就会永远健康。我们缠着虹，想知道他们是怎样相恋相爱的，他们的爱情太神奇了。就像夜里的春雨，虽然无声无息，却能让世间变了模样。虹摇着头，什么都不说，只是说马鞍就是她心目中认定能跟着一辈子的男人。我心中酸楚，觉得骆驼白白长了那么大的个子，看看人家马鞍。霞也咬着嘴唇，我知道她想的和我一样。

虹成亲那天，四面八方的牧人都赶到了我们的草场，带着酥油与羊绒。父亲咧着嘴笑，使劲擦眼睛，和每个人拥抱。他的老朋友们激他，火石你想哭就哭吧。女儿出嫁，是该哭一回。父亲摆着手，拼命咬牙，一言不发，说什么都不愿让别人看到他软弱的样子。我们懂他，就算能看到太阳从西边出来，也别想看到他的眼泪。

喜宴再热闹，也有结束的时候。虹紧紧地抱住我们姐妹，要我们相互依靠，像一根草扶持另一根草。我们流着泪点头，冲出人群，对着姐姐的背影大声地唱起了歌。

在万物方盛的初秋时节
在布谷鸟鸣叫的时候
在将女儿出嫁的时候
让我们一起引吭高歌吧

借助上升骄阳的光辉
菊花金秋盛开的季节
在将女孩出嫁的时候
让我们在一起引吭高歌

敬爱亲家的礼仪
婚礼宴席的规矩
欢聚一堂的尊贵客人
让我们弹拨着乐器欢乐在一起

庄严神圣的金色太阳
盛大无比的婚宴仪式
在百年好合的大喜日子
让我们尽兴地欢乐一回

虹听着这首歌，想回头，但是又不敢，据说那样会给新家带来霉运。她抹着眼泪，背向着我们使劲挥手。姐姐没法再像以前那样保护我们了。我终于明白了什么是诺敏歌，那是牧人们说不出的话，忘不掉的梦……

虹走之后，毡房里更静了。我和霞经常一句话都不说，坐在草地的两边，从日出到黄昏，等待着爱神做出选择。可骆驼这个家伙却不再来找我们，他像是躲了起来。父亲如果不回来，我们能一整天不看对方一眼。那时我终于明白，原来安静也能像火一样滚烫。

我熬不住了，想知道骆驼究竟更倾向于谁，可是我不能直接问。有一天，我趁着霞不注意，偷了一套她的衣裳换上，假扮成霞，把骆驼拽出了毡房。我说我要带他去草原深处看倒淌河，那是世上唯一一条河水从西往东流的河。

骆驼以为我是霞，傻呵呵地说好啊。我开着皮卡，路上一言不发。骆驼起先还开几个玩笑，这让我心里更加愤怒了。原来他对霞也是这样温柔，我的面色阴沉下来。骆驼察觉到了，他不安地叫姐姐的名字，我是不是惹到你了。我说，没什么，就是想知道，我和云，谁在你的心里更重要。骆驼说，你们两个，在我心里一样美丽一样重要，这事比摔跤难，简直就是天下最难的问题之一。

女人最恨男人说自己不是独一无二，更何况他还拿同胞姐妹来做比较。骆驼的愚蠢和纠结令我愤怒到了极点，不知不觉，我已经把车开得飞快，没注意到前方有只野山羊突然冲出了公路。皮卡撞飞了野山羊，我被车厢冲出来的气囊撞晕了过去。

等我醒来时，骆驼躺在旁边的病床上，说出了令我非常难过的话。他苦笑着说，你们真是一对姐妹啊，连恶作剧都一模一样。我这才明白，在我假扮霞要他表态之前，霞已经假扮我做了同样的事。

我们的事情在草原上传得沸沸扬扬，父亲非常愤怒。下第一场春雨的时候，父亲当着我和霞的面，用鞭子把骆驼赶出了我们的草场，让他永远不要再回来。

打那时起，我们的草场上再也没有了女人的声音，从清晨到夜晚都是静悄悄的，父亲说这就不像个家，安静得瘆人。

草原上的爆炸声越来越密集了，吓得奶牛不敢睡觉，眼睛通红，也不产奶了。那些来采煤的人以前只敢在深夜偷偷炸矿采煤，如今他们的挖机和煤车昼夜不歇。这片我们生长的草原很多地方已是面目全非，我听说前不久还有村庄塌陷，死了不少人和牲畜。空气中飘浮着夹杂粉尘的焦味。

不光草原变了，人的变化更大。自从人们开始糟蹋草原，我们已经很久没见老朋友光了。霞说他也许去了更远的草原，没有人挖煤的地方。还有不少牧人得了怪病。有人睡不着，有人总流泪。半导体天天在各个草场咋咋唬唬，人们说这小子还真有两把刷子，说几句，摆弄几下，心还就真不慌了。去找半导体治病的人越来越多，渐渐地，人们都忘记了他就是个好赌的游医。提到他的名字，总是谦卑地叫他"神医"。父亲对此很不屑，他对我们说，牧人靠的是勤劳的手脚和智慧的头脑，蛊惑人心的是狐狸和黄鼠狼。

没过多久,半导体带着丰厚的礼物来到了我们的毡房,这让我们感到愕然,半导体的拥众遍布草原和金市,我们就是一家普通牧人,双方没有交集。半导体也没客套,微笑着说出来意,想得到我们的草场。他说出了一个我们做梦都想不到的价钱。

我们看着父亲,他阴沉着脸摇头,说自己就想当个牧人。半导体说,你有这笔钱,别说去金市了,就是去北京去海南,也是贵族。父亲说,我的先祖死在这里,我的老婆死在这里,我也要死在这里。和钱没关系。半导体说,别总聊死人,想活人,你的三个女儿。父亲说,她们是我的女儿,她们要尊重我的选择。

话不投机半句多,父亲不再说话,这是无声的逐客令。半导体只能悻悻离开。走之前,他不服气地对我父亲说,老火石我知道你一直看不上我,觉得我不是个好牧人。可我告诉你,那些煤老板挖干了月湖,刨了安葬你老婆的树。而我能让月湖和大树再回来。不管你多爱草原,你已经被淘汰了。那些煤老板也会被淘汰。只有我能保住我们的草原。这是历史规律。父亲再没说话。

没过几天,我们的草场附近多了不少面目可疑的男人,他们穿着运动服,留着光头,守在藩篱之外。看到我们就吹口哨,嘻嘻哈哈,好像我们是供他们嘲笑的笨骆驼。看到父亲,他们则一言不发,面目阴沉。有天,我们发现几匹马口吐白沫,倒在草地上痛苦抽搐着,很快就死了。那些男人就在不远处踢毽子,好像尖叫的我们不存在一样。

那段日子,还有很多年轻的牧人在追求我和霞。骆驼被赶跑后，他们认为自己来了机会。我的追求者中最积极的是牛角和锁头。牛角训练了一只巨大的鹦鹉，可以绘声绘色地朗诵牛角为我写的一百首情诗。锁头则非常实在，他向我发誓，等到我嫁过去，他就把草场卖掉，所有的钱都交给我掌管。从小到大他都是这样，不会说什么甜言蜜语，可有什么好吃的，他不论多远都会给我送来。记得小时候，有次他跑到我面前，说给我带回来了雪糕，可太阳把雪糕晒化了，只剩下了一根木棍。锁头伤心大哭的样子我永生难忘。霞则被我们草原上学习最好的眼镜苦苦纠缠，他考到了上海学医，最大的理想是和霞在上海组建家庭。霞觉得眼镜简直是疯了，南方人吃鱼吃螃蟹，可霞看到那些动物的照片都会感到害怕，长着壳，那么多刺，像是怪物。她这辈子都不想离开草原。

唯一的好消息来自虹，她怀孕了。父亲得知喜讯，高兴地跳了起来，就连很久没有说话的我们，也激动地相拥在了一起。马鞍没有亲人，为了照顾虹，父亲允许他们搬回了我们的草场。这个即将到来的小生命把大家重新团结在了一起。一直热爱创新的父亲从没有这么执迷于草原上那些古老的禁忌。禁止我们所有人从拉牛拉马的绳子上横跨过去，禁止虹把围腰带搭在自己的脖子上，禁止用我们提前准备好的背小孩子的背裳垫坐。

秋天的时候，虹生产了，是个女孩，脸圆圆的，额头很大，见到谁都睁着明亮的大眼睛笑。牧人们都说，野兔子长大了一定很聪明。父亲高兴地"嘿嘿"笑，即使被野兔子尿了一脸，被她胖乎乎的小脚踹到脸上也不生气，再没有什么比添丁进口更令草原上的牧人们开心的事情了。

可父亲依然没有放弃复仇的心。他的坚守在世界看来变成了一个毫无理由的笑话，每天扛着他的猎枪出去寻找那头金色眼睛的狼变成了父亲在这片草原上唯一能做的事情。

那天晴空万里。我们正在毡房里逗野兔子笑，牛角和月牙突然闯了进来，牛角脸上满是泪水，我从小就认识他，知道他是个冒失鬼，还以为他又和人吵架了。可月牙跟在他身后，眼眶也是红的，止不住地颤抖，我的心沉了下来，知道出大事了，并且这事和我们家有关。毡房里只有父亲不在，我用尽全力才站了起来。

我赶到了出事的地点，就在倒淌河边。我永远都不会忘记我看到的那一幕：我的父亲火石和那头狼都倒在地上，一样的姿势，搂抱在一起，不像是两个仇敌，倒像是一对生死与共的兄弟。我们跪在倒淌河边，号啕大哭。泪水顺着父亲的血，还有狼的血一起流进了倒淌河，向远方草原深处的火山流去。

父亲终于完成了他给自己的使命，为母亲报了仇。今日的我会觉得，父亲是死得其所。父亲在他生命最完美的时候，在草原的灵魂还没死掉之前，进入了永恒。

父亲下葬那天，我明白了一个道理，当人知道自己只不过是个孩子的时候，他才开始真正地长大。霞紧紧地抱着我，轻抚我的头发。我这才意识到，在这个世界上，还有一个能够完全容纳我的怯懦与悲伤的人。我说二姐，我们没父亲了。霞泪如雨下，使劲搂着我，像是一松手，我就会烟消云散。

草原上的牧人们都来参加父亲的葬礼，还有骆驼与光。这两个许久未见的人终于出现了，可是我们姐妹的心情已经完全不同。情人也好，朋友也罢，像是我们早已遗忘的美梦。

父亲之前说过，他希望死后能够把骨灰撒到草原上，我们尊重他的遗愿。光熟悉每一座山峰，他带着我们三姐妹登上了其中最高的那座。眼前的草原全貌让我感到惊讶，河流湖泊不见了，森林草甸也不见了，到处坑洼，残破不堪。可我好像还能听到风吹过稀疏的野草簇时的轻轻呜咽，就像父亲的安慰，没关系，我在这里。没关系。

我们将盒子里的骨灰一把把扬上天空，他融入了蓝天。我们三姐妹想为他最后唱一次他最爱听的诺敏歌《两匹铁青马》，可泪水止不住地流下，灌满我们的嘴巴和鼻子，发出的声音根本不成语调。

趁着两匹铁青马膘好
把它们安慰好再走
这辈子牧人的宿命
就是在草原上晃悠

山岩中间哺育的
苍鹰的雏鸟

到底是什么力量
让它们在草原上逗留

沼泽中生长的
美丽的莲花
到底是什么力量
让它们左右摇曳
……

大姐离开那天，我们三人在毡房里抱头痛哭一场。临别前，她对我们说，女人的草场就是丈夫与孩子。祝你们都找到心爱的男人，不要在荒野上迷路。

过了不久，那群神出鬼没的小流氓又出现在了草场边，牲畜莫名其妙地一头头死掉，羊圈也神秘地被一把火烧掉。我和霞只能躲在毡房里，六神无主地拉着手。这片草场在我们心里空空荡荡，我们觉得自己也是无根的野草。

有一天，骆驼来到了我们的草场，他怜悯地看着枯瘦的我们，说别担心了，我不会再离开。骆驼从衣柜里拎起了父亲留下的那杆猎枪，来回在草场上巡视，从清晨到深夜。

连续好几天，我们没见过他睡觉。要是感觉到困意，他会喝浓奶茶，或是和我们聊天。骆驼告诉我们，他现在不摔跤了，他带着施工队在移民新村盖楼。骆驼比以前瘦了，蜷曲的长发都剃了，变成寸头，有些陌生。父亲死后，生活中的很多事物我好像都得重新认识。那段日子，深夜中经常有个小亮点在门口一闪一闪，像是星星一样。第二天早上，我往往会在那个地方发现骆驼站岗时抽剩下的一地烟头。

为了避嫌，骆驼在我们的毡房边建起了一座帐篷。即使这样，草原上依然流言蜚语四起。牛角，眼镜这些年轻的男子看到我们都瞪着眼睛，锁头甚至在我打水的时候拦住我，流着泪说这片草原上的男人难道死光了，你们姐妹竟然和一个男人同住在一起。

我只能流泪，心中的苦无人诉说。

有一天，我被霞的尖叫声惊醒，我坐起来，她还在自己的噩梦中哭喊。我的姐姐蜷曲着身体，面色苍白，像是正在遭到攻击。她呵斥着那头梦境中的狼，让它滚开。尽管那头狼似乎扑倒了她，霞依然伸长手臂阻挡着她，大声喊着让我快跑。

我突然意识到，在这个世界上，她永远会保护我。可如果我得到了骆驼，就再也没人能保护她了。那会是她一生的遗憾。我看着熟睡的姐姐，我曾经想方设法要战胜她，可现在我怜悯她。

我在心里发了个誓，我要忘掉草原上发生的所有故事，成为一个没有记忆的人。即使忘不掉这些，这一生我也不会再和霞，和骆驼有任何关系。只有这样，她才能得到幸福，我才能得到平静。有时候，越是想保护一个人，就越是要远离她。我摸摸她的脸，却感觉离她已是千里万里。我在心里说，"永别了，姐姐"。

天还没亮，我在草原上奔跑，大雾弥漫，我内心却一片清澈。我到了锁头的毡包时,锁头还没睡醒,他蓬头垢面地看着我。我说,你答应我一件事,我就做你的女人。锁头不敢相信自己,他拍拍自己的头,确认这是真的。他兴奋地说,别说一件事,一百件事都行。

我想,霞,从出生到现在,我没有为你做过什么,现在该为你做一件事情了。

我对锁头说,嫁给你之后,我们永远不要再回草原。锁头紧紧地抱住了我,说我们卖掉草场,去金市。我们再也不回来。

锁头践行了诺言,卖掉了自己的草场,我们把家迁徙到了这里。有时我站在城市的街上,会突然站住,疑惑自己是不是在梦里,只要晃晃脑袋,梦就会过去。醒来还是我和霞,跟着家人在草原上捉蝴蝶。

那时是2007年的春天,我本以为我这一生不会再和霞见面,然后结婚生子,像一个正常女人一样过完一生。可我没想到,到了2007年秋天,我会披头散发,像疯了一样跑到金市人民医院。我会顺着急诊室的门缝看去,霞和野兔子躺在担架上,浑身焦黑。

距离那起事故半个月前,霞托虹给我家送了请帖,可我记得我心里发过的誓。霞的一切都再和我无关。于是我只是搭了彩礼,托虹转交给她。我万万没有想到,会出这么大的事情。

那婚礼很盛大,也很喜庆。草原上已经很久没有这样令人高兴的喜事了,每个牧人都很尽兴,从白天到黑夜,歌声不断酒不断。还有个小插曲，骆驼在和人表演摔跤时发现了一头狼崽，躲在草丛里冲他龇牙。那狼崽也长着金色的眼睛，一看就是杀死我父亲的凶手的后代。骆驼走过去提着狼崽的脖子，将它提到了半空中。狼崽用金色的眼睛扫视着怒瞪它的牧人，眼睛能滴出血来。它的身子瑟瑟发抖，骆驼抄起狼崽的后腿，想扔到半空摔死。虹的女儿，当时只有五岁的野兔子一把抱住喝醉的骆驼，狠狠咬了他手一口，骆驼丢下狼崽，野兔子喊了声快跑，狼崽溜进了草丛，瞬间消失不见。野兔子说它是个小孩。面对这个天真的小外甥女，骆驼哭笑不得，只好摸了摸野兔子的头。

火是从后半夜烧起来的，至今都不知道火源在哪里，那晚风很大，转眼草场就是一片熊熊大火。虹逃出来后，才发现自己的家人都还在火场中央。无论人们怎么拽虹，她还是骑着父亲那匹枣红老马跟随光冲进了火场。

浓烟滚滚，虹和光快被熏瞎了，根本看不到毡房在哪里。正在他们绝望的时候，那只被野兔子救了的狼崽从草丛中窜了出来，它的金色眼睛像两盏明灯。狼崽嚎叫着，疯狂地向烈火中摆头。光明白了狼崽的意思，对虹说，它想报野兔子的救命之恩。他们跟着狼崽，在大火即将烧到毡房的时候，找到了霞、骆驼和野兔子三个人。枣红马用尽力气驮着三人逃出了火场，它倒在草地上的时候，半边身子已经烧成了焦炭。牧人们流着泪给死去的枣红马磕头。当大家救人的时候，虹再去找那只小狼崽，回头望去，草原都变成了火海。

骆驼身体好，当时就醒了过来。经过几天几夜的折腾，医生疲惫地告诉我们，霞和野兔子的命保住了。但因为被烟闷的时间太久，两人都留下了后遗症。霞的嗓子坏了，必须得依靠一个小铁盒才能发出声音。那声音很奇怪，就像坏掉的木头轮子摩擦地面一样。野兔子更严重，她大脑受到了不可逆的损害，她会永远像一个两岁孩子般天真。

半年后，骆驼牵头，我们三姐妹把父亲留下的草场转让给了半导体。那里已经变成了一片焦土。骆驼在移民村买了房子。

后来我有一次经过了那个过去的家，坐在车里看着窗外的草原，它已没有一块完好的草甸，曾经蔚蓝的天空现在浓烟密布，远处炸矿的声音让大地颤抖，让我胆战心惊。光似乎站在路边冲我们挥手，又转瞬不见了。看到这位老朋友，我的眼泪瞬时就下来了。

我无数次想过同一个问题，如果我没有在心里许下关于"遗忘"的誓言，如果我没有离开，如果是我和骆驼在一起，一切会不会不一样？

生命中我们共同遭遇的那一个个苦难像筛子一样，让我能看清什么是最珍贵的。时至今日，我心里除了爱，什么都没有剩下。

第三部分

天真与伤感之旅

1

《我心书》节选

你能想象到吗？有个人的人生是因为你而开始的。你如果当面听到我问你这个问题，你会不会哑然失笑？

我想象你的睫毛，还有你笑时的酒窝。想象帮我让回忆中的你更真实，更完美。你的生命无比新鲜，是打湿草地上嫩芽的露水，是春天飞过溪流的燕子。你对世界有着无穷的热情，随时可以为了你的追求，跳进河流，跳进烈火。我爱你这一点。你是活着的。可你又无比地冷漠，关于我，或者关于草原上任何一颗石头，每个生命都是自由的，在我们漫游过的草原上。

我记得很清楚，2003年，我十五岁。深冬，父母开车带我去滑雪。我第一次去草原，从没有见过那么大的雪。像是有人在天上打开了口袋往我的头上倾倒面粉。我在车厢里兴奋地不断尖叫，觉得那些长在草原上的孩子真是太幸福了，你们是活在云彩的国度里。

当我的双脚第一次踩稳草原的地面，我就领教到了它的厉害。仅仅是因为一阵大风吹过，我就差点失去意识。风已经不能用冷来形容，我更愿意用"锋利"。我求我爸妈，我们快回家吧。

可我爸妈说，刘文，你一定要勇敢。他们都是退伍军人，部队当年驻扎于此。这次带我来滑雪，是我妈的主意。不仅仅是玩那么简单，他们要苦我心智，劳我筋骨，把我培养成一个真正的男子汉。我挣扎，我大哭，现在想想，真是为当时的我感到脸红。正是因为我父母的冷酷，我才会见到你。

风停了，那是中午，阳光很暖和。父母把我带到雪地上，给我穿上滑雪板。虽然在城里我早就学会了滑雪，可这里的滑雪场不一样，它太大了。我眼前除了雪还是雪，像是没有终点。父亲大喊，刘文，滑啊！使劲地滑！直到滑不动为止。我求我妈，说我害怕。我妈说，刘文，战胜恐惧最好的方法就是和它战斗，不要让我失望。

父亲有了儿子之后，彰显男子气概最好的办法就是我的绝对服从。这让小时候的我变成了一个被父权思想侵入骨髓的人，不择手段地讨好父亲会让我心里产生莫名的快感。这一点，我至今深感惭愧。可能就因为这个原因，你的自由在我眼里无比美丽。

总之，我听了父亲的话，拼命地在雪地上飞驰。风声越来越大，人烟逐渐稀少。等到我反应过来，身边为什么没有人声的时候，我才发现不知什么时候我已经冲出了滑雪场，冲出了父母的保护，甚至冲出了人类的世界。此时此刻，我四周一片白茫茫。回头看，我来时的痕迹已经消失了。我不是你，你是草原的女儿，你可以通过雪的形状和色泽判断生路和死路。可我只能蹲下哭了起来，希望自己的哭声能够唤来父母，事与愿违，除了天空又开始飘落雪花，草原什么都没给我。我从没感到那么害怕，想起来时的大雪，觉得自己真要死在这里。我脱下雪橇，拼命地奔跑。太阳始终没有落下，天空仍然蔚蓝，这是奔跑的我唯一感到安全的事情。

不知道跑了多久，当我再次停下，再次仰望天际，心却像是跌到了谷底。天空失去了它的颜色，太阳像是被冰冻住，我的头顶也是无垠的白。

我如同一个瞎子，没有边界的白让我失去了对方位和时间的判断。我想叫，却发现自己的喉咙发不出一点声音，甚至连意识都在这具肉身上一点点消失。在我彻底麻木的时候，一个发光的身影出现在我面前，我无法判断它离我是远是近。它有着人类的身体，赤身裸体但长着巨大的犄角，枝丫交错，像是顶着两蓬巨大的树冠。它朝我冲来，角刺进了我的胸膛，一阵剧痛，我失去了知觉。

再次醒来，我的眼前依然是一片纯白，那个顶着鹿角的半人怪物在这片白中矗立着。可我又能感觉到我躺在温暖的被褥里，身下垫着厚厚的动物皮毛。我能听到外面的风刮过厚重的毛毡时摩擦的尖啸，我想这是一个大毡房，能帮我抵御寒风与暴雪。一双粗糙的大手握住了我的手，那是火石。他说孩子，你不要害怕，我们是在草原上放牧的人，从雪地里把你捡了回来，你不会死了。我想张嘴说话，可什么都说不出来。我惊恐地流泪，想摆脱那个怪物。正在我绝望之际，我听到你说小老虎，哭什么啊。

那是你和我说的第一句话，你用手擦干我的眼泪。我闻到了你的味道，比牛奶还要香，比苹果还要甜。

我觉得，天上星辰变化的轨迹，地上雪花融化的顺序，我的喜怒哀乐，生命中的点点滴滴，在大雪里迷路，差点被冻死，都是为了此刻做铺垫。那是我第一次意识到命运是什么，因为我对它有了隐隐约约的敬畏。

刘文

一盆月季开了。我坐在小院里，和麦克一起欣赏那盆花。麦克看累了，慢慢地爬过青石板回到屋里。"麦克"是只乌龟，比我的巴掌还大。它吃饭没个够，每当我担心它撑死，想收起龟粮时它就伸长脖子瞪我，眼神就像它远古时期那些冷血的恐龙祖先一样冷酷。

从2013年到现在，"麦克"陪了我十年。写作的时候，我就把它放在显示器的下面，据说，乌龟能吸收电脑的辐射。写累了，我就看它在玻璃缸里爬来爬去，觉得我们真是一对难兄难弟。我眼见着它从表盘大小长到了如今这副狰狞的样子。

一个月前，我刚出版了处女作，一部叫做《我心书》的长篇小说。这本小说我从二十五岁写到三十五岁，足足十年，什么都没干，离群索居。有时我会晃神，觉得眼前这个我不认识的城市，这个我感到陌生的瘟疫时代，还有这只小乌龟都是我的梦。我的小说还没写完，我太渴望真实的人生了，可写小说这事相当于自寻死路，所以我会陷入这么一个梦境。

小说出版后的那一周，我接受了几个金市本地媒体的访谈，然后做了两场签售。一场在金市新华书店，另一场在一家叫"千鹤"的私营书店。然后,所有的事情都结束了。再没人问我为什么要写这本书,这本书讲了什么故事。我的书像一个小小的肥皂泡,在人间漂浮了一个礼拜,无声地碎了。

有一天中午,我在睡梦中被电话吵醒,对面问我是不是刘文。他的声音很开阔,像是已经和我认识很久了。我问他哪位,他说他叫张军,是一名导演,之所以找我,是想要让我做他第二部电影的编剧。我有点蒙,电影编剧这个事离我太远了,我在想自己是不是遇到了骗子,可那些骗子不是应该打电话给那些想做明星的女青年吗?我说你怎么找到我的。他说一个朋友介绍,陈诺。我没说话,使劲想了半天,心里终于出现了一个形象,黑铁塔,脸上趴着一个比龙虾还大的鼻子。我参加的第二场签售会上,"千鹤书屋"老板小叮当介绍了我和陈诺认识,那时他穿着警服。陈诺还买了一本《我心书》,我给他签了名,还互相留了电话号码,全对上了。

我对张军说,我没做过编剧,也不懂什么电影,事实上,我也不想干这个。我的小说写完了,我什么都不想干,就想待着。张军笑着干咳了两下,说,你不会,我可以教你,不需要你干什么,只要你的想法。张军让我挂了电话,迅速去下载一部叫《两颗雨滴》的动画片,是他的处女作,看完再说。

那是一部动画片,讲两滴雨水相互陪伴穿越沙漠的故事。我看完以后,已经是下午四点多了,小院里树上的蝉鸣一浪赛过一浪。我走到小院里,抽了两根烟。回到屋里,我没像约定的一样给他回电话,而是躺在床上,看了半本黑塞的《悉达多》。"我感觉爱是世上最重要的。研究这个世界，解释它或是鄙弃它，对于大思想家或许很重要。但我以为唯一重要的就是去爱这个世界……"

到了傍晚的时候，张军给我打来了电话，没问我为什么没给他回电话，也没问我看完电影是什么感觉，只是问我什么时候可以见面。我说出了心中打好的腹稿，第一不要对我抱太大期望，我不懂编剧工作。第二我这十年唯一的娱乐，就是没事看看电影，所以我对怎么做这事有点好奇，想研究研究。可我要是失去了好奇心，随时都会离开。我是个写小说的，写小说的都是没什么责任心的人。张军说没问题，我们约好了第二天见面。

那是六月底，盛夏的金市，热得人嘴唇起皮。这轮疫情刚结束。我俩坐在万家惠商场四楼的家居城样板间里，身陷沙发，我昏昏欲睡。见面时张军告诉我，之所以选这里，一是环境优雅，二是有免费柠檬水。

张军今年三十八岁，比我大三岁，是个结实的瘦子，说话总是夸张地挥动手臂，激动时还要站起来表演一番。他总是盯着我看，让我感到局促。可当我对他的叙述产生怀疑时，他又能感受到，全身会紧绷，眼神游移开来。张军不像电视上那些导演一样留着胡子，还爱眯眼笑，他总会让我想起以前那些在社会上揽储的能耐人。他给我讲了一件最近发生在金市的怪事，有个叫骆驼的有钱人被狼咬死了。我很诧异，如今这世道还能有狼。他见我眼睛亮了，眉飞色舞把两个盗猎者怎么因为车祸在天坑里遇到了无名男尸，警方又是如何通过男尸身上的痕迹确认他是骆驼的，种种种种讲了个通透。张军口才很好，十五分钟不带停顿，听得我大气不敢喘，真好像在看电影一样。

　　张军讲完这事的来龙去脉，喘着粗气，拍拍我肩膀，说咱俩出去吧，说话费元气，我得休息一下。我们来到家居城外面的冰球练习场边上，球场里的孩子们穿着冰刀笨拙地晃动屁股，"咯吱咯吱"地笑着，如同一列刚出生的企鹅。冷气特别足，打在身上像是扑进了黄昏的海水。张军说，我想以此事件为基底，创作一部剧本。我说，可是这件事里有人命，警方未必愿意让你拍，哪怕警方同意，它涉及个人隐私，当事人家属也不会同意。

　　张军笑了，说我有护身符。他从兜里掏出一个小本，在我面前晃了晃，我愣了。那是一本记者证，张军打开，里面是他的照片，工作单位是金市融媒体。张军有些不好意思，眼神飘忽到了别处，他说这两年影视环境不好，我也得吃饭啊，就去金市新闻网做视频部主任。这是咱最好的幌子。报导"狼吃人"事件，正是公安部门要求的，他们希望能通过媒体警告金市市民，不要非法狩猎。明白了吗？

　　我笑了，说，你这算什么，打着工作的幌子干私活儿。张军见我有些动心，向我这边挪了挪，一双眼睛闪闪发亮。他说你就来我部门，算招聘，视频部我是老大，你要干得好，过两年我努力给你找个编制怎么样？一起干吧，白天吃公家饭，晚上实现艺术梦想，咱搞部有悬疑色彩的人物正传。

　　我说，悬疑何来？张军说，他为什么去天坑，也许是去见一个女人，或者是见一个毒贩，这里可供创作的想象很大。我说，也许都是命。

我不再说话，沉默像是绞索，勒得我俩之间的空气非常干燥。张军说，你不用现在答复我愿不愿意合作，老弟，我能看出来，你现在没什么正经事。既然是真实案例改编，不如咱先去草原上走一圈，反正也就二十公里不到，也许你看完实地后，做决定更准确。我想了想，再看看窗外，天色尚早，回去我也只能和麦克枯坐。于是答应了张军和他去趟草原。

张军开着车，一路上滔滔不绝，问我有没有看过《杀人的回忆》，中国有好多导演都在学《杀人的回忆》，可都学得不像。自己有信心把这起意外拍得比《杀人的回忆》还《杀人的回忆》，因为在金市电影圈，自己的外号就是"金市奉俊昊"。我打断张军的话，问他，你看没看过《我心书》。张军脸红了，说看了一点。我从他的眼神中能读出来，他一点都不喜欢我的小说。我把这个观察告诉了他，张军干笑，不置可否。这反而让我更好奇了，我说你既然不喜欢我的爱情小说，又为什么找我写一个关于死者和罪案的剧本呢。张军说哥们儿，看你是个很真诚的人，如今真诚很少见了，我就说实话吧，是陈诺。我要想拍这部电影，必须得金市公安批，这个权力在陈诺手上。他好像特别喜欢你，指定让你做这部戏的编剧，并且帮了咱大忙。"狼吃人"这新闻是他要求金市新闻网报导的。我的整个招儿，也是他支的。怎么通过媒体身份接近现场，怎么把你带进这件事来，等等，都是。

我愣了，我只和陈诺见过一面，实在想不出这个警察为什么要帮我。张军说,陈诺很喜欢《我心书》,我的书也是他送给我的。我说,你究竟觉得《我心书》怎么样?张军说,挺神叨的,我对小男孩小女孩那点事不感兴趣。

这是第一次有人当面对我说他不喜欢《我心书》。张军看出了我的低落,急忙找补,我喜欢不喜欢无所谓,陈诺喜欢就行了。我看了你的书,说实话还有点犹豫。我想找陈诺商量,我自己写行不行。可陈诺说,一个人能花十年只干一件事,他肯定不是个一般人。要想做成事,你就必须找这样的写手合作。

我说我不是写手,我是个作家。张军笑了,说你挺愣的,你俩有点像,如今他妈的愣人不多了,你这人是不能埋没了。

7月份中旬到整个8月,是草原上水草最肥美的时候。即使车窗紧闭,还是能够闻到青草的腥味。风吹过,原野上的野草随风波动,绿浪翻滚,摇晃着车身。目光所及之处,我就像身处一幅十九世纪的俄罗斯油画里,我坐在汽车后座上昏昏欲睡,我已经二十年没有来草原了,它也变了,毡房少了,天坑多了,我明明知道这就是当年的草原,却哪里都认不出来,就像一个二十年不见的朋友,明明五官和形体还有当年的印迹,可你就会觉得,他是一种类似于遗物的存在,当年那个人永远不会再回来了。

我们去了案发地,那座天坑篮球场大小,现在还能看到一摊乌黑的血迹,空气里弥漫着金色花粉蕴含的清甜味道。我注意到附近长满了金蒿花,这是金市的市花,形状像牡丹,体积像葵花,很符合金市人勇猛刚烈的游牧性格。

张军去天坑里拍摄视频资料，我告诉张军，天坑没什么可拍的，不远处那个火山口倒是很有看头。张军问我，你怎么知道？我说你相信我。我们开着车来到了火山口，张军顺着我的指引发出了赞叹，石壁上刻满了白色的岩画。狼在捕猎，人在歌舞，各种各样的飞鸟与天神飞在半空，以优美的舞姿在万物之上盘旋。我告诉张军，这些岩画的创作者是一万多年前的草原居民，工具则是树汁和石刀。他们用最简单的工具，在最天然的画布上留下了当时文明对天地与生命最大的敬意，所以它才能留存万年。

张军问我怎么知道这里有岩画。我没有回答他。张军注意到了一幅岩画，问我，那是一头鹿，还是一个人。

那幅岩画是人像，只是浅白色的男人形象头上却顶着两根巨大犄角，裸露着他健美的肉体，像是要从石壁上向我们走来。我对张军说，这是雪灵，草原上生活的人相信他掌管着冬天的草原，只要是雪花会落下的地方，万物的生死都由他掌握。张军说，你对草原很熟？难道《我心书》是亲身经历？

我没有再说话。

我们继续前往下一站，"奇风集团"的总部，那是一座疗养院，骆驼生前在那里工作。张军说，他要带我去了解这个人物。周边的风景越来越熟悉，我越来越恍惚。

"奇风疗养院"有十几层楼高，被花海环绕，孤零零地伫立在草原上，门口有一个大湖，波光粼粼，孔雀在岸边散步，仙鹤与天鹅在湖中游泳。张军告诉我，每个来这里疗养的病人一年的食宿费是十万。建筑的顶端是一个圆球,后来我才知道,那里是可以容纳五百人同时吸收草原奇风的大礼堂。

我跳下车,心脏猛地跳动了两下,揪着肺都疼。我认识这座湖,它叫"月湖"。那时,我草原上的朋友们会带我来月湖上滑兽皮雪板。我终于认出这是哪里了,是火石的草场,是云的家。那棵拦腰斩断的枯树依然躺在湖边,以前,云说那是一棵神树,她有什么事都会到树荫下对它诉说。回忆像火苗般从我的内心蔓延至脑海,变成熊熊烈火。如今他们去哪里了?

"奇风集团"的宣传总监接待了我们,他用沉痛的语调表示,骆驼在工作中认真负责,在生活上团结同事,曾经四次作为年度集团优秀员工,接受董事长嘉奖。不仅如此,他在社会上也做了很多好事,是街道上评定的道德标兵与优秀青年代表。总之,他被狼咬死,是命运弄人,上天不公。他不断擦着眼泪说这些废话,让我和张军非常疲惫。

结束了谈话,我们决定去看看孔雀,放松一下。可是孔雀不见了,湖边站满了人。这些人都张开臂膀,大张开嘴,一起发出"啊——啊"的声音,像是在拥抱虚空,然后拍打着自己的胸脯,大喊"奇风疗法就是好!就——是——好!"

这一幕让我的脸红了,觉得自己像个没穿衣服的孩子突然有了性意识。可张军对我说,这可能是人家特色,一个地方有一个地方的打法。我们走进人群,继续打听骆驼的事情。可人们好像约定好了,只说骆驼好,奇风集团好,然后就什么都不说了。

张军不愿意放弃,拼命哀求我们在路上遇到的每个人,给男人递烟,夸女人漂亮,只是想多套点线索出来,这让他很像一个导演。

我听到有人喊小老虎。他叫第一声的时候,我没有反应。那人追过来,手拍在我的肩头,又叫了第二声。我才意识到这是在叫我。这个久违的外号让我觉得好像回到了前世一样遥远的过去。

眼前的壮汉推着轮椅,轮椅上坐着一个老妇人。那男人一看就是牧人,只有长时间被草原上空的烈日暴晒,肤色才会这样黝黑。我诧异地看着轮椅上那个像是被风干了的老妇人,恍惚想起二十年前她的样子。那时每天清晨一醒来,奶香和肉香会顺着毡房的窗棂飘进我的被窝。她佝偻着背,慢慢地为我们做好了奶茶与手把肉,白雾笼罩着她,我看不清她的脸。那时的她像一匹老马,疲惫地看着我们这些小马驹在草地上打滚撒欢。想到这些,我的心中涌起一阵阵暖流。我大叫梳头奶奶。梳头奶奶比那时更老了,蜷曲在轮椅上,头不断地晃着,困惑地看着我,眼神空洞。她已经病入膏肓。

我说,牛角你这个家伙,现在这么壮了。男人"嘿嘿"笑,说牛羊肉让我脑子都烧得慌。他正是梳头奶奶的孙子。从小就特别倔,我怀疑他的肠子都是直的。所以云给他起了一个外号,叫牛角。我说好久不见。牛角感慨地说,二十年了,你那时还是个小弟弟。我说,你现在还写诗吗。牛角脸红了,他知道我是在嘲笑他。那时他喜欢云,给云写了一百首情诗。这些诗被从他家逃走的鹦鹉满草原散布,那段时间我们一见他就背诵这些诗,羞得他恨不得一头扎进月湖。牛角说,你小子就不要笑话我了,你当时是全草原男人的情敌。虽然你只有十五岁，可我们都恨你。你天天能陪着云和霞。我俩拉着对方的手，聊到那对姐妹，却一句话都说不出来了。

我说，奶奶是怎么回事？牛角说，帕金森综合征晚期。本来都快不行了，多亏"奇风"，这又有了活气。

牛角知道我是为了骆驼而来后，反应和其他人一样，只是说骆驼是个好人，可惜了。我说，我使劲儿想象，都想不明白半导体怎么会有这么大的楼，这么多的信徒。牛角严肃地告诉我，今日的半导体不是往日的半导体，他独创了一套"奇风疗愈操"，是一种纯自然纯天然的身心互动疗法，非常管用。我就亲眼见过一个妇女，因为子宫癌切除了子宫，跟着大家做了半年操，子宫又重新长了出来。

我和张军都笑了。张军说咱该走了，路不好走，争取天黑前进城。我抱抱轮椅上痴呆的梳头奶奶，问出了我埋藏在心的问题，你有云的消息吗？牛角惊讶地说，你不知道吗？我摇头，我哪知道什么。牛角想了想，我也不知道。如今这日子兵荒马乱，人像散了的羊群，自己往自己觉得能吃上草的地方走。

回金市的车上，是我开车，张军躺在后座上，揉着腰，"哎呦哎呦"叫，痛骂今天的土路颠断了他的椎骨。我在来回琢磨牛角那句话，总觉得他有话没说。我想忘掉心中的困惑，结果火石和他三个女儿的面容在我眼前更清晰了，如同刚从溪水中打捞出的玉石在没有路灯的草原土路上闪闪发光。

到了市区，张军说一起吃晚饭吧。我摇摇头。十年的漫长写作让我的生物钟非常固定,夜里七点半必须入睡,否则四肢就僵硬了。我说,你能给我多少钱。张军说,在融媒体,我给你算兼职,你不用坐班,工资两千,但说好,你的确是要帮我们写些通讯稿的。剧本完工,片酬三万。我没说话,天已经全黑了,我的小院很远,加上堵车,我估计回去怎么也得七点半往后了。张军不安地给我递了根烟,说钱是不是少。我摇头。张军说,刘文老师,希望你能多帮忙。说完,张军不顾这是个公共场所,还给我鞠了一个躬。他的谦卑让我意外,起身时,张军的眼中竟然含着泪光。我急忙说,我得想想这事,你不要联系我,想明白了,无论我做不做,都会联系你。

云的日记

2008年X月X日

上午我站在阳台上,看着对面楼的三个小男孩啃羊头,和狼崽子似的,一人捧着一颗,龇牙咧嘴地撕扯着羊头上的肉丝,连一点肉星都不放过,啃得眼睛都放绿光,像草原上的小男子汉。我们搬进城一年了,有些习惯还没改变,照我看,也永远改变不了了。比如饮食。

移民新村永远都漂浮着一层羊膻味,这是金市其他地方不会有的味道。虽然金市饭馆很多,哪里的伙食都有。川菜湘菜粤菜,还有各种外国饭馆,可牧人就爱吃牛羊肉。早上吃羊肉喝奶茶,中午吃炖羊肉炖牛肉,晚上吃羊肉面和羊肉烧卖。那些城里人的小碟小碗,还不够一个真正的牧人塞牙缝。

下午，光来了。他送了我一张上好的貂皮，最近好像开始查草原上的那些煤矿了，生态恢复得不错，动物比以前活跃了，光的收成也不错。每次他来，我们都会聊聊草原上的事。有时话说完了，我们就什么都不说，在阳台上晒晒太阳。

晚上吃饭的时候，锁头告诉我，他们领导找他谈话，过段时间他可能要升工程部的部长了，我说，祝贺你。他说，你好像不为我高兴。我说，你的事情我一点都不懂，锁头说如今做事带了"长"，吃饭才香。他晃晃自己的手腕，上面有块金灿灿的手表。他问我，这表好看吗？我说我不懂。他说当年我有三个梦想，一是娶你为妻，二是能买这样一块表，三是能做个带队的人。现在，我的梦想好像都实现了。

锁头来到金市以后，托人在一家国有煤矿找到了工作。他务实，积极，并且有着牧人天生的幽默感和乐观精神，很招领导和同事的喜欢，升职飞快。有时我看着他站在镜前认真地打领带，都觉得以前那个总是皱着眉头，担心明天会不会好的少年是另一个人。那个告别了姐妹，告别了过去的少女也是另一个人。这些年来，在这座房子里，只是一个陌生女人和一个陌生的男人住在一起。

我很怀念草原的安静。

2008年X月X日

上午，我把钱从老王那儿取了出来，放到了马鞍的典当行。老王那里是月息两分五，马鞍给我三分。他让我回移民新村，打听还有谁想放钱，他给别人两分五，那五厘给我做好处费。我想了想，答应帮他问问。

在草原上，想要吃饭，就得干活。父亲在世的时候总说人间不养懒人。到了金市，我才知道父亲是错的，人可以什么都不干，就用钱生钱。刚搬过来时，房地产还没个起势，就是有点苗头。马鞍用他俩卖掉草场后的钱做典当，帮那些开始盖楼的煤老板融资。虹还问我想不想入股，很赚钱。我和锁头商量，锁头在国企，忌讳这个。我表面上拒绝了，还是把钱偷偷给了虹。其实我心中怀疑，这不像是牧人干的事情。现在看看，我没错，但马鞍和虹更正确。在金市，我明白了一件事，人活着，就要灵活。为什么就要一辈子做牧人呢？

晚上牛角带着梳头奶奶来我家做客，我还请了眼镜和月牙，月牙说有事，不来了。听说她家里最近出了点事，所以我也没强求。眼镜带来两瓶60度的"闷倒驴"，几杯酒下肚，大家脸都红了。我唱了一首又一首诺敏歌，眼镜也摘下眼镜，在我的歌声中翩翩起舞，像我们小时候在草原上一样。牛角拍着锁头的肩膀说，你老兄终于放下你国企干部的架子了。你看你刚才脸绷得，苍蝇落下去都站不住。我还以为你不是那个牧人锁头了。锁头嘿嘿笑，"滋溜"一口喝尽了杯中酒，吐着舌头，像个偷吃了美味的孩子。

2009年X月X日

今天，虹来找我，她是替霞借钱的。虹说，最近几家开发商爆了雷，骆驼的建筑公司有些周转不开。我很震惊。当年卖掉草场，钱被我们三姐妹平分，那是笔大钱。她们都把钱投到了各自丈夫的生意上，过得风生水起，移民新村的人们都羡慕。如今怎么会找我借钱？

虹说最近金市好多房地产公司都不好过，连带着马鞍的典当行也遇到了困难。我带着虹，去银行取了霞需要的数目，顺便看了看我的银行账户，这个月的利息马鞍没给我结。虹让我别担忧，他们不会欠亲妹妹的钱。我问虹，她自己需不需要借钱。虹摇头。其实我不担忧，我只是为难，该怎么和自己的下线说这个月没有利息。

虹问我想不想见霞，我摇了摇头。虹着急去给霞送钱，我不知道她看没看出来，我其实挺想霞的。但我要坚守我对自己发下的那个誓，把自己的过去抹掉。否则我们的灵魂不得安宁。

2

《我心书》节选

你叫我小老虎，我很喜欢这个外号，它很威风。我总觉得，这就是我留给你的印象，心中有些小得意。后来我才明白，你的灵感来自于你第一眼看到了我穿的T恤上那个卡通老虎头像。为此我还失落了几天。

你告诉我,大雪封住了草原上所有的路,没人能进来,也没人能出去。即使大雪停了,这座冰原也处处都是危险。我想要找到家人,必须等到春天。我说不出话,感觉泪水划过了脸颊。你擦干我的眼泪,往我脸上哈气,小声地对我说,不要害怕,我会保护你的。

我双眼里的那片奶白越来越浓了,什么都看不见。有时睡着了,我就会看到那个长着一对大鹿角的妖怪。它滚烫的口气呵在我的肩头,我会惊醒,全身汗毛直立,任凭泪水打湿我的枕头。你一直在我身边。

自从火石把我从雪地里捡回来之后,你和霞就负责冲我的脸上呼气。后来霞觉得这事太滑稽,就放弃了。可你一直在坚持。三天之后,我能说话了,话语断断续续,就像我的心绪一样,但这也是天大的进步,你们全家都很高兴。我总是能准确地辨认出在我身边的人究竟是你,还是霞,这让你们惊诧不已。你甚至怀疑我是装瞎。火石笑呵呵地说,这小子和我们家有缘。

我想记住关于你的一切。甚至就连你的那几位朋友,至今我仍然记忆犹新。在那片虚无的白光中我看不到他们的脸,可声音却至今在我的脑海里回响。锁头半天都不会说一句话,可他的呼吸有力结实,我想他是个值得信任的人。月牙爱笑,笑声很细,像是小鸟在歌唱,我想象她笑时一定嘴角上扬,像是细细的月牙。她的身上总是有一股花香。至于牛角,我发现他特别爱和你吵架,你说一句话,他就有十句话等着你。我知道他的小把戏,他是想通过激怒你,吸引你的注意。虽然我当时才十五岁,可我觉得这可真是一个既幼稚又卑鄙的想法啊。还有眼镜,他是你们当中普通话最标准的人。他的言语之间总是忧心忡忡,无论你们是要爬树为我去掏鸟蛋,还是想去月湖的冰面上放烤肉吃,他都会结结巴巴地说,这这这,太太危险了吧。

牛角总会拿眼镜取乐,说霞是不会喜欢胆小鬼的。眼镜会着急地反驳,你你你,你不要乱说。虽然我什么都看不到,可我能想象出眼镜的大红脸。即使身染重病,我还是会被这一幕逗笑。他们是你的朋友,后来也是我的朋友。离开草原后,我再没有遇到过这么好的朋友。

你们之所以朝我的脸上吹气,都是因为半导体。大雪封路,火石没办法报警,或是送我去医院。刚来的时候,我被冻僵了,全身发白,像是一根冰柱。虹担心出事,只好就近请来了这个草原上的游医。半导体观察了我的舌苔,倾听了我的心音,说我长时间注视冰雪,得罪了雪灵。雪灵把我的魂夺走了,所以我得了雪盲,变成行尸走肉。半导体还说,想挽留我的生气,就得让火气壮的小孩不断往我的脸上吹气。火石觉得半导体是胡说八道,虹说死马当成活马医吧。家里的一切,火石都听自己大女儿的,只得照做。没想到我真的能开口说话了。闻讯赶来的半导体得意地拍拍火石的肩膀,说老兄弟,你不要总看不起我,我和咱的草原连着心呢。

我把我不断做的梦告诉了你们,半导体面色苍白,说你怎么能盯着雪灵老人家看,这次麻烦大了。我被半导体吓住了,嗓子发干,舌头上一股铁锈味儿。按照半导体的说法,雪灵把我的魂羁押在了草原尽头的冰山山洞里,我想要活下去,就必须由一个处子带路,赶到那个山洞里睡三天三夜。魂才能回到我的身体里。

这次,连虹都听不下去了,她挥舞着擀面杖把半导体赶出了毡房。半导体在大叫,绝不能让雪灵发现你们,要不必死无疑。你说,我觉得半导体说的是真的。我天天冲小老虎吹气,他能说话了。雪灵真的存在。小老虎梦到他了。为了我,你们姐妹大吵一架,然后你在啜泣。火石说,你们哪里都不许去。你为我焦虑,我的心里又疼又甜。

当天晚上,熟睡的我感觉有人在推我,我醒了,一片乳白中我闻到了青苹果的味道。你在我耳边小声说,你想活下去吗?我带你去那个山洞找你的灵魂。我说,你不怕?你说,你是我救活的,我不能看你丢了魂。我说,你姐姐不会同意的。你咬着牙说,她越不让我们去,我们就越要去。

我本来很害怕,不想去,可听到你这样说,我改变了主意,觉得自己能和你一起对抗敌人,你就一定会把我当成朋友。只要能做你的朋友,别说对抗雪灵了,和整个世界为敌我都愿意。

我说,我什么都看不到。你说,我能看到,你跟着我。我点点头。你拍拍我的脸,睡吧,明天咱们同生共死。其实我没想那么多,雪盲让我分不清这个世界的真假,只有你的气息和温暖无比实在,我想和你在一起。

第二天上午,趁着家人都出去了,你收拾了简单的行囊,把我背到了你父亲那辆老皮卡上。你打着火,发动机轰鸣。我们出发了，冷风顺着车窗的缝隙直往我的发梢和衣缝里钻，冻得我起了一层鸡皮疙瘩。你突然踩了急刹车，我问你怎么了，你没回答我。你拉开了车窗，冲着呼啸的风怒斥，你们干什么，不要命了吗？

然后我听到了车门响动的声音，还有嬉笑，有人坐在了我两侧，是锁头和月牙。牛角则坐到了副驾驶座。我很惊讶，锁头说，云，你去的地方很危险，我必须陪着你。牛角说就是啊，这么好玩的事情，怎么能不带着我们。月牙就是笑。这时我听到有人跑来，结结巴巴说太太太，太危险。你们快快快，快下来。牛角说，眼镜这家伙战战兢兢，会给你姐姐告发我们的。你着急了，拍着车，说你是想和我们一起走，还是一辈子做个胆小鬼。隔了几秒钟，我感觉眼镜挤到了我们后排，挤得我都有些喘不上气来。月牙说，牛角，你以后少吃点吧，屁股比猪都要大了。大家都笑了起来。

我在冰原上被颠得头晕脑涨。你很兴奋，对我说你知道吗？这是我第一次自己出门远行。我没好意思告诉你，其实我也是。

刘文

7月初，我给张军打电话，说可以给我看看合同。当晚，他给我寄来了他草拟的编剧合同。那时，小院里的蝉鸣像巨大的海浪一般起落。

从开始写作《我心书》，我就一直住在这个小院里，它在市郊，是我父亲出生的地方，有半亩地。父母移居海南前，父亲把它交给了我。我搬进来的时候，小院里有两棵小树苗，如今绿叶成荫，夏天半个院子都晒不着太阳。看着这两棵树，有时我会很惭愧。

　　三年前，我开辟了一小块菜地，自己种些辣椒青菜。写作改变了我的饮食结构，以素食为主。我不抽烟不喝酒，也没有社交活动，花销极少。我没有工作过，十年来，每当我快没钱时，我爸就像未卜先知的巫师一样，给我的卡上打一点生活费。

　　我父母是金市民间借贷这场游戏的胜利者，2011年，他们赶在崩盘前从几家典当行取出了所有钱，在海南买了几套房子。当时很多人都不理解他们为什么这样做，因为利息远比房价跑得高。父亲自己都不理解这事，他只是觉得只要是游戏，就有结束的时候，就有输有赢。2012年，大多数人血本无归，处处愁云惨雾。我父母受不了这里的气氛，移居到海南去了。我想，我父亲之所以会有先见之明，和他当过侦察兵有关系。怀疑这个世界，是深入他基因里的天性。我也遗传了他这一点，否则我为什么会写作呢。在这个社会上，它很危险。

　　离开金市前，父母和我谈了一次话。他们说我辍学可以，不工作也可以，但是希望我能去海南，一家人守在一起。我说我要写一本小说，写完我就走。他们很兴奋，老刘家还没出过文人，于是我父亲把这个小院给了我。

　　说起我为什么会突然写小说，哪怕对我而言，属实也是件很奇怪的事情。2012年的一天下午，我走在路边，没有觉得那一刻和平时比起来有什么稀奇的。突然我手机收到了一条信息，是有人群发的小视频。一辆车停在金市商厦那个十字路口,一个人冲了下来,全身是血,没走几步就倒在了地上。第二个人下车,是个枯瘦的秃顶男人,他拿着一把西瓜刀跑到倒下那人身边,冲着那人后背又补了两刀。拍视频的路人发出了小声的惊叫。枯瘦男人站起身来,目光呆滞地回到车厢,这时我才看清车厢里全是血,还有个人倒在后座上。那枯瘦男人上车,又继续给了后座上的男人胸口两刀。

我放下手机,发现街上很多人都僵立在原地,面目苍白地看着手机,他们一定也在看那个视频。金市商厦就在前一条街上,这就是刚刚发生在我身边的事。那一刻我突然对这个世界产生了不真实感,觉得眼前的车辆、建筑和人,甚至包括我自己都不是必然的。车辆随时会爆炸,建筑随时会坍塌,人随时会失去生命。我害怕极了,转身跑回了家。

当天晚上我听说,杀人者是一个放贷的二道贩子,被害者是兄弟俩,是他的上线。二道贩子被债主们逼得没办法了,想要回一部分钱。那天本是谈判,可在路上双方起了争执,二道贩子抽出了事前藏好的尖刀。那个晚上我睡不着觉,从脚尖开始,身上一点一点变冷,变麻木。我发现我一点都不认识我生活的这座城市,并且也不想认识它。我对它充满了恐惧和厌恶。事后回想,那些年金市民间借贷盛行,我身边发生了很多事,父子反目,兄弟相残的例子比比皆是。我早就被这种气氛压得喘不过气来,金市商厦发生的杀人案只是压垮骆驼的最后一根稻草。总之,我的心理发生了某种反应,总觉得一切会随时瓦解。这连带着我的身体也有了疾病，失眠与厌食像一对双胞胎兄弟般接踵而来。我在很短的时间里瘦了二十斤，像一具骷髅般躺在床上。

就在我父母束手无策时，以前在草原上的那段经历突然在某个时刻从我心中涌起。我想那是人的自救机制起了作用。云，还有我在那里认识的朋友像是被水洗过一样闪闪发亮地出现在我的眼前，想到他们的时候，我的心才会变得安静。我意识到，其实这么多年我一直在思念云，思念那段美好的像梦一样的日子。我想起有那么一刻，云鼓励我写作，于是，我决定把深刻在心的往事写成小说。即使我有一天突然也被某个疯子杀掉，或是陨石突然掉到我家，至少我在世上留下了些许文字。每当我写这本小说的时候，我总觉得那些我还没写下的字句其实等了我很多年，终于等到了我和它们相聚。

刚开始写小说，我曾经想过回草原，去找云，去找那时的朋友们。可那时我才二十五岁，还没有意识到时间是一个整体，总觉得过去和我是断裂的，即使再回到草原，和云再见，云依然不会选择我，太阳依然落下再升起，没有意义。唯有写作，能够让时间停止，让云永远地活在二十岁。

谁都没有想到，《我心书》会写十年。写到第七年的时候，父母和我爆发了剧烈的矛盾。他们要求我走出小院，要么去海南，要么找一个女人结婚生子。那时我刚刚写完《我心书》的第一稿，这场争执都快把我气疯了。

我的父母也很不高兴，于是他们自驾去西藏散心。在唐古拉山，母亲突然高原反应。上不着天，下不着地，父亲只能眼睁睁地看着她蜷曲在车厢里，面色越来越青，眼睛越来越暗。等到了医院，母亲的尸体早已僵硬。

医院的走廊漫长寂静，在那里我和父亲进行了一番谈话。父亲说，我不明白，你究竟为什么要浪费大好的生命，花这么长时间去写一本其实不会有什么人看的书。我说，起初就是觉得，在草原上见的那些人，那些事在我心里变成了一行行的句子，有个特别响的声音在朗诵。再后来，那些句子在身体里变成了铁块，我必须把它们吐出来，才能完成对自己的救赎。父亲说，你说得太文绉绉了，就是不能不干，对吗？人年轻时都这样过，可现在呢，现在你三十多了，真没想过未来要怎么样？我说，现在，写是我的生活，我在我的生活里很认真。可不写的时候，像是在做梦。父亲指着窗外的灵堂说，那也是做梦？我黯然地点头，说像梦。但在梦里人也会痛苦，会悲伤，泪也是热的。父亲不再说话，默默抽了根烟。他时不时看我，像是在吞下很难吃的食物。临出门时，父亲说你好好写吧，我还会定期给你打生活费，支持你写完这部作品，这也是你妈的遗愿，人活一辈子，什么是有意义的，我越来越不明白了，只要你快乐就好。

于是我守着小院，完成了这本小说。可书出版之后，这十年我认为一切都是自然规律的东西坍塌了。花和大树，辣椒与麦克，小院和我，都失去了意义。我还停留在十年前，云的形象在我意识里熠熠生辉，生活却变成了我不认识的模样。有时我看着街道上霓虹闪烁的招牌，人们手中流光溢彩的手机，会感到害怕，就好像我已经和这个社会彻底地相互抛弃了。我意识到，我要想活下去，就必须学会和这个新世界相处。这大概是我愿意接下张军这份奇妙工作的原因吧。我想，接触"电影"，接触这件我从没有涉猎过的事情，是我和这个新世界沟通最直接的桥梁。

还有一个很现实的问题，是前不久的一天，我突然接到了我爸的一个电话。他和我东拉西扯了半天，声音突然干涩了。我感到奇怪，问他究竟什么事。他说刘文，我在海南遇到了一个女人。接下来，他再说什么，我脑子里乱哄哄的，都听不进去。我只能一个劲儿地说"好事"，"祝福"。我爸到最后说，以后我可能不能再照顾你这么细致了，你是大人了，我得顾及那边的感受。挂断电话以后，我定定神，把我爸这件事想通了，然后感到自己特别孤独。我查了查自己的银行账户，余额让我更加不快。我意识到，漫长的假期结束了，我需要工作，才能够继续活下去。张军来到我面前，像是上帝赠给我一碗饭吃，我得伸手接住了。

签合同前一晚，我接了一个电话，是"小叮当"打来的，她说陈诺想见我。我并不感到意外，我总觉得，他愿意帮我这件事很奇妙，像是两件不协调的乐器非要合奏一首乐曲。我也很想见见他，对这个帮助我的人亲口说一声"谢谢"。我有些忐忑，不知道该怎么和一个警察相处。

陈诺和我约在"小叮当"的书店见面，那是座木头小屋，地板也是木地板，暖色调让人有安全感。我到的时候，看到陈诺和"小叮当"正缩在柜台里窃窃私语，两人亲昵的样子让我恍然大悟，原来他们是一对情侣。

陈诺走了过来，把一杯温水递给我。那时是晚上，街上的其他店铺都灯火通明，唯有这书店只有我们三个。我想起前段时间看到的一条新闻，流调报告显示，疫情以来最安全的公共场合就是书店。我想，书籍真是人类精神的纸墓碑啊，原来我就是一个造墓碑的人。

　　陈诺说，你要和张军签合同了？我点点头，说谢谢你帮助我。陈诺摆摆手，说，我喜欢有才的人，你什么都挺好，就需要有人拉一把。我说，很难想象你会喜欢我的书。陈诺笑了，说我不爱看电影电视剧，那都是瞎编的。也不爱看文史哲，就爱读小说。我从包里掏出一本毛边版的签名《我心书》，送给陈诺。

　　陈诺从桌上抄起一摞纸，摆在了我面前。我看了一眼，非常诧异，是明天要签的合同，上面用红笔密密麻麻做了批注。我说，这份合同是哪里来的。陈诺说，你不要问这么多，我只是想帮你。我说，合同上面有保密条款，不太方便讨论。陈诺说，三万块钱，你的劳动是不是太便宜了。

　　我说，实话实说，我觉得自己干不下来这事，也许他的钱都白花了。陈诺笑道，你不贪，不贪的人最可怕。你不要小看张军，他不会白花一分钱。我说，你和他很熟？我觉得他很狡猾，不明白你为什么和他是朋友。陈诺说，你真是不太会说话，就和你的文章一样单纯。

　　我紧紧攥着拳头，心想他说得没错，"太单纯"，是我的软肋。可作为一个三十多岁的男人，被人这样评价，还是很不好受。陈诺拍拍我的肩膀，你别介意，我也不会说话。我和张军是在一个案子上认识的。我了解他,他有点鸡贼,但坏不到哪里去。陈诺敲了敲纸上的红圈,说你再看看这些条款,我画住的内容是重点。我拿起合同又看了一遍,没发现什么问题。我看着陈诺,不知道他是什么意思。

陈诺说,这些条款单看没什么问题,可是合在一起,就成了一个陷阱。我说,他能骗我什么?陈诺说,我知道他的心思,先让你写,榨干你,然后事情到骑虎难下的地步,就脱离了我的管控。他会利用这些条款踢掉你。

我摇摇头,说我听不懂你的话。这事像天方夜谭,我为他努力工作,他为什么要踢掉我。你刚才还说,这个人坏不到哪里去。可你又说,这是个很贪婪的人。太矛盾了。陈诺说,在我的世界里,他不算坏,可在你的世界,他是一个努力掌握自己生命方向的人。不信命的人什么事情都做得出来,人是多样的,一切都和你十五岁的时候不一样了,可你太善良,还像二十年前一样想。我突然觉得我会害了你。

陈诺的话让我摸不着头脑,他只是推荐我写一个剧本,为什么会害了我?

见我不太愿意聊合同,陈诺和我东拉西扯了一阵。分手的时候,陈诺送了我一本《瓦尔登湖》。回到家里,我躺在床上翻了几十页,心静如水时给陈诺发了条信息,告诉他我还是决定与张军把这份合同签了。对于现在的我,较真儿也得不到什么,因为我并没有什么可以失去的。陈诺没有给我回话。我继续看书,梭罗在《瓦尔登湖》里说,一个人对自己的看法,决定了他的命运。更确切地说,是指出了他的命运。不知道为什么,我内心突然有些恐慌。我不愿伤害陈诺,他是喜欢我小说的读者。我拿起手机,发现有陈诺的未读信息。原来他早就给我回话了,只不过我忘记了自己手机静音。陈诺说,好好写,祝你成功。

张军带我去了趟金市融媒体,它在政府办公楼的七层。那栋楼到处都是蜿蜒的走廊和沉默的房间,像一座蚁巢。他带我见了一个胖胖的老太太,那是张军的顶头上司。她笑容慈祥。无论张军和我说什么,她都是一句话,你们年轻人好好干吧。从老太太的办公室出来,张军把我带到了人事部。当公章落到劳动合同上时,张军深深喘了一口气,像是捡回了自己丢失的珍贵宝物。出了人事部,张军小声对我说,这儿的人就有一点好处,通透,不为难人。

张军把我带到了视频部,我终于明白为什么张军说自己在这里是老大了。偌大的办公室只有一张桌子,张军是这里唯一的工作人员。他锁上门,从办公桌的抽屉里掏出一摞钉好的纸,说签字吧。我一看,正是那份编剧合同。我刚在合同上签了字,张军就给我转了一万块钱。然后,他激动地从桌边绕过来,握住了我的手。他对我说,现在,我们是同志了。语气庄重得有些滑稽。十年来,这是我第一次赚钱,我有些恍惚。张军说现在可以出发了。我愣了,说,去哪儿?张军说采访骆驼的遗孀。我说你没提前通知我,我什么东西都没带。张军说,一切都能路上买。

下午一点多，我们来到了移民新村，骆驼生前就住在这儿。移民新村很大，夏天的午后，柏油路白得发亮，安静得让人心里发慌。坐在小板凳上在马路边晒太阳的老人们不下棋，也不聊天，只是愣愣地看着我们。这两张新鲜的面孔能让他们的眼睛稍微亮一点，老人们窃窃私语，声音像春天的小河解冻。我抬头擦汗，看到一个黑点在天上一圈圈打转，好像迷失在了云层里。

骆驼的家是移民新村的楼王，三套房子打通连成了一套，一进门，我愣住了。客厅正中央摆设着骆驼和妻子的大幅结婚照。照片下面是骆驼的遗像。桌上还摆着白花与瓜果，是个简易的小灵堂。照片上的新娘面对我灿烂微笑，可我的头皮发麻，太阳穴一鼓一鼓，好像血随时都会喷射出去。

我从没想到我会认识照片上的新娘。我在想，她是云还是霞？我曾经在小说里想象过无数次我再次和草原上的故人们相遇时的情景，几十种，上百种，却从未想到我们会在灵堂上重逢。

寡妇走出了卧室，是霞。我叫她的名字，霞带着泪痕挤出了半分微笑。我想起以前，霞和云这对双胞胎姐妹长得一模一样，有时连火石都分不清两人，可我总能一眼认出来谁是谁，这好像是我的特异功能。我松了一口气，我不希望眼前这个女人是云，我爱云。我不愿意她如此不幸。

霞的眼睛哭肿了，可妆容不乱，佩戴的首饰也很精美，身上的黑色长裙很显她婀娜的身材。她今年应该四十岁了，可看起来像二十多岁的女孩一样纤细脆弱。我心中想，霞应该被骆驼养得很好。这十多年没工作过，没受过罪。可我脑海中浮现的却全都是少年时我和三姐妹一起玩耍的景象，霞那时自由自在，像野马般桀骜不驯。

张军掏出记者证，说明我们是来采访的媒体。霞并不在意，只是看着我。我说好久不见。真没想到。霞的眼中涌现泪光，但瞬间收了回去。她没有说话，而是坐了下来。我忐忑地坐到她对面，她说，大作家，真高兴今天能见到你。我愕然地看着霞，她的声音不像人声，倒像是机器。她指指自己的喉咙，说你走之后，我遭遇了一场火灾。

那个下午，我像一个木头人一样，听着霞用电子脉冲一般的声音讲述她这二十年是怎么过来的。她遇到了这个叫骆驼的男人，差点在婚礼上的大火中被烧死。后来她和骆驼一起来到了金市，骆驼发了财，骆驼又破了产，骆驼又发了财，最后骆驼被狼吃了，她变成了一个寡妇。当她说到骆驼有好运的时候，她会笑，我也跟着她笑。当她说到骆驼遭遇不幸的时候，她会哭，我也会掉眼泪。可眼前这个嗓音古怪的女人却让我从内心感到恐慌。我为女人天生的不幸和原罪而恐慌。那个下午我才意识到，每个女人的生命都被自己的丈夫深深影响。即使她是霞，是我的好朋友，是草原上滑雪技术最好的女孩，可以像精灵一样驾驭风雪。即使她和那片我梦中的草原，和她的亲人血肉相连，最后也只能把自己的皮肤、神经和灵魂从草地上割下来，变成眼前这个精致而又胆怯的女人，变成一段段关于丈夫的回忆。

霞从茶几下拿出一本《我心书》，说这段日子很难熬，就看你的小说。真没想到，你会成为一个作家。我为你感到高兴。张军笑道，太有缘了。霞看着张军，脸上没什么表情，像是在审视一张报表。

霞一直在夸赞死去的丈夫有多么优秀。我却是大脑一片空白，无法理解眼前的人间，耳边总是回荡着2003年的冬天，她在我耳边呼气的声音，还有笑声。我的皮肤甚至还残留着她胳膊贴上来时的温热感触。

那是我第一次和陌生的异性这样近距离接触。我的脸红了。霞感觉到了，掐了我一下，说年纪小小，想得还很多。那时我的心狂跳，像是一个被人抓住的贼般羞愧……

张军打断了我的回忆，他推我，说刘文，你还有什么可问的。我这才意识到采访做完了。

霞让我给《我心书》签名。我装作不经意地问霞，云现在住哪里。霞给我一个地址，也在移民新村。我说，她现在还好吗？霞说话的语气很冷淡，我就知道她住在这里，因为一些事情，我们很久没联系了。

我感到诧异，2003年的那段时光，如今好像一场梦。我们离开的时候，霞主动拥抱了我，她说好兄弟，我们的苦要各自承受。没事就来找我坐坐吧，为我讲讲你心中以前的那些事，我都忘记了……

到了小区门口，我对张军说，我想再找个朋友，你先走吧。张军看都不看我一眼，扬长而去。我顺着霞给我那张纸条上的地址，找到了一处半地下室，门前的走廊上叠满了压好的一捆捆纸箱。天气很热，纸片的缝隙间散发出酱豆腐的味道。

我敲门，没有人应。隔壁的门却打开了，一个七十多岁的老太太探出头来，皱眉看着我。我说对不起，打扰了。她哼了一声，带着深深的鄙夷。我愕然道，云在吗？老太太说那个疯子现在应该在小区里收纸箱，你着什么急，七点半才开门。

我走出单元楼，努力地呼吸了两口新鲜空气，坐在树荫下的长椅上等云。傍晚时分，晚霞似火，人逐渐多了，路边多了不少移民自己支起的摊位，卖的大多是羊杂、奶制品等草原小吃。此刻大概是这群移民一天中最快乐的时刻吧，在路灯下，他们像影子和幽灵一样轻盈。

我等到七点十五分，一辆满载着废纸片的三轮摩托停在了单元楼门口，车轮都被货物压扁了。驾驶员戴着遮阳帽，五官藏于阴影中，身形粗壮。我分不清男女，更不敢确认这人就是我朝思暮想二十年的云。一直在空中盘旋的那只鸟终于落在了离我们不远的大树上，竟然是一只鹰。它看着我，仿佛我是它的猎物。疫情这几年，城里不仅多了野兔和野鸡，我也经常能看到狐狸、貂和鹰。据说，还有狼一到晚上两三点就会在无人的步行街上游荡。它注意到我盯着它看，发出一声刺耳的怪叫，扇动翅膀飞到了高空，在星星下面缓慢地飞行。

直到卸完了货，驾驶员才摘下帽子，正是云。她鬓间都是白发，此时我才发现，是工作服让她显得臃肿，其实她比之前瘦了两圈。和霞比起来，她就像是被风干了一样。我走了过去，叫她的名字。云眯起眼睛辨认了好一阵，不敢相信似的说，刘文？小老虎？我说云，你还好吗？说着说着，我就哽咽了，低下头，不敢看她。云说，你怎么来了。我说，我今天专门来找你的。云笑了，拍拍身上的灰尘说，啊！像梦一样。

她走到我面前，伸出一只手，和我比比个头，调皮地笑了。她点点头，说嗯，现在比我高了。我没法回应她，我想笑，可是嘴角僵硬。她轻轻地拍了拍我的肩膀，像是什么都明白一样，说别哭啊，别哭，让别人看到多不好。

离云近了，我心里踏实了不少，她还是喜欢在高兴的时候"啊"一声，神态还是像少女时一样挺拔，灵魂中最重要的东西没有被时间打垮。云说，一会儿我要上夜班了，我们进去聊。进到云的房间里，里面是个一居室，卧室在里屋。我面前的小厅里，电视机柜上放着一堆古怪的小玩意，碎了的旧镜子，褪色的塑料花，像废品收购站中的一角。而厅中央摆了两张桌子，桌面上竟摆满了扑克牌、筹码等赌具。云说，都是以前朋友送的礼物，他是个猎手，就喜欢搞这些稀奇古怪的小东西，我舍不得扔。

七点半过一点，小屋里站满人。人们努力不发出声音，可屋子里还是很吵闹。似乎每个人都在抽烟，废纸片的味道再加上二手烟，熏得我眼睛都睁不开。我站在云身后，看她给赌客们发筹码和扑克。云手法熟练得像一台机器。我谈及我刚从霞家出来。她什么都没说，甚至都没看我。我说起骆驼。那些赌徒都惋惜地说这人是个好摔跤手。云打断了我和他们的交谈，说摔跤手会死，大官和有钱人会死，连神仙都会死。没有人能躲得开。我发现，她甚至都没有问霞的情况。

那些赌徒怪笑着，我不由得缩缩身子，云对我说你不要见怪，这都是移民新村里的邻居，我们在城里也找不到什么像样的工作。实在没事情干，太无聊了，就自己打打牌，自娱自乐。我问她结婚了没有，云说你管这么多干吗。我告诉云，我写了一本小说。赌客们都笑了，有人说，云啊，没想到你还认识知识分子。我没理旁人的嘲笑，事实上我的眼里只有云。我把我这二十多年的遭遇统统告诉了云，离开草原后，我一直记得那时的奇遇，还有云对我的鼓励，我可以写东西。于是我用了十年疯狂看书，认真谋划。我没有去读大学，在目睹了一场凶案后大受刺激，在十年前开始写小说。我还对云讲述我的小院，乌龟"麦克"，我去世的母亲，还有远在海南的父亲。我想告诉她，我做这一切都是想让你知道我没有忘记，可是我不敢。我以为我会说很久很久，没想到一把牌的时间，我就无话可说了。

云只是听着，时不时点点头，只有在得知我母亲去世时诧异地回头看了我一眼，然后摸了摸我的肩头。赌徒里有人说，原来还有人比咱们更无聊。另一个赌徒说，云啊，你快把他赶走吧。他来了之后，我都输两把了，晦气。

云说，这些事情我都知道了。话不是一次说完的，今天我这儿忙，改天你来找我。我说，你知道吗？我那本小说叫《我心书》。一个壮实的赌徒站起来，就是他一直在输。他指着我说，让你走，这儿不欢迎你。我的声音更大了，讲故事要九十九句真话里掺一句假话,这是你告诉我的。这句话教会了我怎么写小说,我想让你知道这个。那个男人走上来推我,你是不是想要我们云?云不喜欢书呆子,喜欢有味儿的男人。他说着话,朝我的脸上喷了口烟。他的同伙们发出阵阵怪笑,云的脸在雾中,我的镜片模糊,看不出来她是平静还是悲伤。我推开了那男人,未料到他拽住我的衣领说,你以为你比我们高贵?你比我们高贵?

男人扼住我的喉咙,我眼前渐渐变得模糊,此时一个人冲过来,掰开了男人的手,来人竟然是张军。他冲着怒视我们的赌徒鞠躬,说对不起对不起,我兄弟喝醉了。我说,你怎么来了?张军说,估计你要惹出事,我没走。张军想把我拽出云的家,我看着云,别人怎么推我都不动。云说等等,张军放开了我,我们都在粗重地喘气。云说,刘文啊,我朋友说得没错,我们是一伙,过得挺开心。你好好写小说,但你不要觉得谁就比谁高贵。你以后不要再来了。

云的日记

2010年X月X日

今天真冷,我觉得连炉子里的火焰都是冷的。想起以前在草原上,大姐最喜欢看着火想事,每当我和霞问她是不是难过时,她都会轻轻摇头,说火熄灭的时候,我的烦恼就没了。今天她看着马鞍被送进炉子,哭晕过去好几回。金市不是草原,即使大火熄灭,即使天崩地裂,该在的烦恼都还在,该在的债务也都还在。

我和霞抱着大姐，和她一起哭。马鞍走得太快了，一个半月人就没了。胰腺癌真可怕，我听霞说那是最痛的癌，因为胰腺遍布全身。我和锁头说，这就是欠债太多给愁出来的病。那么大的典当行，没想到说垮就垮了。锁头说你们女人家，啥也不懂，还要跟着他瞎闹。别说他了，多少十几亿几十亿的大老板，现在不也垮了。那是钱，不是咱草原上的草，一茬枯了再长一茬。

　　今天还来了很多债主，他们太过分了，竟然在人的⻆要闹事。牧人的脸都被丢光了。不知道马鞍有没有想到这一幕。我想起以前他骄傲地和我说，牧人是最聪明的。帮骗子，专门吃拆迁户，哪儿有拆迁他们就到哪儿设赌局，骗得人倾家荡产妻离子散，唯有在金市的移民新村没占着便宜。这么聪明的马鞍死了，死得这么惨，我不能再记了，心里很难过。

　　而且着急，马鞍的典当行里还压着我的钱和我融来的钱，不知道该怎么办。

　　再补一句，今天离开追悼会的时候，霞和骆驼拦住了我。霞说这么多年了，以前的恩怨该放下了，我们姐妹要多走动。我看着他们俩，突然觉得很难过。我想起以前对自己许下的诺言，用力推开他们，逃跑了。

2010年X月X日

　　今天，大姐来我家了，还带来几张红纸片，上面写着人名。大姐说，她找了一个大师，为我算了一卦，我明年肯定能有孩子。她让大师给孩子取了几个好名字，让我挑一个。

虹走后，锁头说大姐今天有点不对劲，我同意他的话。虹今天来家一点都不放松，坐得绷直。锁头去做饭的时候，她突然跳起来，吓我一跳。然后她坐在我身边，贴在我耳边说，总觉得家里还有个人，在监视自己。

我想，马鞍走后，大姐心里不太痛快，郁结了。我本来想和她说说钱的事，已经有人去锁头的单位闹事了，锁头怕领导不高兴，可看她这样，不敢提了。

听说月牙家的钱都被人骗走了，我心里很难过。我想打电话劝劝她，她没有接。我想想也是，说不定人家多烦呢。下午，牛角约我见了一面，我本以为他会和我提还钱的事，没想到他突然一把拉住了我的手，让我好好的。我吓坏了，自从结婚后，我的手再没被别的男人拉过，我抽出手狠狠拍了他一下，说牛角你疯了。牛角说，我在草原上，听说金市好多人为了钱跳楼的跳楼上吊的上吊。你可一定要好好的。我的钱你要是还不上，就不要还了。我们是朋友，无论你遇到什么事，都想想你身边有我这个朋友。我对他说，我记住了，我们是朋友。可你下次要再这样，我就不理你了。

晚上我躺在床上翻来覆去睡不着觉，心里有点担心大姐。

3

《我心书》节选

我说,非常危险,你回去吧。那是在雪原上。老皮卡刚才熄火了,这几天走了太远的路,它经不起折腾,爬窝了。同伴们去找人帮忙,可迟迟没有回来。只有你留下来照顾我。我想他们一定是迷路了。

这些日子,无论我是睡着还是清醒,眼前都是一片白茫茫。能看到的,只有那头雪灵。鹿角像是挣扎的火焰,在这片乳白中高高耸立。雪灵无时无刻不在围着我打转,狰狞地龇牙,可就是不敢过来。因为我的身边有你。我能感觉到你,你是一团火,熊熊燃烧。因为你,雪灵不敢过来,只能远远看着我。

风越来越大,我坐在后座上觉得车厢开始抖动。你焦急地说,可能要刮白毛风。从认识你之后,你一直都是自信的,勇敢的。我从没听到过你的声音这般焦虑,我知道,我们陷入了绝境。

我劝你不要再管我,自己逃生去。你说,我刚才看到牧人支灶留下的灰烬。你要有劲儿,就攒着,我们一起穿过森林,也许那边有人家。你要没劲儿,我就背你过去。你要再说这些废话,我只能把你打晕，然后再背你过去。

积雪很深，能埋到小腿，每走一步我们都气喘吁吁。在我们的头顶前方，有翅膀扇动的声音。自从雪盲后，我的感官变得异常敏锐。那鸟似乎很大，每次拍打双翅都会扬起风雪，扑到我的脸上。草原上的苍鹰和秃鹫总在四处寻觅猎物和腐尸。你说，无论发生什么，你都不要害怕，我就在你身旁。

我们冲进森林，不知走了多久，你突然把我拽住，摁倒在了地上。你捂住我的嘴，贴在我的耳边低语，我看到一头熊。

你的话音刚落，我就闻到了浓重的血腥味，还有臭烘烘的骚味，那是草原上的黑熊、狼等猛兽特有的味道。这味道很强烈，像是自己本身就拥有生命，向我们扑来。我刚反应过来，就已经听到熊的脚步声了。你抱着我，我们两个哆嗦得更厉害了。

我轻轻说，就算今天死了，咱俩也不是孤单的。你突然不抖了，我感觉你是愣了一下，然后你轻轻握住了我的手。

大地震动，熊怒吼着向这边扑来。森林深处传来另一个人的喊叫，你的手心出汗了。我仔细听，说，是锁头。锁头发出了一阵痛苦的呻吟，好像是熊伤害了锁头。熊再次冲着我的方向怒吼。

我被吓住了，坐在地上，站不起来，身体好像已经不是我的。你背着我，拼命地奔跑。你的头发划过我的脸，仿佛夏夜的雨丝。

大地颤抖得越来越厉害，我感到熊嘴中哈出的热气喷到了我的脚上。我想，熊要是吃我，应该是先从脚开始吧。我说，丢下我。你反而更用力地抓住了我。

我们头顶的天空传来一阵嘶鸣，是那只大鸟，它瞬间就穿过了我的耳边。熊摔倒了，我听到它在哀鸣。我说，发生什么了。你还是不说话，只是拼命地跑啊跑啊。

有风拂来，我想我们终于跑出了那片森林。你呼哧呼哧地喘气。我说，我们不会被熊吃掉了。这时我听到了伙伴们的叫声，然后我们狠狠地摔在了他们的怀中。阳光打在我的脸上，真暖和。

眼镜带着我们跑到一户牧人毡包里，伙伴们都在。原来，他们带着工具想回到皮卡那里找我们，可是在森林里迷了路。要不是听到了熊的怒吼声，他们还不知道我们在哪里。那家人被吓坏了，以为从雪地里钻出了两个浑身是泥的小鬼。这时锁头也逃了回来，一直都很坚强的他此时还在小声地呻吟。眼镜告诉我，原来刚才为了保护我，锁头大声呼喊，吸引了熊的注意，被它推到了树丛里，胳膊被划了三道深深的口子。我对他说谢谢，锁头说我们是兄弟，换做是你，你也会这样做。

直到吃完两碗热气腾腾的羊肉面片，我才回了神儿。你告诉我，是那只鹰突然俯冲下来，抓瞎了熊的眼睛。那家牧人笑道，想吃你们的救了你们。你笑着说，是啊，今天我们也算过了一趟鬼门关。我很诧异，这是生死之事，你们为何能如此平静地笑谈。

锁头受伤了，眼镜他们要把他送回家。你要陪着我，继续冒险。那户人家的男主人帮我们修好了皮卡,又给车上放了些肉干与牛奶。在那家牧人的毡房前,我们依依不舍地告别了伙伴,再次上路。

我能感觉到,那只鹰还在我们的头顶盘旋。在我眼前的那片虚白中,雪灵仍站在我的面前,它的角像长矛一样尖锐。只是我的内心不再感到害怕,不再觉得惶恐。我还能感觉到,你也和我一样。我感到神奇,不知道为什么短短几个小时,你我的内心就发生了这么大的变化。

很多年后,我已年近中年,终于明白了那是一种什么感觉。正是它让牧人们能平静地面对生死明灭。就像你说的,我们彼此之间相依为命。原来不仅你是我的火焰,我也是你的火焰。无论面对什么,冰山雪原,黑熊秃鹫,我们是温暖的,我们不孤独。

刘文

我们去移民新村采访过霞之后,张军天天催我写点什么,哪怕只是些粗浅的感受都行。我在心里给自己定了计划,尽快搞定大纲,然后去找云。哪怕我只能安静地坐在那个漫溢着废品味的赌场里,整夜整夜地看她打牌,我也是快乐的。

我把自己封闭在家,每天除去吃饭,只在黄昏的时候到小院里去溜达半小时。麦克始终陪着我,我有时把它放在肩头,有时把它捧在手掌。

麦克能看出来,我的心思根本不在手头干的事儿上,散步时它总会把脖子伸长瞪着我,晃动它的脑袋,似乎在说,嘿哥们儿，别再想了。你的小说写完了，你要过好自己的人生。可人生究竟又是个什么呢？一趟旅程？这场旅程我已经走过了一半。可我觉得，我和二十年前一样，哪怕那个我好像已经死去了。我依然是那个天真的孩子不灭的影子，天真得都让我伤感。

七月到了尾巴，我写出来一个故事大纲。张军把大纲四处分发，有艺术家，也有投资商，搞得和真事一样。我说，你不是说沉淀沉淀，不着急实操这部电影吗。张军说你沉淀你的，我得搞钱去啊。

我们兵分两路。他带着新大纲去北京，现在环境不好，他想探探这摊水的深浅。我这边张军给介绍了几个画家，他说画家做电影美术眼光好，是从感受出发，不会动不动就给导演找参考风格，自己一点脑子不动，跟搞装修的一样。

其实我能看出来，张军没钱，行家不愿搭理他。他只能用"电影"这个幌子招惹一帮对电影有兴趣的艺术家跟着他鬼混。我说，剧本没定，钱也没有，八字没一撇，这事现在只是打嘴炮，你这么搞会让人丧失信任。张军说，中国不缺人。我要是剧本也有，钱也有，那我还要你们干吗。这话我总觉得哪里不对劲，可是也说不出什么。

张军走后，我跟着这群画家进了草原，美其名曰"勘景"，其实就是拉个架子给北京那边可能掏钱的人看。陈诺作为警方的协调，也会跟着我们一起进草原。临分别前，张军让我小心他。我说为什么，他一直在帮我。

张军说，其实那天在云的家，我注意到窗台上也有一本《我心书》。我能注意到的事，陈诺更不会放过。这起意外中的两个死者家属都是你的读者，陈诺又来找你写这起意外，没这么巧的事。陈诺不是个普通人，他做这件事一定有目的。我说，为什么你总把人想得那么复杂。张军说，你怎么不懂人事呢。你不会还是处男吧。我和你说，我可是和陈诺打过交道。一般坏人顶多骗你点钱。陈诺是鬼，你小心他玩死你。

我说不出话来。张军说哪天带你出去玩玩，让你更新一下意识。这个世界已经不一样了。

那趟采风之旅一直都很顺利，我们因为有陈诺的关系，到哪里都有人招待买单，牛羊肉管够。我肚子大了两圈，最少胖了五斤。陈诺笑眯眯的，很招女画家们喜欢。他总是感慨着对我们说，还是你们搞艺术的生活精彩，和你们比，我真是白活了。陈诺让别人不要叫他"陈警官"，叫"老陈"。我跟着众人，也开始叫他"老陈"，可心里总记得张军的话，有时在车上我闭眼休息，总会觉得陈诺在盯着我，眼睛里弥漫着一层淡淡的金雾。

最后一站，我们到了那座天坑，骆驼被狼咬死的地方。这群画家的头，是个动不动就强调"体验生活"的"70后"，油画特别写实，很喜欢吴天明谢飞这批第四代导演，觉得世界上只有一种创作方法，就是现实主义。因为上次我没有进到坑底，他强烈要求我下坑，说是这样写出来的场景描述才有细节，有质感。我没办法，只得和他们同行。坑底的土壤黑红两色掺杂，红色是泥土，黑色是裸露在地上的煤块，没有一棵青草，空气中飘浮的煤粉散发出浓郁的甜腥气。画家们很兴奋,四处拍照。有人小声嘀咕,这是什么。陈诺走了过去,踢开煤块和浮土,掩埋在下面的东西让他皱起了眉头。我走过去,看清那是一块被烧裂成碎片的山羊头盖骨。

陈诺把这块碎骨放到手掌上,它在阳光下晶莹剔透。陈诺小声地说这是什么意思。他好像是在自言自语,可我却觉得他是在问我。我听到自己小声地说,唤狼人。我的气息微弱,像是一个快要咽气的病人。可人们都盯着我,惊讶地咧着嘴。

我想起了2003年,在那辆穿越雪原的皮卡车上,因为无聊,我求着朋友们给我讲草原上有趣的事。云对我说,在草原上,人、动物和草木一样,所有的生命同样重要。牧人们坚信动物能变成人,人也能变成动物。有一种猎人,不靠枪炮也不靠陷阱,打猎时会穿上用狼皮狼爪特制的皮铠,他们管那叫做"狼壳子"。当到了猎场,"唤狼人"一边焚烧山羊的头盖骨,一边模仿狼的嚎叫。狼会被气味和叫声吸引,跟随猎人一起打猎。无论是打下野鹿黑熊这些大猎物,还是野兔野鸡等小玩意,他们会和狼同伴均分。可当有恶狼杀人时,他们也会披上狼壳子,将那狼引出来杀掉,为民除害。这些猎人把狼当做兄弟,也当做天敌。他们自古就被牧人们叫做"唤狼人"。

当我站在昏暗的天坑中讲述这一幕时,陈诺一直眯着眼看我,嘴角扬起,半笑不笑,似笑非笑。我突然觉得后背冷,我有种感觉,从我和陈诺见第一面时,他就一直都在等我说出接下来这句话。我说,也许杀死骆驼的凶手不是野狼,而是扮成狼的人。也许这不是意外,是一场谋杀。

勘景就这样戛然而止,像一场突然停电的戏剧。陈诺说,要带我去找那个叫老山羊的牧人,他是那晚唯一的目击者,再次核实一下情况。我被陈诺推上了他的吉普车,画家们被陈诺甩到了天坑边。我发现陈诺此时变了副面目,冷冷的,像座冰雕。这几天来的那个"老陈",不过是他的伪装。陈诺其实根本不喜欢他们。他开车载着我,离开了那群沮丧的人。

老山羊的家是一个破旧的老毡包,在离天坑差不多3公里处的草原上孤零零矗立着,因为年久失修,毡包在风中摇摇欲坠,原本白色的毡布都发黑了,隔着很远我就闻到了浓郁的酒味儿。我们推门进去的时候,老山羊已经快喝到位了。陈诺把我告诉他的事情和老山羊说了一遍,老山羊清醒了,他挣扎着从被窝里钻出来,怒气冲冲地走到我和陈诺的面前,双臂挥舞着,愤怒地说陈诺是在质疑一个牧人的诚实,从没人这样羞辱过自己,他那晚看到杀死骆驼的就是狼,不是人。

陈诺突然一把拎着他的脖领子,说你这个酒鬼也有脸和我说诚实,做伪证是要坐牢的,等你出来,你的羊老婆羊女儿怕是都冻死饿死了。老山羊吓坏了,酒意全无,闭上眼睛,攥紧了拳头,指节发白。他的身体一下垮了下来,像是一摊被雨水浇透的泥。掰开陈诺的手,说,也许我那天喝得太醉了。陈诺点头,说没错。那天我找你问话的时候,你身上的酒味能熏死一头骆驼。老山羊说,所以咱重新来一回?现在我都想起来了。陈诺点点头,拍着他肩膀说,重新来一回,这回想好了再说。说好了,我就当以前没找过你。这话让老山羊的眼睛亮了,他挥挥手,示意我们跟他走。

我们走出了毡房,他带我们去他的羊圈边,抄起铁锹从羊圈里挖出一副狼壳子。黑夜里,狼壳子上的那两颗眼珠闪着金光,像两颗星星。那是我人生中第二次见这玩意,比我二十多年前见到的那一套在工艺上进步了不少。它有一副完整的皮毛,油光水滑。狼头闪着寒光,利爪由钢丝连接,齿轮和压力泵会保证它各个关节活动自如。也许是死狼的缘故,我总觉得,狼壳子好像嘴巴瘪了一块。即使这样,它的做工也完美无瑕。无论谁披上这套皮铠,在草原上都会像一头威风凛凛的狼。

老山羊点燃一根烟,靠在羊圈的木栏边,声音沙哑。他说那晚我找羊,走到金蒿花田的时候听到一阵歌声,有个女人在唱诺敏歌。我以为是鬼,吓坏了,赶紧匍匐到了草地上。顺着声音我穿过金蒿花田,爬到了天坑边,再一细看,她在哈气,原来是个女人。我正准备问她这是做什么,这家伙一下子跳进了天坑,我向天坑里面看,看见她手里的狼壳子在滴血,脚下躺着那具男人的尸体。这把我吓晕了过去。

等我再醒来,草原上静悄悄的,歌声和人声都消失了。我爬到了天坑边,往下面望去,那晚月光很亮,我看到那个男人躺在坑底的血泊里,四分五裂的。我害怕极了,就跑回了家。第二天,我回到那里,狼壳子还在,我看这玩意稀罕,就捡了回来,心想以后自己也学习着像"唤狼人"一样打猎。陈诺说,为什么之前你不说？老山羊眼睛翻白，不好意思地笑，我就是个放羊的，没经过事，我害怕啊。

我们站在羊圈边抽烟，陈诺的同事们闻讯赶来时，我们已经抽完了陈诺的烟和我的烟，老山羊的烟盒里也只剩下了两根。在这个过程里，我无法把脑海里这一堆现实的残片用逻辑组合起来。警察把我推离了羊圈。我沮丧地坐在草地上，明明是盛夏，可夜里的露水让我全身发冷。过了许久，陈诺拎着一副画夹走了出来，说，我把你送回去。我坐在副驾上，那副画夹没放好，摔到地上，一张画像飘了出来。陈诺指着那张画像，语气轻松地说，这张画是技术警察刚才根据老山羊的供述描绘的凶手画像。

画上的女人似乎在端详我，在问我，这世界上这么多人，为什么单单是你闯入我的生活，为什么单单是你记得过去的好日子，现在却又指证了我是凶手？

我闻不到这个女人身上的味道，无法分辨她究竟是云，还是霞。可我想起了霞的声音，那空洞的、苍白的电子噪音。霞的喉咙只剩下三分之一了，别提唱诺敏歌，就连正常说话都难。画像上的女人只能是云。

陈诺好像也是这么想的，他说真没想到，妹妹杀了姐夫。操，上次遇到这么邪性的案子，还是去年的太阳雨失踪案。我说，云还没认罪，你是个警察，要讲事实，讲证据。陈诺给我递了根烟，说你压压惊。我看了看后视镜中的自己，脸白得像木条燃尽后的灰。陈诺笑着摇头，把车窗打开了一条缝。

夜风汹涌，扑进车厢。我说，我终于明白你为什么让张军来纠缠我了。张军说得没错,你就是个鬼。陈诺说,为什么老山羊之前会撒谎。我摇摇头,说我也不明白,然后就闷头抽烟。那一路再无语。

回去之后,我整日失魂落魄地和麦克相对。陈诺也好,张军也罢,没人给我打电话,我就像被所有人遗忘了。我想打听骆驼案的进展,可我发现我和金市的社会已经彻底脱节,没人能帮得上我。

我天天都去移民新村游荡,那里流传着各种真假难辨的消息。有人说,骆驼的案子变得非常棘手。案发当晚,云的棋牌室来了两个外地人,手气非常好,赢走不少钱。云愤怒地离开了那里,据云说,自己在金市水库边待了一晚上,听歌想事。水库在市郊,没人在当晚看见她。可在警察看来,这叫案发时间凶手没有不在场证明。听说警察也去查过霞的不在场证明。可案发当晚在金市剧院有半导体的大课,霞去参加了,当场足有五百人能为她作证。

还有人说,陈诺来移民新村走访时,不少人回忆起云,都说当年在草原上,她是唱诺敏歌最好的姑娘。只要她一开嗓,半个草原都能听到歌声。而霞没了喉咙,别说唱歌了,连说囫囵话都困难。

我还去了云的家,可她家永远都是大门紧锁。听移民新村的人说,那晚带走她的警察足足坐满了两车。那段日子我把《麦田里的守望者》重看了一遍又一遍,最爱看的段落是霍尔顿问出租车司机，中央公园的野鸭都飞到哪里去了。

到了八月初，有一天，我正在给麦克刷壳，小院响起敲门声，来人竟然是张军。他顾不得寒暄，直奔主题，你听说了吗？云被刑拘了。我眼前浮现出陈诺的面孔，一时间对他充满了憎恶。其实那天我骗了他，我明白老山羊为什么撒谎。能用"狼壳子"捕猎，还会唱诺敏歌的女人一定是草原上的人，老山羊是在帮助自己的同类。

那晚我和张军都喝醉了。张军不说话，光抽烟，时不时拍打下我的后背，帮我顺气。不知过了多久，我酒醒了不少。我说真不好意思，没帮上你忙。张军说，你可真是够傻的。这怎么没干成呢？这才更值得干了。

我看着眼前这个男人模糊的身影，揉揉眼睛，张军不像喝大了。张军说，我就问你，假设这事还能干，稿费还能涨十倍，变成三十万了，你干不干。我心想别说三十万了，只要能帮云，做什么我都愿意。我点点头，张军得意地拍了下我的大腿。他说之前这件事的定性是意外，我们只能做主旋律，我顶多能融到三百万。可现在它真的是一场谋杀，终于变成悬疑片，我这个金市奉俊昊可以大展手脚了。盘子最少能做到三千万。说完，张军张开嘴笑出了声。

我说，可是这已经不是一个单纯的动物伤人事件，变成了警方正在调查中的凶杀案，我们已经没有办法接近一线了。张军说，别忘了，我们是记者。我没说话，看着张军。他小声说，这起案件影响非常恶劣。警方为了弘扬正气，维护社会稳定，特批我们金市新闻网的记者采访犯罪嫌疑人,掌握一手资料,把破案过程拍成新闻片,在融媒体上滚动播放。我说,又是陈诺干的?张军说,据不可靠消息,他要提副局长了。这个案子现在是他亲自在查。之所以同意咱们进入,也是上面的人希望帮陈副局长提提气。

听完张军的话,我沉默了,使劲抖着自己的腿,琢磨我见到云的时候和她说什么。

金市看守所在市区往南十公里处的近郊,通着高压电和顶端带有倒钩的铁丝网里面是高耸的白色石头墙,石头墙后面还有一堵带着四个瞭望塔的青砖墙。四角的瞭望塔上有持枪武警,二十四小时监控着被三道墙包围在最中间的那栋方方正正的建筑。我坐在陈诺那辆吉普车的后座上进入这座建筑时,和那些俯瞰我的哨兵对视,不由得心中感到无比地慌张,生怕他们的枪一不小心走了火。

张军摆弄摄影机的时候,陈诺站在一旁饶有兴趣地观察他,好像在观察一只会抽烟的猩猩。

我说,陈诺,云救过我,我绝不相信一个救人的人会去杀人。陈诺说,现场和证物都被雨水破坏了。所以我既不能说她是凶手,也不能说她不是。一切还在调查。陈诺的话让我哑口无言,他扔掉烟头,说,走吧,我们该去见她了。

在一间大会议室,我见到了云,她坐在长桌对面,双手放在桌面上,没戴手铐,可是我能看到她脚腕上戴着脚镣,又粗又重的铁链没精打采地搭在地上，像一条死蛇。

很难想象，有人能够拖着这么粗重的铁器行走，更何况此时的云。她比上次见面时又瘦了一圈，下巴尖得像一把刻刀。

云看着我，眼圈一下子就红了，她对我小声说，我不是凶手。我点点头。陈诺说，我提醒一下，你们到这里，是配合我们弘扬正气的官媒，不是来替人翻案的。

云似乎没有听见他的话，只是两眼直直地望着我，说刘文，我没有杀人。

陈诺冷冷地望着我，我不知道哪里来的勇气，点头说云，我一定会救你的。

张军想打圆场，笑着说那我们就按采访提纲来提问吧。云却把双手下面压着的那摞信纸向我推来，说，只有你能救我了。

无论张军再问什么，她也只是看着我，一言不发，低头啜泣。我说你要保重，我会救你。陈诺不耐烦地看看钟，已经过去了十分钟。他示意我们离开。我愤怒地说，不是一个小时吗？陈诺说，今天效果不好，没有意义。

我回头对云说，相信我。云低着头，我看不到表情。我从没有想过，云有一天会穿着囚服，戴着脚镣，垂着头和我见面。她的双手始终规规矩矩放在桌面上，从我这个角度看过去，那双纤细的手臂就像小鸟的断翅一样。

我们被陈诺领出大会议室，又被他带进一间小会议室，我们三个围坐在圆桌边，陈诺冷冷地看着我，等我气喘匀了，他把刚才云拿出来的那摞信纸放在了我面前。

陈诺说，云知道你们来，想写一封自白书，并且委托你帮她润色。我想了想，也许这有助于你们的工作，答应了她的请求。这上面的每个字都是云写的。你要认真看，记下来。不许拍照与记录。如果你想救她，这是你唯一的机会。你看完以后，要再交还给我。我点点头，陈诺站起来，示意张军和他出去。临关门时，陈诺拍拍我的肩膀，语重心长地说你要好好干啊。

我嗓子干渴，把一满杯热茶都灌进肚子。我想起2003年，姐姐教我骑马，妹妹教我滑雪。过去的她们都在向我招手与微笑。无论是云还是霞，我很难想象她们其中的一个今时今日会是杀人凶手。我只能在心中回想陈诺的话，这是我唯一的机会。我开始一字一句认真研究这份自白书。云从她十岁时和母亲去捉蝴蝶，遇到了一头狼写起：

"1993年的春天，那年我和霞都是十岁，草原上一场大雨过后，漫山遍野鲜花盛开，花香四溢，平时机警的蝴蝶像疯了一样主动冲人的怀里钻……"

那封自白书很长，字迹潦草，它用第一人称"我"的口吻向想象的法官讲述，内容大多是过去的事，草原，还有火石与三姐妹。云的叙述信马由缰，说着说着就乱了。时间和事件跳来跳去。但里面很多事情我也知道，甚至经历了，万万没想到云会是这样想的，所以读起来我像是重活了一遍。

云时不时地会在字里行间大声疾呼，我是被冤枉的，我是无罪的。想到云奋力挣扎的样子，我总会想到在初春的河流里洄游的华子鱼。

我从下午读到深夜，没有吃饭，也没有上过厕所，我怕不小心会遗忘掉什么。我不断告诉自己，记下来，记下来。我走出会议室时，陈诺在眺望窗外的夜幕，张军躺在墙边的长椅上鼾声如雷。我把自白书还给了陈诺。陈诺说，刘文，你怎么看？我说，我觉得云肯定不是杀人犯。张军醒了，坐在长椅上笑着说，陈警官不是这个意思，他是问你有没有信心，把握住改变自己人生的机会。人一辈子没几个这样的机会。

出了看守所，我听到头顶有怪叫声，抬起头，一只鹰用爪子扒在看守所大门的徽章上俯瞰着我们，眼神犀利冷酷，仿佛它才是真正的法官。我觉得它有些眼熟，心想，这些野生动物真是越来越嚣张了。

云的日记

2011年X月X日

昨天晚上，我赶去了大姐家，她说家里进过小偷。我到的时候，霞和骆驼也在。大姐非要赶他们走，好像已经认不出人了。霞和骆驼也很担心大姐，我们一直陪到大姐吃了药，安静了下来。

我和霞很多年没交流了，一时不知该说什么，房间里静悄悄的。

骆驼打破了沉默，他告诉我，他去"奇风"集团工作了。原来骆驼终于结束了他的建筑公司，还清了所有债务，顺利上岸，投靠了半导体。自从金融危机以来,每天都能听到坏消息。哪个公司的老总失踪了,哪个公司的老板自焚了。三角债到处都是。骆驼在这样的环境下能够生存下来,真是了不起。

说实话,我心里为霞松了口气。"奇风"是个大集团,半导体是大老板。骆驼能到那里,给他打工,生活一定会过得越来越好,这是让人高兴的事。

我本来想回家了,虹突然从床上坐起来,拉住了我的手。她把药片吐了出来,原来刚才她一直都在假装。虹不断地哆嗦,说自己的生活被人监控着,有时自己回到家,东西都被翻乱了,手机还总串线,她怀疑有人监听。我有些生气,我都什么样子了,虹还这样折腾。我告诉她,锁头的工资卡今天都被债主收走了。人家还威胁我们,再不把钱还清,就把锁头告上法庭了。锁头在国企工作,要是吃了这种官司,以后别说升职,饭碗都保不住。那我们这个家就完了啊。

我再一次提出让虹还钱,虹说再逼她,她只能跳楼。我们两个人说话的声音好像太大了。骆驼看着我们,我觉得他的眼神里充满了担忧与怜悯。这目光像火一样烧着我的脸。我一下子嗓门提高了,你该跳楼就跳啊,你不跳就得我们跳了。所有人都吃惊地看着我,好像我是个陌生人。

霞说,三妹,别说这些不愉快的。让大姐好好休息。听到霞这么说,我心里很难过。这是我的生活啊,在她眼里,竟然只是些不愉快。当初是我牺牲了自己,她才有了今天。眼前的姐妹变得很陌生,我转身跑出了大姐家。

走在路上，我一直在哭。手机响了，是骆驼打来的电话。他代霞向我道歉，我哭着说，今天去了银行，我账上已经没钱了。就靠着锁头的工资活，如今也被债主把卡收走了。我不知道该怎么办，要是旁边有河，我恨不得一头跳进去。我和他说了很多，平时一直没法和别人说的话，今天一股脑全说出来了。骆驼一直没挂电话，也不说话，起先背景声很嘈杂，后来渐渐安静下来，只是有时能听到黄铜打火机打火的声音，很清脆，想必是骆驼抽完一根烟，再续一根烟。我想象着电话那边骆驼皱着眉头抽烟的样子，突然特别想去见他。

到家了，我的话也说完了。骆驼说，好久没聊天了，聊一聊，挺好的。他的声音有些干涩，我觉得他有些紧张。我说，好了，挂电话吧，都还有事要忙。骆驼说，也许当初我们都错了。他挂断了电话。听筒里传来丝丝电流声，像是钻进了我的心……

2012年X月X日

今天我去找虹，本来想和她聊聊最近发生的事情，顺便问问她能不能给我还点钱。债主最近逼我们逼得厉害，总去家里闹。我让锁头搬出去住，能不回来就别回来。虽然锁头什么也没说，可我知道他对我舍不得。他说这么多年来，我做一切都是为了你。为了你变得一无所有我也愿意。我说，别这么说，这样你就把自己看小了，把我也看小了。

大姐已经不认识我了，只是一直说有人在监视她，在折磨她。这个家很久都没有收拾过了，到处都是垃圾和杂物。我说你这个家有什么可监视的,值得吗?虹说,你别看我家乱,可每样东西都是我故意摆放的,回来都变了模样。我说,大姐,要不你去医院看看吧。虹指着桌上搬饼干屑的蚂蚁说,你看,每天有七只蚂蚁,可今天只剩下了六只,有一只一定是被监视我的人杀死了。

我流泪了,我知道我的大姐已经彻底疯了。想想以前,她像我们的母亲一样照顾我们,世界怎么会变成这个样子。

2012年X月X日

大姐的家被债主收走了。今天我把大姐和野兔子接回了家,她们再疯再傻,也是我的亲人。我们相依为命,日子还得过。

大姐问我锁头去哪里了。我说,债主天天上门逼债,他活不下去,搬到单位住了。大姐沉默了很久,看着墙上自己的影子,眼皮一眨不眨。这些年,她总怀疑那个监视她的人躲在影子里。我轻轻拉上窗帘,影子消失了。大姐突然说我在守护一个秘密,那个在监视我的人就是想得到这个秘密。我知道大姐又犯病了,想给她熬中药。大姐拽住我的手,说我不能告诉你这个秘密。你不要再打听了。我希望你永远不知道这个秘密。我问她,为什么我不能知道?

大姐哭了,说那样你会变成一个真正的疯子。她说这话的时候很认真,很伤心。我终于明白大姐为什么会发疯了,在这个世界上,认真的人都会发疯的。

2013年X月X日

虹病得太重了,她在家里的每一件物品上都写上了只有她自己能看懂的记号,昨晚还要剖开一只流浪狗的肚子,因为她怀疑监视者把窃听器塞进了狗肚子里面。我怕她再不看医生,有一天会伤害野兔子,可我们的钱全偿还给了那些下线,还远远不够,现在维持生活都困难。

今天,锁头来找我,他说知道虹的情况,很着急。他给了我一张卡,里面有五千块钱。我问他钱是从哪里来的,他说我总有自己的办法。锁头说,我总是有办法的。其实我知道钱从哪儿来,他手腕上空空的,那块他一直很喜欢的金表不见了。看着锁头为难的样子,我心里很难过。可我顾不上安慰他,就赶去医院给虹开药。

我问虹,你愿不愿意去和霞住。我实在是没有力量照顾你了。她摇摇头,只是说,她要去草原,抓住那头咬死爸爸的狼。其实我知道,大姐是不愿给霞添麻烦,她是我们三姐妹中日子最正常的一个,我们从心里都不想拖她的后腿。我抱住大姐,说那就咱俩个可怜虫相依为命吧,有我一口吃的,就有你一口吃的。

2013年X月X日

今天,我哭了一整天。太难过了。

我今天晚上陪虹出去散步,在路上遇到了锁头。他开黑车,佝偻着腰,给客人开车门,搬行李。我那个骄傲的丈夫在夜市的烟气中脸色铁青,像是壁画上的小鬼一样。我怕锁头看到我,拽着虹匆匆走了。

回到家，把虹哄睡了，这么多年来的压抑终于在此刻点燃了，我捂着被子哇哇大哭。我不愿住在这里了。我想起锁头，他曾经是我最爱的亲人，我最信任的人。真不敢相信他现在会是这个样子。那个意气风发，做什么都想带个"长"的锁头去哪儿了？我觉得是我把他毁了。

我回忆以前大家在草原上的生活，想起虹对我们的好，心里难过得像是有人拿锤子砸。我终于明白父亲为什么不愿卖掉草场，搬到城里来了。它会毁掉我们的家。

2014年X月X日

今天，骆驼和霞来了我家。大姐很焦躁，坐立不安。她对霞很不耐烦，动不动就让他们滚。我知道她是为了不让霞再难过。我不愿和霞说话，躲进了里屋。过了一会儿，骆驼偷偷走了进来。他从裤兜里掏出一个信封，说这里有两万块钱，这也是霞的意思。我拒绝了骆驼。我说，虹住在这儿，你们随时可以来看她。可我不想和你们再有任何瓜葛。你也转告霞，你们就当不认识我。骆驼叹口气，说苦了你了……

骆驼和云走了以后，不知道为什么，我总觉得骆驼好像话里有话。我想起曾经有一次我俩通电话，他和我说的那些话，心里乱糟糟的，连饭都不想做。

2016年X月X日

今天，债主来我家，把所有能搬走的东西都搬走了。我看着一地狼藉，听着大姐和野兔子的哭声，心想要不是因为还有他们，我不如一死了之。

就这样，大姐还和我闹，她拽着我，说那个藏在影子里的人把她的药片都偷走了。没有药片，她天旋地转。她要去草原，去调查秘密。没有药片，是会死人的。

这段时间她动不动就要去草原，可我之前已经带着她去过很多回了，我告诉她，你看，这里没什么监视者，草原上有狼，你要乖乖的，治好你的病。大姐还是不依不饶，闹得一次比一次凶。我在家的时候，还能拦住她。可我得去收纸箱，我只能再给她吃药片，等她冷静以后，用绳子把她捆起来。

这次我实在熬不住了，我很烦躁，一把推开了她，说你天旋地转就去死吧。不要再耽误我们了。大姐看着我，一动不动，也不再说话，好像变成了一个木头人。

2016年X月X日

今天，失踪两天的大姐被找到了，他们通知我，大姐从火山顶摔了下来，在草原上发现了她被狼吃掉的残躯。

我赶到停尸房的时候，已经哭不出来了，大姐太可怜了。辛辛苦苦一辈子，死在荒野上。我对不起她啊！我们都对不起她啊！

认完尸出来，我只想找一面墙，把自己一头撞死。野兔子惊恐地望着我，紧紧拉住我的手，她知道发生了什么。

现在想想，大姐出事是有预兆的。那天我回到家，绳子断了，家里空空的，只有野兔子一个人在看窗外的云。

我检查过那根一直用来捆虹的麻绳，断裂处有牙咬的痕迹。虹很狡猾，知道我要捆她，提前做了准备。我一时都有些怀疑，她是不是真的疯了？

我突然觉得，虹在草原上死去，算是死得其所。她宁愿疯，也没有变，始终是一个牧人的女儿。她不该像个疯子一样在城市里坠楼，或者被车轧死。

我总觉得，大姐是被我害死的。如果那天我没有和她吵架，也许她就不会咬断绳子跑出去。我心里难过极了。我想，如果是我疯了，换成大姐照顾我，她一定会把我照顾得好好的。不会任由我离家出走，最后摔死在悬崖下面。

可人生哪里有那么多如果？我犯了错，不，是罪。对于我的家庭而言，我是个罪人。我害死了虹。我父母也死了，我的家人们都死于草原，死于孤狼。我的生活被毁了。

4

《我心书》节选

我们穿越了整个雪原，即将进入冰冻的沼泽。你找了个山洞,决定休息一夜再出发。你点起篝火,还在雪地里抓住了两条冻僵的蛇,不告诉我是什么。你让我摸了一下,才告诉我真相,吓得我差点跳起来。你高兴地说这可是好东西呀。

你用短刀将蛇宰杀剥皮,告诉我说,捕蛇的法子是火石教给你的。按照你的说法,火石就是草原上的一位老神仙。他看一眼草甸,就能根据阴影的颜色判断草丛里藏没藏蛇。他闻一下沙子的味道,就能预料今晚会不会有白毛风。似乎这里的风雨树木都在他的掌握之中。

我撇撇嘴,说我不信,人哪里有这么神。你说,每个成熟的牧人都像懂自己的父母一样懂得草原。你就像打开了话匣子,你说你很担忧那些小羊羔,它们总在冬天跳出羊圈,迷失在雪原上被活活冻死。你还挂念那匹枣红马,它只允许你给它梳毛。最重要的是,你想念朋友们。

你想念月牙,想念她的大花坛和笑声。你说月牙很了不起,能叫出来草原上每一种花草的名字。她就像是鲜花的亲人。

还有牛角,你说小时候有一次你感冒了,非常痛苦。他竟然在冬天脱光了,你诧异地问他是不是疯了。牛角一边流着鼻涕一边说,既然没法帮你,他就愿意陪着你。

你谈论锁头时的温情让我妒忌,你说这是你最信赖的朋友。即使你在月亮上迷路,你也不会担心。因为锁头一定会找到月亮上来,然后带你回家。这话我信,那天他向黑熊扑过去,我知道他其实是为了你。

至于眼镜,你深深地叹口气。你说眼镜哪都好,就是读书太多,结果把胆子读小了。霞觉得他哪里都好,可是她不会喜欢一个胆小的男人。你回忆这些人的时候,声音里都是温情,就像在说自己的亲人。我默默地听着,心里只有一个念头,就是希望有一日你也能用这样的语调谈起我。真有那一天,我此生无憾。

我们喝了蛇胆和蛇血,身上暖和了不少。你做的蛇汤真是美味,我把蛇肉都吃了。我们在篝火边昏昏欲睡,你为了打发时间,问我喜欢什么。我看着眼前的你和那团雀跃的火焰,差点脱口而出我喜欢你。我想了想,自己的确什么都不擅长,就语文考试的分数还高一点,于是说,我喜欢编故事。

你说,刘文,我能看出来,你有写作的天赋。我父亲说,讲故事最高级的方法就是九十九句真话里有一句假话。你要加油哦,将来做一个大作家。

你知道吗?自从你说完这句话,我脑子里就没什么别的念头了。我想写出最美、最了不起的故事,让你为我惊叹。即使我已失明,即使我身处冰冻的荒野。第二天下午,我们穿过沼泽的时候我还在想这件事,一脚踩空,掉入了沼泽。

是你的惊叫把我从成为一个作家的幻觉中惊醒,可一切都晚了。四周的泥水冰冷刺骨,我很快失去了知觉。我听到你的尖叫,然后是水花的声音,你跳进沼泽抱住了我,延缓了我的下沉速度。我说,你疯了。这时,我们又开始下沉。我说,这样我们都会死的。她说,不要说话,不要乱动。等。我说,等什么?她说,会有藤蔓落在我们手里,我们能回到地面。我感到惊讶,四周寂静无声，怎么会有藤蔓。你的语气沉着自信，我被你震撼了，一言不发，身体僵硬，等待那根藤蔓，等待那个奇迹。雪水灌进嘴巴里，渐渐要把胃填满，我被雪埋住了。那片空白中你也不见了，只有雪灵站在远方，在冲我挥手，似乎还笑了。它那巨大的犄角在虚空中得意地晃动着，似乎我只剩下一种结局，死，然后跟随它。

就在我快要被冻僵的时候，好像是一瞬间，又好像很漫长，我感到了藤蔓滑过我脸颊的粗粝与冰凉。

我们顺着那根神秘的藤蔓爬出了雪坟。我大口喘气，惊魂未定中听到你说，光，谢谢你。我想到身边竟然有个陌生人，心中十分惊愕。

后来你对我说，这一路我们并不孤独，光一直陪着我们。有他在，你不会死的。你的口气很骄傲，这证明光是你很值得信赖的朋友。这让我嫉妒。我说，我不需要他来救我。你长叹一口气，似乎对我的薄情寡义感到吃惊。接下来很长一段路，你都在我前面领路，不和我并行，不和我说话，我知道这是你对我轻蔑了你的朋友而做出的惩罚，我真是太伤心了。

夜晚，我们升起篝火，你还是不说话。我受不了了，卑微地说，光，谢谢你救了我。没有回应，只有猎猎风声。我感到孤独，蜷曲着身子，背对温暖的篝火抽泣起来。

我说，云，我也永远不会离开你。我愿意为你死。请你相信我。你笑着说，我相信。但光和你们不一样。他是独一无二的好朋友。

你知道吗？那一夜，年少的我第一次感觉到了什么是妒忌，我恨不得你与我相依偎着立刻死去。谁都无法再夺走你。

刘文

　　蒸笼一样的家里，为了润色自白书，我每天工作十四个小时，键盘敲坏了两个键帽，中暑过一回。我写小说都没有如此认真过，调整段落，斟酌字句，手指每弹动一下似乎都用尽了全身的力气。

　　明明是酷暑，可我前不久关掉了空调，因为我快没钱了。张军预支的那部分稿费早已花完，父亲打给我的生活费也所剩无几。这几次采风和调查，我自己花了不少钱，真是濒临破产。若是置身事外，作为一个男人，我会觉得工作还得倒贴，这事不干也罢。但我的灵魂是云帮我找回来的。生活也好，电影也罢，对我已经不重要了，让大家明白云是一个多么善良的人，才是我做这一切的动力与目的。

　　乌龟麦克一直陪着我，多数时候伸长脖子闭目养神。我写到愤懑，或是实在无聊，大喊两声时，它就缓缓睁开双眼看我，狭长的眼里都是慈悲。

　　我把自白书当中润色好的部分交给了陈诺。没过多久，陈诺请我和张军吃了顿饭，在一家郊外的烤羊架子馆。人都要像狼一样撕扯着羊肋骨上既焦香又稀少的嫩肉。

　　一见陈诺，我就问他云看了吗。陈诺点点头。我松了口气，陈诺饶有深意地说，云还说，谢谢你。我不再说话，闷头吃饭。

　　席间都是张军在滔滔不绝，陈诺只是听着，沉默着慢慢地从羊肋排上扯下一条条肉，放进嘴里。张军累了，他会回过神来似的插两句话，然后继续沉默。陈诺这个人，似乎在想着这件事，又似乎在慢慢变得透明，慢慢在我们眼前消失。

快吃完的时候，张军终于累了，他去门口抽烟。陈诺问我，云和霞，究竟是一对什么样的姐妹？我愣了，问他是什么意思。陈诺告诉我，她一直坚称，自己没有杀骆驼。我说，不是坚称，你应该也看了自白书，她是个善良的女人，绝不是杀人犯。陈诺说，我看了，她和家人很好，尤其是霞。她对着自白书一直在笑，和我回忆了很多当年她们的事，好像觉得自己现在还在草原上。我问她，姐姐是个什么样的人。

这个时候，张军回来了。他说，这个地方还卖羊枪羊蛋，搞一套嘛陈队，给你来个泌尿系统一条龙，让你硬气一下！陈诺皱眉，那么硬气干吗，最硬气的都在号里蹲着呢。最后，张军给自己点了一份。陈诺继续刚才的话题，当陈诺问起霞的时候，云说姐姐从小就比自己聪明，什么事情都看得更深远，更透彻。人们都说，两个人的脑子长一个人身上了。

我点头，说没错，她们的确是这样。陈诺和张军互相对视了一眼，陈诺没再说话，看着窗外，身影似乎又开始慢慢变淡了。这个人似乎总在有意无意隐藏自己。可我觉得，即使陈诺真有一天变成了一团空气，人们还是能感受到他既怀疑一切，又为一切感到难过的目光。

张军开车送我回家，一路上我俩无话，我都快睡着了，突然听到张军没头没脑地说，你这写不了悬疑片啊。我愣了，说，你什么意思？

张军说，云说姐姐比自己聪明？我点头，不是她说，是都这么说。张军说，这么大人了，谁比谁精，谁比谁傻？我说，你就比我精明。

张军说，你有没有想过一种可能，现在这个节骨眼夸姐姐比自己聪明，是不是在引导陈诺的注意力？我说不可能！这不是云。张军说，操，你脑子里都是二十年前的云，二十年过了好吧。你就是你，我就是我？那个开赌档，天天和一群赌鬼混在一起的人是不是云？

我没说话，打开车窗抽烟，尽量不去看张军。张军说你把自白书写完了，就该好好忙活咱的事了吧？虽说不知什么时候能拍，可只有我们首先把它当回事儿，它才有成的可能。我回头看张军，他面色平静。我没想到他能猜到我的想法。

张军说，你从没相信过云是杀人犯。作为艺术家，我认为这是没问题的。反对现实，是创作的起点。但作为你的领导，你的同事，我要提醒你，你眼里有把火，能烧掉一切。

我说，没想到你还挺浪漫。张军说，你不能只看我吃羊蛋的那一面，都是过来人，我能想到的事情，陈诺也能想到。我劝你趁着火还没烧到自己的时候，赶紧把它灭了。你的念头，你做的事情，非常危险。

他说这话的时候，语言冰冷，眼神凶狠。有点像我那年患上雪盲时总能看到的鹿角雪灵。

到了我家那条巷子口,张军让我别下车,再聊一阵。我看着他,不明白他要做什么。张军说,你先不要去想云。你就想这件事。它接下来应该是个什么走向。我说,我现在没心情想这个。张军说,你必须想。

我看着张军的眼睛,它们像两颗冰珠子。我知道他不是开玩笑。张军说,刘文,这是你唯一的机会,你必须想清楚,向我,向给你提供工作机会的人证明你的能力和专注度。

我闭上眼睛,努力让自己安静下来。我的面前只有云那双放在桌面上的手,街道上的声音一点点消失,我的内心一片寂静。过了大概两三分钟,我睁开眼说,我们需要厘清这个女主人公的社会关系。如果她是无辜的,那陷害她的真凶就藏在这些人之中。如果她是有罪的,我们会从这些人身上挖出她杀死骆驼的线索。

张军满意地点点头,他递给我一张纸条,上面有两个地址。我说这是什么?他说你还没被爱情冲昏头脑,这是虹的住址,还有云前夫的住址。你去查吧。他俩你都熟,我不在更方便你们说话。

我下了车,张军没再看我,只朝半空挥了挥手,一脚油门,汽车扬长而去。我站在熙熙攘攘的街头,看着手中这张纸条,突然感到十分恐慌。我不知道明天会是什么样子,他们会是什么样子。

第二天早上醒来,我喝了两杯浓缩咖啡。在去移民新村的路上,全身的血液都在往脑子上涌。我看着那些与我擦肩而过的路人，他们都戴着口罩，只露出一双眼睛，眼神里满是疲惫与机警。我想我也一样吧，一只乌鸦能认出另一只乌鸦。可一个戴口罩的人能认出另一个戴口罩的人吗？这些年，口罩像是人类进化出来的新器官。

有时我不禁想，小时候老师说你们是跨越两个世纪的一代，是历史的见证者，这何等荣幸。现在，我大概从"见证者"升级成"参与者"了吧？可今时今日的种种遭遇，种种变化，让我觉得我像是一个复生的逝者，没什么荣幸的，这个世界并不欢迎我。

云在2006年结婚，搬离草场，到了金市移民新村。可我在更早之前，就认识云的前夫。他是我的玩伴，也是我的救命恩人。那时，大伙儿送他一个外号，叫锁头。因为他圆脸面善，笑呵呵的，一年四季留着寸头，像个跟在老师傅屁股后面云游的小锁头。更因为他做事情踏实，良善，像是锁头一样值得草原上的孩子们信任。

那时他在孩子堆里一点都不起眼，没想到后来他会得到云。这让我心里发酸。张军已经提前和他约好了，所以我站在他家门口只轻轻敲了一下门，门就开了。眼前站着的男人平静地看着我，他胳膊上那三道伤疤泛着暗红色的光，像是三行用红墨水写在皮肤上的句子。

我说，锁头，我们好久不见。我的声音很喑哑，像是一张旧木板的"吱吱嘎嘎"声。我有些恨他，如果当初他没有和云离婚，守护着云，也许今天的一切都不会发生。我再想想当年那个信誓旦旦要保护云的锁头，更觉得眼前这个男人就是个叛徒。

　　锁头把我迎进家，诧异地说真没想到啊刘文，二十年你一点都没变。我说，我没怎么和社会打交道。但你变化真不小。现在的锁头留着背头，还抹了发蜡，脑袋油光锃亮，他已经成长为了一个魁梧的男子汉，结实的背脊能担起重任。

　　我听牧人们闲聊，锁头如今在一家煤业国企当高管，薪水丰厚。这从他家的装潢就能看出来。那房子应该有二百平，墙上挂着他和现在妻儿的各种合影，三人笑得天真烂漫。家里干净通透窗几明亮，虽然大，但处处有设计，没有一处空间浪费。看得出来，妻子是个贤惠媳妇，锁头也很享受这样的生活——没有一点点云存在痕迹的生活。

　　我们坐在客厅那种棕色牛皮的美式沙发上，坐垫很软，让我想起我们坐在草地上一起听我们心爱的女孩唱"诺敏歌"的那些岁月。他给我倒了绿茶，茶叶不错，很鲜美。一口下去，我额头就是一层汗。虽然锁头还是笑呵呵的，但我能看出来他对我的戒备。在他的双眼深处，在他高耸的肩膀上以及尽力挤出的笑容中，敌意藏都藏不住。我不以为然，他知道我是来调查他前妻杀人的事，还愿意在家里见我，很不容易了。

　　我和锁头坐定，没聊几句，锁头先憋不住了。他说，我早就想到你会靠笔吃饭，可从没想过我们会在这种情形下见面。我点点头，问他相不相信云会杀人。锁头没回答这个问题，只是说没想到，你竟然这么痴情，二十年后还会帮云翻案。怪我没有本事，一点作用都起不到。我说，你想多了，我就是混饭吃。你能把你知道的事情都说出来，就是给我工作帮了大忙。

　　锁头深深吸了一口烟，看着我说，接完你电话，我回忆了几天，想起和云一起生活的那几年的点点滴滴，还是十分感慨。除去没有孩子是最大的遗憾，云是操持家庭的一把好手。没有她的支持和鼓励，就没现在的我，现在的生活，更是想都不敢想。云是个好女人，勤俭持家，吃的穿的都把最好的留给我，自己很节俭。我说，不是来听你作报告的，我是在问，她究竟会不会杀骆驼。

　　锁头说，你那么爱云，你肯定还记得，当初是我主动追求的她，但那只是我的梦想。云和霞，是草原上最美的两朵鲜花，哪个小伙子不愿做这样的美梦。当她答应我的时候，我恨不得让马踢我的脑袋，看看我是不是在做梦。我说，既然这样，为什么你要抛弃云。锁头苦笑，你没搞清楚，是云抛弃了我，是她选择了净身出户。她活得像风一样无拘无束，谁有本事抛弃一阵风呢？

　　我愕然道，怎么会是这样？锁头说，在草原上，狼永远变不成狗，狗也永远变不成狼。可是我们失去了草原，来到城市的时候，就像无根的草，什么都不是了。城市可以把我们变成任何人。

　　锁头收敛了伤感，肃穆地说，我想起十年前发生在草原上的另一个故事。当年草原上有三兄弟，父母早亡，过得孤苦伶仃。老大八十年代在草原上抢劫卖羊的牧人，两分钱，遇上严打，死刑立即执行。老二老三收尸时大哭一场，尤其老三，自此发奋图强，成为了金市显贵，光宗耀祖。他也照应老二，给二哥在金市谋划了一家海鲜酒楼，宾客不断，非富即贵。

一日有群外地人来酒楼吃饭，他们是南方人，嫌弃海鲜不鲜，双方发生口角。二哥进包厢，说免单送酒，希望息事宁人。那群外地人来金市是要开发地产，财大气粗，追打老二，一直打到大厅。众目睽睽，老二越想越气，跑到停车场打开卡宴后备箱，抄起私藏的砍刀冲回酒楼，单枪匹马砍翻三个人，一死两伤，死的正是开发商。死者家属痛不欲生，有钱出钱，有力出力，誓要老二偿命。但只可惜，他们不知道自己遇上了什么样的人。

开庭那天，老二精神焕发衣冠楚楚出现在众人面前，最后宣判，防卫过当，只是几年徒刑。死者母亲这才知道金市软硬，当场气死在了法庭上。你说这三兄弟，哪个无辜，哪个有罪？只能说，人像草原上的草，命运向哪个地方倒，由风说了算……

我说，你现在比我像个作家。锁头苦笑，我再和你讲一件事。纯属隐私，你知道就行。我知道云有一个秘密情人，这些年一直如影随形地和她在一起。我曾经想查清他究竟是谁，可是那男人很狡猾，我始终看不到他的真面目。

我喝了口水，看着咬牙的锁头。锁头叹口气，说即使在我们债务累累的时候，我也在咬牙坚持还债。我坚信总有一天都会过去的，那时我和云能够好好过我们的日子。可是最终没什么能熬过时间，云选择了告诉我她背叛了我。我才知道我太傻了，一直活在小时候的那种不切实际的想象里。我才明白成年人的感情是什么，血淋淋的，像把刀一样，我就是她切除的废物，那段生命没有意义。云和这个男人击毁了我的生活。你不会了解那些年我是怎么过来的。

见我不说话，锁头继续道，所以刘文，我给不出你一个客观答案。我有多恨她，就有多爱她。你忘不掉的那些青春，我同样也忘不掉。你不要再琢磨我的意思了，你不是我们，你永远都不会明白。你的出现，扰乱了我的心。我又想起那些日子的痛苦，云选择净身出户，我没有劝她，痛快签字，其实是想报复。可是就连报复都是空虚的，它让我变得更麻木。

我看着锁头，说不出话。锁头说，我的人生像是被人偷换了。我想找到那个小偷。可我发现身边每个人我都不认识了，原来他们的人生也都被偷了。你能不能告诉我，谁是凶手？

我回答不了锁头的问题，我看着他胳膊上的伤疤，想起当年我们曾并肩和雪原中最凶猛的野兽战斗。我还是难以相信，眼前这个颓丧的人会是锁头。我的心头一阵悸动，这时门开了，一个女人抱着婴儿闯进了屋子，那孩子眉眼之间很像锁头。

女人和婴儿怯生生地看着我这个陌生人，锁头站起来笑道，这是我以前在草原上的朋友，刘文。女人说，你好。锁头说，留下来一块吃饭吧。我苦笑着摇头。锁头对襁褓里的婴儿说，刘文叔叔是个大作家，刚出了书，以后好好和刘文叔叔学写作。

孩子望着我的目光依然很胆怯，我摸了摸她的头顶，说以后尽量学理科，文学就是个玩的东西。理工科待遇好。孩子迷惘地笑了，在她身上，我看不到一点草原的痕迹了。

从锁头家出来，我心里琢磨着云还有一个情人这件事，按照张军给我的地址，我找到了虹的家。那是一排平房中的其中一座小院。站在虹的家门前，我的心沉了下来。她家大门紧锁，门板因为年久失修，不但掉色，还裂开了缝。我顺着缝隙往院子里看，房屋的门也开着，厅里没有家具，地上厚厚的黄土，窗户都碎了，院里光秃秃的，只剩房屋门前的一棵枯树。

我感到茫然，看到街边下象棋的两个大爷，正都咬牙切齿，棋局已到生死时刻。我走到棋盘前，掏出烟来一人递了一根，将军的老人瞥我一眼，有事？

我说，大爷，这家的女主人呢？老人皱眉，你认识虹？我说，我是她的朋友。另一个老人弃子认输，看着我说，朋友不知道她在哪里？我说，很久不见了。将军的老人黯然道，虹死了，很多年了。

我攥着拳头，感到后脑勺剧痛，像是被人从那里砍了一刀。我说，怎么回事？弃子的老人说，死在草原上了，具体不知道，说是从山上掉下去摔死了。

弃子的老人又说，其实也不意外，死之前，就疯了好几年啦。我愣了好半天，问老人，他们的孩子呢？将军的老人说，野兔子？我点点头。弃子的老人笑了，说这孩子像一只真正的野兔子。我说，啥意思？将军的老人说，野兔子天天在移民村游玩，饿了就吃百家饭，晚上就回到这里，翻进去睡觉。别看她胖，可是蹦得比兔子都高。两个老人说起来野兔子，都呵呵笑了起来。我愕然道，没人管她？将军的老人摇头，谁能管得住一只野兔子呢。霞来找过她，想把她带回家。可是她两下就爬到了墙上，翻墙跑了。街道的人抓过她三四回，想解决她的问题，可连她的人影都没抓到。

我走到太阳底下，在阳光暴晒中连着抽了三根烟，才稳住自己的心神。那两个老人也不下棋了，看着我窃窃私语。我走回到棋盘前问他们，这家男人呢？将军的老人说，丈夫在虹去世前就走了，癌症。这孩子命不好，克父母克自己。

我的脑子嗡嗡作响，像是有人用拳头砸毁了里面的蜂巢。弃子的老人说，听说是虹的三妹把二妹老公杀啦。将军的老人冷笑，杀吧杀吧，就是钱闹的。这年头老公杀老婆，儿女杀父母。就是可惜虹了，那是个好女人啊。

那两位下棋的老人再说什么，我已经听不到了。我向他们挥挥手，不顾两人愕然的目光，转身离开。可是我不知道该去什么地方，只好不停地迈开腿，一步又一步，因为我害怕当我停下时会碎成一堆沙子。下雨了，我却并不在意。和我擦肩而过的人好像都担忧地望着我，可没有人敢上前问我究竟怎么了。我总会想起那三姐妹，她们在我的心头栩栩如生，冲我挥手与微笑。以前的那些日子，似乎就和我隔着一层雨帘的距离。

我一直走到天黑，肚子饿了，于是随便走进路边的一家火锅店，人声鼎沸，吵得我脑袋疼。我总觉得虹的幽灵在飘浮的烟雾中看着我，哀怨而美丽。我再想想云这些年的遭遇，在这个热气腾腾的地方，我竟然身上的每一滴汗珠都是冷的。

云的日记

2016年X月X日

上午,骆驼给我打电话。电话响的时候,我有些发蒙,不知道他要干什么。我想了想,还是接了。我说出了我的困惑。骆驼说,没什么,就是想和你聊聊。我说,你有什么事吗?骆驼顿了顿,好像在下决心。他说,我很担心你。我愣了,鼻尖有些酸,抽抽鼻子。骆驼说,我知道,大姐死了你很难过。我想见见你。我说,没事,我一个人能熬得过去。骆驼说,咱们不想这么多,就是单纯聊聊天。我们回到以前,就当作是最好的朋友聊聊天。我没说话,轻轻挂了电话。他说得对,"大姐是我害死的",这个念头时时刻刻压在我身上,快把我压死了。就在我恍惚的时候,他发来了订座讯息。我先是打了"不用了"三个字,想了又想,咬咬牙,删掉重新打出了"明天见",按了发送键。

"回到以前",这句话让我心动了。是啊,以前是多么美好,草原上百花齐放,天空干净得像水洗过一样。我好像除了爱与被爱,什么都不需要再考虑。我想要回到以前。

我和光说,骆驼要请我吃饭,我去还是不去。光不赞同,也不反对,只是微笑,似乎在用笑容向我表明,无论我做出什么选择,他都支持我。

2016年X月X日

骆驼选的这间日料店很舒服。包间不大,但是采光很好,非常明亮。我俩真的好像回到了以前，回想那时的种种冒险与荒唐，控制不住地想笑。骆驼微笑的时候，眼角有了细细的皱纹，我想，我也一样吧。

我们好像心照不宣，他没有提霞，我也没有提锁头，甚至都没有提到本该提的虹。好像这个世界上没有他们，也没有金市。只有草原上的昨天。我拼命地给自己灌酒，我不想去想锁头，想债务，想死去的父亲和姐妹。我想把他们都忘掉，这些年我太累了。我只想看着微笑的骆驼，活在以前的爱情中，那时我好年轻，皮肤都在发光。只有这样我才能是我，才能作为我自己活在此刻。我能看出来，骆驼也是这么想的。

吃完饭，站在他的车前，骆驼犹豫了一下，说我送你回家。我感到很害怕，好像万物之上的光要散了，我的梦要醒了。我拽住他的胳膊，小声说，别让我一个人待着。骆驼轻轻握住了我的手。我们去了酒店，他的身体还像我第一次见到他时那样健壮。我伤感地说，我完全变了。他说你很美。他抚摸我，像是一道伤口抚摸另一道伤口。当我抱着他的时候，突然觉得我是抱住了我失去的人生。

做完以后，我们聊了很多。说如果当初我们在一起，现在会是什么样子。幻想让我们很开心。只有聊到虹的时候，我俩突然说不出话了。我总觉得，她好像就在某个地方看着我，目光悲伤，说你怎么会这么傻，会失控到这个地步。我回到了现实，意识到了自己的身份。我抱着骆驼号啕大哭，说自己的过错，说自己的罪恶，说自己错上加错，现在一切都无法挽回了。骆驼抚摸着我的背，一遍遍说不怨你，不怨你。他的声音很苦涩。我俩话越来越少，最后只好闷闷不乐地离开了酒店，苦笑着分手了。

2017年X月X日

我思念骆驼，那种思念就像毒瘾，像一万只蚂蚁在我身上爬。我年轻时曾品尝过这种滋味，没想到今天还会这样。我给骆驼打电话，他也在想我。

下午我们在床上疯狂地折腾，然后精疲力竭，像死了一样。我们的身体像刚从倒淌河里打捞出来一样咸涩与潮湿。

我们约定无论怎样，每周都要见两面。骆驼先走了，我躺在床上休息，然后睡着了。我梦到了小时候的草原，玩伴们在一起玩耍，霞也在。父亲火石坐在板凳上，笑呵呵地抽着烟草。我大声叫他们的名字，可他们什么都听不到，也并不关心我在哪里。

5

《我心书》节选

你对我说，我们到了。

你和我站在山洞里，我能感到地面和岩壁上结满了冰，这是座冰窟。我止不住地发抖，你察觉到了，轻轻抱住我。可你的身体也很冷，像一块冰。我说，我们已经用完了所有的火柴。你说，没关系，是死是活我陪着你。

我倒在了地上，呼出的气都是凉的。你说，坚持三天。三天后暴风雪就过去了，太阳会指引你的灵魂找到你，雪灵再没有办法靠近你。我说，如果三天后暴风雪不停呢。

你没说话，只是紧紧地抱着我，说你不要睡着。我轻轻摇头，说我从头到脚都是麻的。不知道自己是醒着，还是睡了。你在我耳边小声说，无论如何，你不要忘记我，我也不会忘记你。只要我们记着对方，春天就一定会来。

你不再说话，我知道你是要保持体力。沉默里，我不知道过去了多久。我感觉到那股凉意正在渐渐地向心脏蔓延，从心尖到心房，一点点冷下去。

那虚无的白色越来越浓烈，雪灵离我越来越近，我好像听到了他的笑声，仿佛北风刮过冰凌。他离我越来越近，我甚至都能看清他的脸了。犄角像长矛一样锋利，面颊上的每个毛孔都在喷射寒气。我惊恐地发现，代表你的那团火越来越弱，好像变成了一团白雾，即将消散。我想起了你的话，不要忘记你。我在心里默念你的名字，一遍又一遍。我已没有了知觉，心脏不再跳动。

我仿佛坠入深渊，没有尽头的潜意识。不知道过了多久，有人轻轻地推我，我睁开了双眼，先是看到了阳光，我感到眼睛像被针扎了一样疼，急忙用手遮住眼眶。这时我看到了你，你在冲我笑，面容和我想象的一模一样。你对我说，暴风雪停了，你找回了你的灵魂。

我不敢相信,轻轻的用手指点向你的唇,我担心这是个像泡泡一样的梦,一点就破了。可你的唇柔软温暖,无比真实。越来越真实的世界里,我看到即将消散的白雾中雪灵笑着看我,然后晃着头顶上那对巨大的犄角消失在了天边。我也看到了你,和我想的一模一样。

你有乌云一样的秀发,还有明亮的眼睛。你的身体修长结实,有着两排贝壳般健康的牙齿。每根发丝的光泽,每块雀斑的形状,都在我眼前闪闪发光。这让我忘记了对雪灵的恐惧。

从此之后,我再也没有见过雪灵。

刘文

云的自白书终于全部调整完了,那时是深夜,麦克匍匐在我的膝头睡着了。第二天接近中午,我才醒来,感觉全身通畅。我带着那份自白书打了辆车,直奔移民新村。因为在我把自白书交给陈诺之前,我想先去找霞。我有直觉,陈诺是不会把这份自白书当真的,他只是有枣没枣打一竿子。否则他不会像儿戏似的让我去整理。起初,我只想用自白书向世人呈现出一个善良的云,绝不可能杀人的云。可当我知道云有一个情夫的时候,我觉得有双眼睛藏在云的字里行间窥视着我,就像一头匍匐在草丛中的狼。这件事我没告诉任何人。

我想,我绝不能就这样把自白书和情报交给陈诺,那样会害死云。谋杀骆驼,栽赃给云的凶手也许就是云的情夫,也许这个人就藏在这份自白书里,可是自白书像一卷用密码勾勒的漫长画卷，信息量极大，又横跨了十五年。霞是我能想到最合适的破谜者。

我到霞家的时候，里面挤满了人。每个人好像都在拼命嘬自己嘴上叼着的烟卷，烟雾都辣眼睛。我总觉得，他们虽然长相不同，可都是发丝锃亮，皮鞋簇新，穿着名牌衣物，眼神里透漏出相似的精明，好像一群乌鸦。

无论他们说什么，霞只是听，有时会不耐烦地站起来走走，眺望窗外的风景，似乎这群人的话不值得自己回应。

霞拥抱了我一下。客人们好奇地打量我，像是我这种寒酸的人不应该出现在这里，霞不应该用对待老友的方式把我迎进里屋。

霞吩咐了一声，谁都不许进来，然后关上了屋门，鼎沸的人声和复杂的气味都被隔绝在了外面，这间屋子里只剩下了我们两个。霞打开窗户，风吹进来，冲淡了烟酒味，我俩都松了口气。

霞说，他们都是以前骆驼的部下，一群工头。我点点头，说他们还很照顾你。霞笑了，声音像铁一样冷，这些人不会照顾任何人，要不是我对他们还有用，他们根本不会看我一眼。我说，对别人有用，终归是好的。不像我，纯属废人。

我把云的自白书从包里取出来，放在我俩中间的桌上，推到她面前。霞好奇地看着我，我说，这是云在监狱里写的自白书。霞的神情一下子变得很冷淡，甚至皱着眉，有些凶狠。霞说，她有什么可自白的，你被她蒙骗了。她就是凶手。

霞站起来，转身就要出去。我急忙站起来，拦在门前。我攥着拳头，说无论你们之间发生了什么，请你先放下恩怨。你就当是我这个老朋友对你的请求，花半个小时，看看我的新作品。霞无奈地笑了笑，重新坐回桌前，拿起云的自白书，皱着眉读起来。

霞读自白书的时候，不发出一点声音，只是眼珠在扫，屋子里静得只有纸页翻动的声音。我受不了，站在巨大的落地窗边，看着太阳一点点从城市的头顶降下来，直到彻底落进西山。霞把这摞纸扔到桌上，说我读完了，都是废话。

我说，请你再仔细想想，如果云是被冤枉的呢？那么凶手一定藏在这份自白书里。霞说，你可以把你的推测告诉那个叫陈诺的警察，然后给他看。你给我看这堆废话的目的是什么呢？我说，你是云的亲人，你是离她最近的人。如果这真是个陷阱，你可以更快更准确地在这份回忆里找到凶手啊。她有一个男人，你知道吗？

霞不说话，傲慢地看着我，嘴角挂着一抹冷笑。她的态度让我感到惊讶。我说，会是骆驼吗？霞的脸变得通红，她指着我说滚出去。我说，如果不查清楚，不仅骆驼枉死了，也害了云。霞说，刘文啊刘文，你可真是没和社会接触过，光写你的狗屁小说了，你就是个书呆子。我愣了，说什么意思。霞摇摇头，说和你说不清楚，请你离开吧。

霞想了想，看我一眼，又继续说，这里面写的事情，我都忘记了。即使我记得，也不会被她打动。那是上辈子的事了。

霞很平静，那脉冲一般的声音没有起伏，仿佛一面刚刷好的墙，我再也想不出来该和一面墙说些什么。

霞突然叹口气，拍拍我的肩膀。她似笑非笑地说，刘文，你面对自己吧。你根本不是为了什么狗屁采访，整理自白书这种事情，也是你自己骗自己。你就是想干一件事，为云翻案。什么真相，对你来讲就是狗屎。你说实话，你在乎是谁杀了骆驼吗？可那是和我相濡以沫十多年的丈夫啊。我不能不在乎。

我捏着那摞信纸，气得手抖，纸"扑簌簌"地响。霞又说，你觉得你委屈吗，还是因为我把你看穿了？你是个写小说的，你就比我们高贵？我就不能揭穿你虚伪的面目？外面那帮工头一肚子坏水，可哪个不比你体面。每个人都是一样的。

霞指了指我怀中抱着的自白书，她说，这份自白书，通篇没有一句实话。你把它当做宝贝。只会让你变成一个笑话。就是云杀了骆驼，这是谁都改变不了的事实。

霞打开门，冷冷地把我推了出去。临关上门之前，她迟疑了，叹口气，看着我缓缓地说，无论怎样，我也不希望我的妹妹是杀死我丈夫的人，尽管我知道这是你的一厢情愿。你去找梳头奶奶吧，那个时候，她像我们母亲一般地照顾我们，对我们家、我们的生活很熟悉。如果真存在你说的那种可能性，她能够辨别出来陷害云的人。我太累了，想起这些事，心就像被撕裂了一样疼。我不能回忆。刘文，你今天来给我看的东西，说的事情，让我就像是又经历了以前那些生离死别。你以为你是一个善良的好人，可在我眼里你就是个王八蛋。今天我把你当作朋友，把你请进了家，可以后这里再也不欢迎你。

她狠狠地摔上了铁门。

我从单元楼出来,向前走去,突然听到上空传来些许奇怪的声音,我停下,抬头看去,一块巨大的落地窗玻璃在我头顶下坠,我急忙后撤。玻璃掉在了我的脚下,摔得粉碎。其中一块碎屑溅起来,我用手捂住脸,手上一阵刺痛。我放下手,玻璃碴扎进了我的手背,鲜血直流。路上的人们吃惊地看着我,我冷汗直流,心想当时要是迟钝一点,向前多走一步,就会被玻璃砸死。我抬头望向楼顶,阳光刺眼。我顾不得包扎,冲进了那栋掉落玻璃的单元楼。到了楼顶,上面空空如也,风很凉快。有人在上面搭建玻璃房,地上还叠着一摞玻璃。我不知道这究竟是意外,还是有人故意把这块玻璃推下来,想要砸死我。那个人会是霞吗?或者是云那个神秘的情夫?我自己也搞不明白。

我走出楼栋,撕烂自己的外衣,包住受伤的手。可还是有血滴到地上。路两边的人皱着眉看我,窃窃私语,阳光猛烈,晒得他们看起来都有些发白,轮廓上有层肥皂泡般的光晕。移民新村静悄悄的,像一个奇怪的梦。

我突然看到了一个奇怪的女孩,大概十五六岁,很高很壮,能有一米七,一百八十斤左右。可是她在蠢笑,圆脸沾满污渍,正被一群留着长发的小混混戏耍。女孩说,求求你们,我让你们缠住一中午了,让我回家吧。小混混说,野兔子,学狼叫。那胖姑娘只好伸长脖子发出"嗷呜嗷呜"的叫声。小混混们又说,野兔子,学狼抓羊。胖姑娘不叫了,眼睛里迸射出凶猛的光,向为首的男孩猛扑了过去。那男孩一脚踹翻了她，胖姑娘发出一阵阵哀号，男孩和同伴们相互推搡，兴奋地笑。那男孩把野兔子拉起来，在她的胸前摸着，野兔子吓得大叫，又摔倒在了地上。

我跑过去，拿起一根地上的木棍把这群坏小子都轰跑了。我回头想找野兔子，可地上空空如也，只有灰尘飞舞。就在我发愣的时候，头顶却突然传来声音，叔叔，谢谢你。我抬头看去，野兔子已经爬到了墙上，藏在林荫中，身体在茂密的枝叶中若隐若现，像一只野猫。她揉揉眼睛，鼻涕流在了衣领上。我这才发现，眼前的人已经是个二十岁左右的女子。我之所以觉得她小，是因为她脸上的笑容十分愚蠢。

我说，快回家吧。野兔子迷惘地看着我，像是听不懂我的话。是啊，她的家在草原，可是草原在哪儿呢？

从霞家回来的第二天中午，陈诺吃完饭来小院找我。他发现我手包上了纱布，问我怎么了。我不知道该怎么解释，只能说拆快递的时候受伤了。我问他有什么事，他只是笑，不说话，显得很神秘，倒是蹲在地上陪麦克玩了好一阵，看来这只小乌龟让他感到新奇。

我们看着麦克懒洋洋地爬到了菜地里，陈诺突然对我说，你是不是去找霞了？我愣了，不由自主地点点头。陈诺的声音有种并非故意的压迫感，让人想说实话。

我说，你怎么知道？陈诺笑了。我愤怒地说，你们跟踪我？陈诺不说话，还是笑。我一下子明白了，警方不是在监视我，而是在监视霞。

我看着眼前这个头发比野猪獠牙还乱的大鼻子男人，突然发觉他能看到我生活中任何一个地方，可我却看不到他。这种不安的感觉就像一条冰冷的蛇偷偷钻进了我的裤管。

我告诉陈诺，我想让霞看整理好的自白书。但为了保护云，我没有告诉他，云还有一个情人。陈诺说，你太糊涂了。竟然去找霞。我愣了，说什么意思。陈诺说，老山羊见过凶案现场的那个女人，画像也有。凶手不是云，就是霞。你就这样带着那份自白书让她给你指认里面谁有可能是凶手，你自己不觉得可笑吗？我愕然道，你是怎么知道我们谈话内容的？你窃听她？陈诺摆摆手，说那太低端了。我靠这个。陈诺说罢，指指自己的鼻子，眯着眼睛笑了。

我看着陈诺，不知该说什么。我感到自己的脸很烫。陈诺说得对，我实在是太傻了，只想着云，忘记了霞的处境。

陈诺说，我关心的不是她，而是你。你要把完整的自白书给我。这次你差点泄密，我不追究，但下不为例。还有，我要提醒你，世界上没有无缘无故的爱，我帮你找工作解决生活问题，帮你做编剧拓宽创作道路，都费了很大的力气，非常不容易。你要珍惜这个机会，一个人能帮助自己，才能够帮助别人。

陈诺令我感到恐惧，他一直在控制着我按他的想法去做，如同他蹲在菜田边用手指拨弄着麦克一样。我才发现，陈诺并不是觉得自白书不重要，而是他和我一样清醒地认识到，通过他去查，远远不如交给我，让我去接触那些云身边的人效率更高。

小院外面的世界该有多糟糕啊，才需要陈诺这样的人去维持秩序。陈诺看看表说，我还能回队里休息会儿。你好好想想。我们不会冤枉一个好人，但也不会放过一个坏人。

陈诺拿着完整的自白书走了。我抽了两根烟，放空了一阵，然后打开电脑，一条新闻吸引了我的注意。在移民新村门口，一只流窜多日的野狼突然闯上马路，袭击非法改装的摩托车，导致车祸，摩托车驾驶员被大卡车撞死。野狼逃跑，有关部门正在搜捕野狼。我看到那死去的摩托车手照片，不由得惊叫了一声。他正是昨天带领同伴欺负野兔子的浑小子。十几个小时前还活蹦乱跳的一个生命，今天就变成了一摊血肉。眼前的城市街道，还有我们这些人，瞬间变得好像还不如匍匐的乌龟坚固。

那天晚上，我和张军开会的时候把我和霞沟通的情况告诉了他。张军显得很焦躁。因为虽然云的自白书很精彩，可是没有人能够从里面找到线索，那就对他的电影梦想没有实质性的帮助。张军好像看出来了我有事情瞒着他，总是狐疑地望着我。我埋头看书，佯装不知。

张军抓耳挠腮，像一只犯了烟瘾的猴子。我对张军说，霞提醒得对，我们该去和梳头奶奶聊聊，让她看看自白书。双胞胎的母亲去世后，一直是梳头奶奶照顾她们。她是世上最了解云的人，我总觉得她看完这份自白，也许会有什么新线索提供。

张军苦笑，说，死马当作活马医吧。他走出咖啡馆不停地打电话，一直到快打烊的时候，他才回到了我面前，得意地对我说，搞定了。我还和对方提了个小要求，想采访半导体。我想了解了解这个用风给人治病的大夫，我觉得他实在是太有意思了。

我说，你被他忽悠了还是小事，但你可小心别被他绕进套里去，给瞎毛驴剜草。张军摆手，说不会的。如今这世道，我还不知道忽悠谁呢。他说他的，怎么用是我的事。就像拍电影，奥妙不在真相，在于剪辑。

到奇风疗养院的时候，天还没亮，离着还很远，我就听到歌声随风飘来。远处疗养院的楼体灯火通明，伫立在草原上，如同一道凝结的闪电。

那时半导体正在上课。一个中年妇女站在人群中激扬地说自从来到这里上课，天天晚上都能梦到和半导体大夫红火，早上起来身上暖烘烘的，那天去金市人民医院查身上的癌细胞都没了。"红火"在金市方言中，是"做爱"的意思。听完她的话，大家都笑了。

半导体坐在台上笑眯眯地看着她，说这证明奇风在你的细胞里起作用了。这是二十年来我第一次见半导体，他最少胖了一百斤，留着背头，像90年代的港星万梓良。

下课后，我们三人留在了空荡荡的大礼堂里，人说话都有回音。半导体看着摄影机，开口了，语气很平静，像平坦的沙丘。他说"奇风疗愈"能取得今日的成就，是因为符合科学，符合政策。张军听得津津有味，好像他真的信了这些话，我想，人变老真是个很悲哀的事情。坏人不会因为变老而变好，只会变得更坏。

半导体突然说就连刘文都是我救活的。我没想到他会这么说，这打断了我的沉思。张军把镜头对准了我，像是枪口。我突然感到莫名地焦躁，用手堵住了镜头。我说，这说远了，不是这个新闻的事。半导体说，那你应该写一本书，好好写写这件事。不该写小说胡说八道。

我愕然地看着半导体，半导体说，你那本书，《我心书》，我看了。刚看时还很高兴，你是我认识的人中唯一一个写书的。可你说我是个骗子，你太让我失望了。张军笑了，看热闹般地把镜头怼在我脸上。我说，这好像不是今天采访范畴里的问题吧。

我站起来想走，半导体说，你这样走了，简直二十多年没一点长进，还是个没有魂的孩子。我说，你变化的确很大。都成神医了。半导体说，神医是人民给我的赞誉，我并不觉得自己有多神。一切都是科学的，主观和客观共同作用的结果。可刘文，你太让我失望了，你不感恩。

血一阵阵地往我脸上涌，我攥着拳头，以免自己控制不住，一拳揍断他的鼻梁。半导体说，你不要生气，我今天真正想见的是你。我说，你究竟想干什么？半导体说，我想让你好好为我写一本传记，从我出生之日写起，写到我怎么成为了今天的自己，怎么发明了"奇风疗愈"。我说，不怕我继续骂你？

半导体说，我不需要那种奴颜媚骨的雇佣文人，我见过太多只说"是"的人了。文字通神。你那手艺是个正经事，浪费在女人身上，太可惜了。

我看着他，心里很震惊，不明白他为什么只和我见了一面，就能知道我全部想法。我突然觉得自己从没有真正地认识过半导体，此刻他不是草原上落魄的浪荡游医，而是鬼，能钻进我的心里窥探。他让我想起了陈诺，这两个男人有一个共同点，就是太了解这个世界了，所以一点都不相信它。半导体给我开了个价，眯着眼睛看我，等我答应他。

那是一笔大钱，足够在金市买个小两居。张军的脸都绿了，他放下摄影机，直勾勾地看着我。我知道他在想什么。

半导体点点头，没再说什么，说人各有志，但聪明人总会再遇到。你可千万要做聪明人啊。

他让张军架好摄影机，刚才他只讲了"奇风"的过去，现在他要展望"奇风"的未来。一个戴眼镜的男人迎上前来，说趁着他们做采访，我带您去找梳头奶奶。

工作人员开着车，带我到了草原旁边的沙漠边缘，说车进不去了，得趴窝。剩下的五里地，咱步行过去。

那时是中午，太阳在正当空，沙漠被炙烤着发出"嗡嗡"的声音。我走了大概十分钟，才想起来我们没带水。我回头问男人，大概还得多久？男人指着前方，说走过这座沙丘，就能看到沙疗宫。

我们继续向前，抵达那座沙丘的时候，我才发现它比我从远处端详时要高得多。男人已经上去了，我硬着头皮跟在他身后。太阳太烈了，我们只能低着头。到了丘顶时，我的全身已被汗水打透,喉咙干得像是有人在用砂纸摩擦喉管。我问男人还得多久。没人应答,我回头,男人不知什么时候离开了,冒烟的沙漠只剩下了我一个人。

我漫无目的地走到太阳快落山,突然奇冷无比,我用舌头舔舔嘴唇,那触觉就像在舔一截干裂的树皮。又不知过了多久,我觉得嘴唇已经变成了灰,只要轻轻一碰,就会灰飞烟灭。起风了,冷风卷起一阵阵沙尘,我看到了那头狼。我想随便吧,反正大不了就是一死。

那狼长着金色的双眸,健硕又骄傲,姿态优美得像一个皇帝。狼踱步来到我的面前,嗅嗅我,确认我还活着。我腿一软,躺到了沙地里。狼冷冷地看着我,咬我的衣领,用头拱我的身体,把我从沙地上逼了起来。我冲它踢沙子。狼冲我龇牙,我说来啊,来。狼不理我,向前跑去,见我不挪窝,回头看着我,好像是问我为什么不跟上来。这时我才意识到,它是想给我带路。

我跟在狼的后面,它的身影在月光下飘浮着,像是一个极不真实的梦。我虽然看到了"狼",但是我并不知道狼是什么。它要带我去哪儿?它要做什么?世界神秘又广袤,就单是这草原上,又有多少词多少物,像"狼"一样,即使我耗尽一生,也永远都不可能懂。

我尽力胡思乱想,分散自己的痛苦与干渴。就这样又艰难地行进了半小时,我看到了沙地中央孤零零伫立着几间房子,上面有大招牌,"沙疗宫"。

门开了,一个人影站在门厅的灯下说,刘文,是你吗?呼唤我的人是牛角,我放心了。放松之后我眼前冒起一片金星,全身一软,摔倒在了地上。我回头想感谢那头带我走出绝境的狼,可是它不见了。牛角和几个人冲出来,把我抬回了屋里。

灯光下我看清了其他几个人,张军,半导体,奇风的几个工作人员,竟然还有陈诺。张军抱住我,说所有人找我找疯了,他很害怕,所以报了警。陈诺看着我,说大作家,我以为这次再也见不到你了。那个在沙漠里消失的男人脸色煞白,一个劲和我说对不起,说他只是转身撒了泡尿,我就失去了踪迹。我不想看他,只是盯着他身后的半导体,我猜不出来这是他有意为之要杀死我,还真的只是一次意外。

客厅里摆着五口玻璃柜,装满了沙子。梳头奶奶躺在中间那口玻璃柜中,沙子淹没了她的身体,只留下脑袋露在外面。半导体指挥牛角和张军,把我抬进了梳头奶奶右边的玻璃柜。沙子很热,我像是浸泡在温暖的泉水中。牛角说这里是沙疗馆,玻璃柜中的每一粒沙子都经过半导体的精挑细选,能杀死一切病毒和细菌。

我说狼,张军愣了,说什么狼。我说是一只狼把我带到了这里,救了我。张军摇头,说你一个人摔倒在了门口,地上也只有你的脚印。

梳头奶奶躺在沙子里,额头上一层汗,面颊如少女般红润。梳头奶奶说,你找我什么事呢?我就是匹已经老得都站不起来的母骆驼,我已经没用了,只想安安静静地多活几年。我拿出白白书，请她通读一遍，并说这也是霞的想法。梳头奶奶看我一眼，手在枕边摸索半天，找到一副老花镜戴上，皱着眉头，一行一行吃力地读了起来。虽然花了很长时间，但她仍然很认真地读完了它。

当她放下信纸，我立刻问她，怎么样？梳头奶奶抹抹眼泪，说云真是个好孩子。我要谢谢她。我活太久了，好多事我都忘光了。看这封信，我又都想了起来。那么美好的日子，就像是在昨天。我说梳头奶奶，我就想知道，你有没有觉得可疑的人，可疑的事。梳头奶奶摇摇头，说草原上生长的人都像水一样纯净。他们不会去陷害别人，去杀人，更不要提是去陷害我的云了。我说，云有没有什么关系特别近的朋友？尤其是男性。梳头奶奶想了想，说和她最近的人就是我了。

听到这个答案，想想今天自己差点死在沙漠里，结果一无所获，我心里特别沮丧。也许是我过于失落，让梳头奶奶看了出来。她说，但是在看这封信的时候，我想起了好多事情，这封信里都没有提，可能是遗漏了，也可能是云觉得并不重要。我急忙说，没有不重要的，我想知道关于云和霞的一切。梳头奶奶的面容瞬间黯淡了。

梳头奶奶说，他们都说云是凶手。我不信。我说，我也是。梳头奶奶又说，即使霞也觉得她妹妹会杀人，我也不信。他们都是我带大的，他们不会杀人。

我说，我和你想的一样。现在，只有我们俩能搞清楚这件事。梳头奶奶摇摇头，挤出一抹苦笑。她说好滑稽啊。记得云小时候，很多小混蛋追在她屁股后面。我一直在想，这些人当中谁会去帮帮她。可我没想到，竟然会是你。我说，梳头奶奶，我不重要。对云来讲，你知道的事情现在是最重要的。

梳头奶奶点点头，回忆起了往日的点点滴滴。那些事情，像是花盆边上干枯了的花瓣与落叶，大多不值一提。可她太孤独，找到了倾诉对象，说起话来双眼发光，像两个小灯泡。

沙子的温度越来越高，我全身出汗，眼前的一切越来越模糊。她的声音如同闷热夏夜的雨云，一堆堆向我砸来，我甚至有些呼吸困难。直到那个细节的出现，它像一双坚实的手托住了我不断殒灭的意识，让我觉得我没有白来，这次哪怕真的死了，也是值得的，因为云得救了。

梳头奶奶说，云从小就对金蒿花粉严重过敏。小时候，云因为误食了金蒿花的花瓣，全身起疹子，高烧不退。我吓死了，天天抱着她去月湖泡澡，采草药熬汤给她喝，云才慢慢好了。那次她差点死掉。养大一个孩子真是不容易啊。

我从沙子中爬了出来。张军说，你干吗？我推开他，走到了陈诺的面前。我能听到他呼吸时那颗大鼻子的鼻腔里发出的共振声，像风从远方吹来。我说，陈警官，你都听到了吧。他微笑地看着我。我能从玻璃上看到我的样子，脸上都是晒伤，嘴唇也裂了，只穿着一条内裤，身上的沙子一层层落下来，像是虱子一样。

陈诺皱眉，说，听到什么了？我说，你不是一直好奇这份自白书里会有什么线索吗？现在有了。骆驼被杀的案发现场四周是金蒿花田，云靠近都会昏迷，她怎么能披着那么重的皮甲杀人呢？

陈诺说，你是不是觉得我和你逗着玩？他的声音像冰一样冷。我愣了，说我在和你讨论一个无辜者的命运。还有骆驼，你这样不问青红皂白，他就白死了。陈诺说，过敏？是个小孩子就有过敏的东西。这不是她没有杀人的证据。陈诺拍拍我的肩膀，对张军说，他现在很不稳定，你照顾照顾。既然没什么事，我就先走了。

我气坏了，想冲到陈诺面前，狠狠给他两下子。张军紧紧抱住我。我眼睁睁地看着陈诺走出房子，闯进了黑夜。

沙漠在夜晚清凉干爽，夜空近在眼前，繁星像萤火虫一样围绕在人身边，似乎伸手就能摸到。天太晚了，张军决定第二天再走。他睡着了，我自己出来放空。可当我真的在这大沙地中独处时，却连伸出手的力气都没有。陈诺的轻蔑让我一下子泄了劲儿，心里像是灌满了沙子般沉甸甸的。

我看到牛角冲我招手，似乎有话要和我说。我绕到了屋子后面。过了一会儿，牛角凑了上来，小声说，其实有件事我一直想和你说。我说，什么事？他说，你让我再琢磨琢磨。他吞吞吐吐，我从未见过牛角这副样子。牛角抹了抹他的额头，上面一层虚汗。他向远方眺望过去，似乎担心陈诺会突然回来。我的心狂跳起来，我看着牛角，他的脸憋得通红。我说，牛角，你和云发生过什么吗？你是不是她的情人？牛角诧异地望着我，说你他妈疯了。我苦笑着摆摆手，说，我是疯了。

牛角确认四下无人，从怀里掏出了一个布包，摊开，里面是几本发黄的日记本，还上着锁。我看着日记，似乎眼前是几团火，不敢伸手去拿。我问，这是什么？

牛角说，前不久，云来找过我，把这几个本子交给我。她说如果有一天自己出事了，就让我烧掉。我让她别瞎想，什么事都不会有的。她很悲观，说自己的家遭到了草原的诅咒，成员都会遭到不幸。她不想死之后，再被别人发现本子，看自己怎样失败，把自己当成笑话……

那几个本子有新有旧，看上去时间跨度很长。我说，那是在什么时候。牛角很肯定地说，在骆驼死后不久。我说，她为什么不自己烧掉？要交给你？牛角苦笑说，这是她的日记，她怕自己舍不得。我是她的朋友，她信任我不会辜负她。我说，你看了吗？牛角愤怒地说，我可以用命发誓，我只是把它们保存好，一个字都没有看过。我说，你为什么不听云的，烧掉这些本子。为什么把这件事告诉我？

牛角说，我知道你爱云，你也知道我爱云。牛角说这话的时候，声音微微颤抖，不像他这个年龄的男人，倒像是回到了二十年前，他还是那个会为了云跳上皮卡车去雪原冒险的年轻人。我从兜里掏出烟来，给了他一根。

牛角深吸了一口燃烧的香烟，皱着眉头说，云出事之后，我天天看着这几本日记。我想听她的，烧掉这些本子。可也许这里面有能帮她的线索呢，如果被我烧掉了，那是一条人命啊。我就是个牧人，不懂金市的规矩，我讨厌那里。到了金市，我走在马路上头都会晕，又怎么去帮助云呢。今天你来了，还差点死在沙漠里。我佩服你的决心，云没有白救你一命。这些日记应该交给你，由你定夺。

牛角把本子全放到了我怀中。他说你愿意烧掉，就烧掉。你愿意打开看一眼，就看一眼。怎么选择，责任都是我的。云怪不着你，也怨不着你。

牛角握着拳头，低头用余光瞄我。我苦笑，觉得牛角推来的不是几本日记，而是几颗随时会引爆的定时炸弹。云说的没错，她真是个失败者，竟然只能依靠我们这些同样失败的人。可是失败者不相依为命，还能去相信谁？

我蹲下来，捡起脚边的石头，捡起一本笔记，用石头砸开了挂在上面的锁。

云的日记

2019年X月X日

今天早上，我醒过来时锁头不在我身边。卧室里到处都是酒精味。我发现衣柜里锁头的衣服都不见了，我跑到客厅，他的物品也从这个家消失了。我给他打电话，他不接。

我使劲回忆，想起来昨天发生了什么。骆驼给我打电话，约我见面。我赶到酒店房间的时候，他狐疑地向外望了望，似乎害怕有人监视我。

他对我说，以后我们不要再见面了，霞察觉我们的事情了。

我说不可能，怎么会？骆驼说她还请了婚姻调查员。我说那我们怎么办。骆驼悲伤地看了我一眼，说忘掉这一切，好好活着。我说不行，我们回草原吧。骆驼说，如果我们回去，你能以现在的样子面对草原吗？不要骗自己了。

骆驼走出了门，我没有阻拦他。我知道他说得对。我是一个愧对草原的游子。那天下午，霞给我打了几十个电话，我都没有接。我不知道该怎么面对我的姐妹，丈夫。最重要的是，我不知道该怎么面对我自己。我找了一个啤酒屋，一瓶一瓶地灌自己。接下来的记忆，就像是碎片一样了。首先是锁头出现了，然后我到家了。锁头把我抱到床上，我拽着他不让他走。我当时在想，锁头也好，骆驼也好，霞也好，我想和所有人，金市的一切掐断关系。

我告诉他，一切都结束了。我们的婚姻在那时发生了地震，接下来的这么多年，我们像活死人一样苟延残喘，只是活在不断余震中的幽灵。现在，一切都坍塌成了碎片。锁头问我，你是不是有别的男人了。我摇摇头，说你不要再问了。即使没有别人，我们也会走到今天。锁头哭着离开了……

2020年X月X日

今天，我在搬纸箱的时候晕倒了，醒来腿肿了，只好回家，什么都没干。我很难过，为了我的腿，更为了一天不能赚钱。日子真是越来越难了。

但今天也有高兴的事情，野兔子会说的词更多了。她拉着我讲故事，虽然那些故事疯疯癫癫，可这是我外甥女讲的，我就爱听。

快到黄昏的时候，光来了。他听说我受伤，带了两只野兔两只野鸭。为了庆祝这次难得的相聚，我给几个小时候的玩伴打了电话。晚上，眼镜牛角和月牙都赶了过来。我们做了野鸭汤和炖兔肉，和小时候吃过的味道一样。吃完饭后，我给他们唱"诺敏歌"。我现在越来越喜欢唱歌了，只有在这样的时刻我才能看到碧草连天的草原，哪怕我是活在这样一个蟑螂窝里。

朋友们在我的歌声中沉浸，每结束一曲，他们都会拼命地鼓掌，羞涩地抹眼泪。

分别时我和每个人都来了个大大的拥抱，我好希望这样的聚会能经常有，可我知道，每个人都很忙。我郑重地和每个人说再见。他们都走后，我大哭了一场。

不知道为什么，我每次说"再见"的时候，就会感到自己好像丢失了什么东西，并且永远都找不回来了。

2020年X月X日
今天，我离婚了。

霞下午来我租住的半地下室找我了，还带着骆驼。我看着他们，像是看着两个陌生人。这个女人脸色是黑的，有些狰狞，好像恨不得一口吞了我。这个男人五官如同橡胶塑造而成一样僵硬，我看不出他的表情，怜悯？怨恨？或者是憎恶？他说云，你就当是我对不起你，以后我们谁也不要纠缠谁，好好过各自的日子吧。

骆驼的声音小得像得了重症一样，这时我才恍然大悟他此刻是怎么想的，他其实只想赶紧结束这一切，离开这个尴尬的地方。我隐隐约约觉得哪里不对，他像是变了个人，可是为什么，我说不清楚。

我点点头，说我明白了，你们可以走了。霞走过我身边的时候，突然狠狠给了我一个耳光，往我脸上啐了一口痰，从牙缝里对我挤出了一个词，婊子。

我捂着脸，惊讶地看着她，就像是照镜子一样。因为愤怒，她的脸白得如同深冬结冰的月湖湖面一样。

可我不明白，为什么好像一瞬间，我苦苦奋斗的东西都没有了？是不是因为金市的人就是这样活着的？走路很快吃饭很快，哭很快笑也很快，快得我觉得像梦一样不真实。

霞骄傲地看着我，骆驼看了我一眼，急忙低下了头。我恨不得自己的脸融化了，别人认不出我的五官。作为女人，我丢人丢到家了。这时，我发现霞的脸在慢慢变长，毛孔放大，长出了黑毛，嘴里渐渐有獠牙探出来。她是一头穿着裙子的狼，有着金色的眼睛。

我终于明白了，我之所以变成这样，是因为这头狼一点点吞噬掉了我生命中最亲爱的人，最重要的东西。牧人们说，在草原上，人能变成任何动物，动物也能变成任何人。我要向这头不知是人还是动物的东西复仇，杀死她太容易了，我要让她感受我的痛苦。我想到小时候见过的"唤狼人"，我有了主意。这一定是件很漫长的事。我不着急，我终于又有了活下去的信心。

第四部分

闪电里的人

1

沙漠故事

少年骑着马踏上又一座沙丘。这些年，他和这匹老马都是这样驱赶着羊群，在沙漠中行走，日复一日。少年身后的羊群"咩咩"叫着。少年说，不要再鬼叫，否则狼要来杀我们了。结果羊群的惨叫更大声了。少年的额头出了一层汗珠。马在他的身下说，要是中午再找不到草地，这群羊能把咱们吃了。少年说老鬼！要吃就先吃你。马说，吃了我，你能活吗？

中午的时候，他们发现了一片草地，不是梦境，不是海市蜃楼。真实的野草在毒日头下蜷曲叶茎，薄薄的一层死一般的蓝。羊群撞倒了他们，扑到草地上大快朵颐着。少年打开自己的口袋，里面有几块羊肉。少年取出一块羊肉，撕成一条一条，和马分食。马甩着尾巴，小声说，草地越来越少了。少年点头，他明白马的意思，等到草地彻底消失的时候，羊就会饿死。他们的死期也就到了。马说，到那个时候，你就杀了我，吃我的肉。能撑一天是一天。少年突然没了胃口。他说，我们去海边吧。

还未等马说话，他们听到了狼的嚎叫，在四处的沙丘上此起彼伏，那群狼又追上来了。少年顾不得再说，飞身上马，驱使羊群逃跑。一阵风吹来，沙子打得少年脸生疼，他听到身后传来惨叫。少年回头，看到两只羊被狼群扑倒了，风沙瞬间就变成了红色。

这样的事情，又重复了几次，少年的心越来越慌，因为他们只剩下了七只羊。他和马一样，累得皮包骨头。那群狼几次得手，非常亢奋，侵扰他们的频率越来越高。少年不敢再骑马了，他很担心马扔下他，独自死去。

"死"在生命贫瘠的沙漠里格外显眼，可又是必然的结局。少年觉得自己从一生下来好像就在考虑这件事。他又一次和马商量去海边的事。马摇头，说自己从没有见过海，也许那只是个传说。

有天夜里，他们遇到一个晕倒在沙梁下的男人。少年点起篝火，温暖让男人渐渐苏醒过来。他看到眼前这个披着兽皮的少年饶有兴趣地看着自己腰间的猎刀，急忙坐起来，摁住了刀。他问少年要了水喝，马站在篝火旁，守着挤在一起熟睡的七只羊，好奇地看着男人。

少年说，你是猎人吗？那男人点头。少年来了兴趣，说，你见过大海吗？猎人说自然见过，大海不比沙漠小，到处都是水，水里有数不清的鱼。少年说，鱼是什么？猎人比画半天说不明白，只能懊恼地说，反正比羊好吃。

轮到猎人问少年了，他说，你是谁，你为什么一个人在沙漠里，你的父母呢。少年说自己不知道自己的名字，自己没有父母，是马把自己养大的，从记事起，自己就活在这片沙漠里。猎人惊讶地看着马，发现少年并不是在开玩笑，这匹老马的眼神里满是慈爱与担忧，像一个真正的父亲。猎人说，你为什么不离开这片沙漠，这里什么都没有。少年说，我们走不了，有一群狼把我们困在沙漠里。本来我们有二百只羊，现在只剩下七只了。等到羊都死了的时候，我们也会死。猎人说，我是专门打狼的猎人，我能帮你。

猎人说很多天没吃东西了，打狼也需要体力。他要那七只羊。少年和马商量，他们的交流在猎人听起来像是这一人一马在咀嚼棉花。马听完少年的话，认真地端详了一番猎人，冲少年点了点头。

少年从没见过那么快的刀，猎人好像只是从它们中间穿过，七只羊就倒在了地上。少年也从没见过胃口那么大的人，猎人吃掉一只羊的速度就好像他吃掉一个鸡蛋。沙漠里肉香四溢，少年抽搐着鼻子。猎人注意到了，放下羊腿笑着对他说，你不要怨我小气，我只有吃饱了，才能够猎狼，我是在救你们的命。

刘文

云的那本日记被发现之后，在陈诺的组织下，我又见了一次云。还是在上次那间大会议室，那几张椅子和桌上空瓶子还留在上次我们离开前的位置。可我像是从一个云彩般踩不到底的梦里掉进了一块冰里。云也变了个人，不再一直说自己没杀人，而是不说话，一直在沉默地哭。

云哭泣的时候身体一抖一抖，她每抖一下，这个世界上就有什么东西变成了粉末,掉在空气中融化掉了。云变得越来越淡,越来越小,我害怕总有一刻,她会从世上消失掉。我说,不要再哭了。她摇摇头,说,没想到,最后是你发现的日记。我说,都是命吧。云想笑,可咧开嘴像是哭。

我递给她一张纸巾,云一边擦眼泪,一边说本来让你写自白书,是看你文笔好,想着也许你能帮我瞒过去。你为什么非要去打探个究竟。

我口腔发苦,似乎舌头上长出了一层盐粒。陈诺敲敲桌子,说,你注意态度。你想多了,没人能骗过我们。云吓得把头垂得更低,背脊弯曲得像一座拱桥。我心里难过极了,打死我都不会想到,会见到云的这副样子。

张军咳嗽了两声,说,要不,把事情来龙去脉讲一遍?究竟咋回事啊?有什么心里话,和我们说,就是和大家说,也许有人能懂你。陈诺说,那你就再讲一遍,但是记住,该说的说,不该说的话一句都不要说。我递给云一杯水,这才发现云的双手戴上了手铐。云看我一眼,眼神里都是迷惘,坐在那里,像是在草原上迷路了一样。

云说,就像日记里写的,我恨骆驼,想杀了他。张军说,那狼壳子是怎么来的?云说,我四处和草原上的唤狼人学习,花了两年时间,自己做的。张军说,两年,还没放下杀心?云说,我什么都没了,觉得就是让他们害的。这事是支撑我活下去的动力。疫情来了,我看动物都涌进城了。有狼有狐狸,还有野兔和老鹰。我就觉得,这是老天给我找机会了,不做不行了。张军说，说说当晚发生的事情。云说，我给骆驼打电话，说手上有那时我俩在一块的录像，我想和他要钱，把他骗到了草原上，在天坑边披着狼壳子把他杀了。杀他的时候，我心里害怕了，就拼命唱歌，想给自己壮胆，没想到把那个放羊老汉给引来了……

说着说着，云又哭了起来。张军看看我和陈诺，说，你现在是不是特别后悔？云点头，说，特别后悔。张军又说，你现在是不是特别想说，无论什么时候，都不要走上违法犯罪的道路。云又点头，像是学舌的鹦鹉一样说，违法犯罪。我站起来，走到云面前，说那个天坑边上是金蒿花田。云不哭了，她抖了一下，好像灵魂又碎裂了一点，然后抬起头看了我一眼，眼神里都是责怪，意思是这个问题很蠢，根本不用回答。

云说，自白书里那些美好的回忆，不愉快的记忆，统统都是真的。唯一的假话，就是"我没有杀骆驼"。我说，"九十九句真话，一句假话"是吧。云笑了，说我还是看《我心书》学会的，也不知道咱俩是谁教会了谁。我说，我不信。自白书里的回忆都很美好，我认识的云是最善良的人，她绝对不会杀人。云说，可惜你已经不认识现在的我了。

云对陈诺说，陈警官，我想回去了。我说，请你好好想一想，这对我帮你很关键。我着急了，想去拉她的手，她向后躲，手铐脚镣"哗啦啦"响，我好像看到了那个藏在时间里的少女，她在一点点绽裂。

陈诺挡住了我，让狱警带走云。我大声呼唤她的名字，她却再没看我。女狱警推开门时云站住了，像是有些不舍。她回头平静地说,把《我心书》,把以前的事统统忘掉,天真的人下场惨,快长大,向前走,别再活得这么落魄了。

云跟着那名女狱警消失在了门外,我想扑过去,面前的陈诺一把推倒了我。我对陈诺喊了句操你妈。陈诺不怒,反而笑了。他的同事们愤怒地瞪着我,似乎只要陈诺说一声,就能把我捏死在手里。可陈诺只是眯着眼看我,似乎眼前站着的不是一个人,而是一盆植物或是一匹马。我一边大口喘气,一边想,也许在他心里,人和植物,和马也没什么区别。

那天中午,陈诺把我们拉回了城,找了一家潮汕海鲜粥请我们吃饭。那个老板对陈诺特别客气,又送小菜又打八折,粥里的虾和螃蟹也特别多。粥很好吃,我感觉这几天阴雨天带来的霾晦都被粥从体内逼出去了。饭吃到一半,老板来敬烟。陈诺说,刘老三那帮人再没来找过你麻烦吧。老板竖起大拇指,说扫黑除恶就是好,再没来过。要不是你,我这饭馆都开不下去了。陈诺点头,是得整操一下这帮人。老板说,老三这次估计悬了吧。陈诺点点头,说估计得让冒儿了。我收拾过这小子几回了,不消停。

陈诺说的"冒儿"是金市流氓们的俚语,意思就是被执行枪决。老板叹口气,深吸了一口气,说你们聊着,我先忙活。我突然觉得,老板好像还有点感伤。

老板走后,陈诺对我说,证据确凿,犯人认罪。云的事儿估计很快了。我说,她是不是也要被"冒儿"了。陈诺说,这属于故意杀人罪,有预谋,手段特别残忍,你说呢?我放下筷子,说云对案发现场的金蒿花强烈过敏，你真觉得这事没问题？

陈诺说，你知道为什么当时云没有回答你这个问题吗？你太不了解人性了。和仇恨比起来，过敏又算什么？前不久我办了个案子，一个肝癌晚期的八十岁老人杀了一个肺癌晚期的九十岁老人，动机是68年前死者杀死了凶手的父亲。凶手几十年一直琢磨着报仇，但就是没胆量。直到在医院重新碰上，他意识到双方时间都不多了。凶手供述，当时自己就一个念头，绝不能让仇人自然死亡，要不自己没法去那边面对自己的父亲。

我说，我不是在问云怎么解释，也不是在和你研究人性。我是在问你怎么看这件事本身。陈诺说，我是个警察，我们讲证据。现在人证物证都指向了云，她也认罪了，我没有办法。

陈诺悲伤地看着我，就像一个不知该怎么应对叛逆期儿子的父亲。我眼前的景象突然花了，我撞开椅子，离开了饭桌，临走时还撞翻了走廊上堆放的啤酒箱，服务员骂了起来，我没有回头，老板呵斥那人。这时我看到一个长着圆脸，眼睛却很狭长的女人在邻桌看我，她的双眸像猫眼遇到阳光般急剧地收缩。猫脸女人好像很惊恐。张军追上来叫我的名字，想让我站住，我也没有回头。

没过几天，张军亲手剪辑的新闻短片就出来了，标题是《草原发生离奇命案，我市公安神速破案》。金市的电视和网络二十四小时滚动播出，人们议论纷纷。我看着屏幕上痛哭流涕的云，再看看撰稿人的署名竟然是自己，觉得人真是一个笑话。

我坚信云没有杀人，虽然"金蒿花田"对陈诺来讲是无关紧要的细节，对于我，却是巨大的疑团。可我再找不到其他的证据来辅证它。我想不明白，在小院的十年，我的生活就是写小说。我觉得这个世界上最难的事也就是写小说。只要能写完《我心书》，我就是世界上最了不起的英雄。可为什么一出小院，我被陈诺利用，找到了云的罪证。也被云利用，成为了她和警方对抗的道具。我的信仰与骄傲，为什么在这个世界看来如此渺小天真，只是可以利用的工具。那我的存在，对于这个世界，和一张纸、一把盐又有什么区别。

这是一个逻辑死循环，它让我吃不进去饭，也睡不着觉。情绪一天比一天低落。有天晚上，我觉得自己突然喘不上气来，皮肤一点点地失去了感觉，我好像马上就要死了。我坐在床上，不敢用力，一点点地呼吸，明明有意识，可是手脚冰冷。不知道过了多久，这种感觉才渐渐退去了。我上网去查，才知道这叫做"濒死感"，有这种感觉的人都是压力太大，过于紧张。我想，不能再这样下去，否则云没救出来，自己也很快会死掉。

如何让一点食欲都没有的自己吃饭，这是我遇到的第一个难题。经过几次不成功的实验后，我发现速冻水饺是个好东西。各种营养都能保证。我只需要想象自己是个机器人，身体每一个部位都由仪器控制就好了。每顿饭，就是在十五分钟内向我的能量槽内丢八个饺子。进食变成了一场机械感十足的仪式。我去超市买了足足一车水饺，各种品牌都有。以至于收银员怀疑我是不是做水饺测评的UP主。

但我没想到,水饺这玩意虽然解决了我的吃饭问题,但在另一个方面给我带来了巨大的困扰。因为我在各种治疗失眠的办法中选择了一个最古老也是最有效的方法,喝酒。金市的"草原闷倒驴"是全国有名的高度酒,六十二度,一口进去,你会感觉有个淘气的男孩从你胃里伸出手,要把你的身体撕裂。而老话说,"饺子就酒,越喝越有"。一开始我是七个饺子喝一口酒,后来变成六口饺子一口酒,再后来是五个,四三二一,我迷恋上了酒醉的感觉,只有那样我才能睡着。我彻底变成了一个酒鬼。每天清醒过来,我的第一件事就是赶紧拎起身边最近的酒瓶子把自己灌醉,然后再次清醒后重复这套动作。

有次我正在深夜里昏睡,突然感到脸上湿漉漉的,一阵凉意从眉间沁入我的脑海。朦胧中我挣扎着坐起来,推开了那个身边拿着毛巾的人。我用了很长时间才确定眼前的一切不再随着酒精旋转,看清了来者的模样,原来是张军。他皱眉看着我,好像很苦恼。我恼怒地说你这是擅闯民宅,你知道吗?张军说,我来的时候,你的院门和屋门都是开着的。再说,你这里有什么值得我擅闯的呢?

张军说,剧本迟迟没有进展,刘文老师,云你是救不了了,你先救救我吧。我说,没剧本了。他愕然道,为啥?你收了钱了。我说,这又不是卖菜,你给了钱就行。写不出来了。他说,你为啥写不出来?我说我最近喝完酒就琢磨这些事,琢磨出来一个道理,我妈把我生下来,不是任人利用的。你这部可能永远都拍不出来的电影，说是创作，可和我又有什么关系呢？说到底，是利用。我烦了。

他说理解，但你要这么想，人活在世上还有被别人利用的价值，还能当工具，这是件幸福的事。张艺谋被叫做"国师"，"国师"是什么？就是中国最大的工具人。如今多难啊，一波又一波疫情，好多大公司都关门了。多少博士都去当快递当城管了。我苦笑，咱俩说的不是一回事。张军说，你只要心里承认了云是凶手，就不会这么难受了。

我说，你看过《我心书》，她和我素不相识，愿意拼命救我。救人的人，不会有这么深刻的仇恨。她在草原上长大，她和我们不一样，草原能化解一切仇恨。张军说你他妈就是头疯驴，她自己都承认了。你为什么不能认清现实呢刘文，结束了。

他刚说完，我就扑到他身上，用尽全身力气想击败他，击败这个不断侮辱与伤害好人的世界。不知过了多久，我没了力气。张军把我拉了起来，喘着粗气说，不管怎么说，你要尽快给我交一稿。

我对张军说，对不起。张军皱眉看着我，像是我说了句很愚蠢的话。这时我才发现，他除了头发有点乱，什么事都没有。镜中的我自己倒是鼻青脸肿，像是从一个五十级台阶的高台上滚落了下来。

张军说你也要生活吧刘文，不能说云死了，你也不活了。你是写小说的，不是小说里的人物。生活需要钱啊！为了钱你总有动力吧。快连酒钱都结不起了吧？

说这些的时候，张军站起来，在我面前挥舞着手臂，像一只学习飞行的雏鸟。我仔细想了想，他说得没错。这个月的电费我都交不起了，电力局前几天还来人威胁给我断电。

我说，你说得对，我需要新的生活，需要钱。可是我总提不起劲儿来，很难再相信写下来的文字。这不是主观原因，而是客观原因。你也是艺术家，你应该懂。张军说，这就对了，这样你才能进入真正的创作。说这话的时候，张军眉飞色舞，特别像在讲台上给一帮绝症患者讲课的半导体。我说，你不觉得特别没有人性吗？

张军说，艺术就是反人性的。为了自己的热情写作，那是爱好。为了自己的生活写作，才是创作。我也有最难的时候，上午还难过得想直接跳楼自杀算了。下午我就去给投资人讲一个喜剧片策划案，把投资人逗得"咯吱咯吱"笑。张军说这些的时候，我注意到他眼角有泪光。我突然发觉除了知道他是个总在做梦要拍电影的人，我对他一无所知。

那是9月初，金市连下几天大雨，天气一下就凉了下来。风一叫唤，能刺进人骨头缝里。我送张军出门的时候，看到了一个穿花裙子的女人。秋天的金市已经很冷了，还有人穿得这么单薄，我不由得多看了一眼。那女人似乎发现我在窥探，抖了一下，钻进了旁边的小巷。可我还是看清了她的脸，这女人我总觉得很眼熟。回到家中，我又喝了两杯"闷倒驴"，才想起来自己在那家潮汕海鲜粥见过她，她是那个猫脸女人。酒劲上头了，我还未来得及细想，就陷入了天花乱坠一样的眩晕中。我似乎能看到云藏在层层叠叠的光斑里，在冲我轻轻地笑。

不管怎样，张军的来访点醒了我一件事，生活要继续，我需要工作。我决定把答应张军的剧本写完。即使它可能永远都拍不成电影，我也信守了承诺。为了积累素材，我不断地翻阅着《我心书》，每次看，都像是在看自己的前世。有时我会想起张军脸上闪烁的泪光，突然觉得世上的每个人都有心事。有的人能说出来，有的人说不出来。有的心事可以说，有的心事只能一辈子烂在肚子里。我还能写作，比起那些不会说的不能说的，我其实很幸福。

过了几天，我给张军打电话，说想到些事情，我想和他聊聊。张军说，好啊。半个小时后，我俩在"千鹤"书屋见了面。一见面，我就手舞足蹈着阐述我的想法。那时是周末中午，很多家长带着孩子在这里写作业，我的样子让孩子们有些愕然，家长都愤怒地望着我。这时，我好像在人群中又看到了那个猫脸女人。可她一闪即逝。我不知道这是真的还是幻觉，最近我喝了太多的酒，早上醒来必须喝一口酒，才能缓解宿醉疼痛。可我丝毫不在意这些。因为我在这次重读《我心书》的时候，发现了一件自己从来没关心过，但现在看来很重要的事情。

我告诉张军，在翻阅《我心书》的时候我突然注意到了云那个好朋友"光"，这是青春期时我最恨的人啊。我努力回忆他的样子，惊讶地发现我从没见过他。所有对光这个人的认识，都是通过云和霞的讲述。

我又翻阅了几遍云写给法官的自白书，光无处不在。这让我感到诧异。复明之后，我在云家的草场住了很久，可为什么从没见过光，也从未听人提起过他。我心中涌起一股冲动，想找到这个神秘的光，好好聊聊过去的事情。也许他能帮我们发现骆驼被杀案的真相。

有件事情，我没有告诉张军，我甚至特别希望这个光就是杀人凶手。我发现原来我对他的妒忌从来没有消散过，只是被我藏起来了，藏得太深自己都忘记了。这次重读，他重新浮现在我的心间。

张军听完我的话，面孔一时变了几种颜色。我感觉他的身体在颤抖，我想是因为我没有听他的话，还钻在云的事情里，让他感觉愤怒吧。张军咬牙切齿的样子很像一只什么都没有，只剩下了龇牙的野猫。

张军突然笑了，他说，我仔细想了想，光这个角色挺好，它让咱们之前搁浅的悬疑方向又活了，增添了神秘主义气息，挺商业的。我支持你去调查那个光。

我看着张军，他的笑容很真诚，只有机器才能在人的嘴角上刻出那么完美的弧线。

我说张军，生活不是电影，电影是提纯的，再残酷的电影都是美的。生活不是，它泥沙俱下，丑陋庸俗，像硫酸一样侵蚀人的灵魂。你是不是二者不分了。张军说操，你他妈一写纯文学的能比我懂生活？

我们离开金市，搭一辆去往火山的卡车去了草原。一路上，我向遇到的每个人打听光，没人认识这个猎人，甚至都没人听说过他。我还去了奇风疗养院，问了牛角和梳头奶奶，他俩表示，不仅没见过光，甚至从没有听云提起过这个人。牛角不屑地对我说，这个光真不地道，云家遭受了这么多苦难，他就在旁边看着，他算什么牧人，草原上的人不会这么对朋友。

我和牛角坐在草地上，看着天上的白云缓缓飘过。他问我，云还好吗？我把我在看守所的所见所闻都告诉了他。过了良久，这个魁梧的牧人才开口说话，也许我把日记本给你，是害了云。我说这和你无关，当时是我决定要报警的。牛角说，你现在会觉得愧疚吗？我说原本我以为，我会失眠死掉。现在我发现没有一瓶"闷倒驴"解决不了的事情，如果有，那就来两瓶。

回到金市，已经是深夜三点多，我栽倒在床上闷头大睡，第二天下午两点多才醒来。我感到肚子饿得发慌，洗了把脸，我就匆匆走出小院找饭吃。在一家快餐店吃面的时候，我总感觉有人窥视我，让我脸颊发烧。这种感觉伴随我很久了，即使在草原上，它也很强烈。我抬起头，看到了那个猫脸女人。她在快餐店外的报摊厅前，手里在翻报纸，可是眼睛直勾勾地盯着我。猫脸女人发现我看她，吓了一跳，急忙放下杂志走到路边打车。我也放下了筷子，快步出门，向她走去。两辆出租车正好过来，她看了我一眼，很平静，我总觉得我似乎见过她。猫脸女人上了前面那辆车，扬长而去。后面的出租车窗户摇下，司机是个和我差不多大的小伙子。他说，哥们儿，去哪儿啊？我说，跟踪，你走吗？他的眼睛一下子亮了，你是警察吗？我摇摇头，说我是私家侦探。他说牛逼啊哥们儿，上来。

我跳上了车，他指指前面那辆开出去的车，我点点头。年轻人踩下了油门，车向路上驶去。正好是下午三点多，金市人都在上班，路上没什么车。我们咬着她，不远不近。司机从后视镜上瞄着我，说哥们儿，你为啥跟踪她。他的语气很兴奋，我都能闻到一股青春期的粉刺味儿。我说她可能和一桩杀人案有关。司机说，我操，我看这女的鬼鬼祟祟就不像好人。我掏出一张一百块放在手套箱上，说我需要安静。从那之后，这小伙子再没看我一眼，他只是动不动就扫一眼那张钱，好像害怕它长出翅膀来。

到了金市体育场，前面的车停下了，那猫脸女人冲出车，一头扎进了体育场。我跳下车，追了过去。我冲进体育场的时候，只看到十来个打篮球的少年，都穿着天蓝色的篮球服，上面写着"金市体院"。我穿过这群小伙子，像是穿过一片高大的白桦树林。我四下张望，看到她已走到了体育场的尽头，消失在了小门后。我急忙跑了过去。

我穿过那座小门，一条小巷出现在我面前，是前面一排店面的后门。这时一阵香味传来，是猫脸女人奔跑时残留在空气中的香水味道。我顺着香味，推开一扇后门走了进去。沿着蜿蜒的走廊，我来到一个大大的舞池。激扬的音乐从我头顶一阵阵扑来，可舞池里没人，只有一个年轻女孩穿着比基尼站在舞台上练习钢管舞，皮肤白得让我心跳加速。这个接近一丝不挂的女孩诧异地停了下来，捂住自己的胸，问我是怎么进来的。我说，你看到一个长得像猫的女人了吗？也许是我的口气吓着了她，她大声叫喊着，来人啊来人。我听到身后传来阵阵脚步声，闻到了刺鼻的男性汗臭味。有人推了我一下，我一个趔趄，差点跌倒。我回头看，是那群打球的体院男生。为首的男孩像头犀牛般魁梧，光是呼气到我脸上，就让我觉得面颊刺痛。我说你们别误会，我是来找人的。犀牛给了我脸上一拳，我赶紧捂住嘴，因为鼻血立刻就出来了，顺着人中要流进我的嘴里。我用另一只手向他们连连摆动，示意我投降了。

我回到家时照了照镜子，发现自己挨打的那边脸完全肿了，亮得发光。我一直恶心，躺在沙发上一直到深夜，才觉得自己的心跳恢复正常。我坐了起来，大口喘气，在心里一点一点拼出了那个猫脸女人的长相。然后我在自己的手机上翻了很久，还是没有想起我究竟在哪里见过这个女人。

几天后，我在"千鹤"书屋和张军、陈诺见面的时候脸还是肿的。张军一见我，吓了一跳，说你这是被谁打的？当着陈诺的面，我不想说太多，于是编了个谎言，说自己遭遇了抢劫。张军说真是倒霉喝凉水都塞牙。

也许是因为周末，那天顾客很多。每个人的脸都红扑扑的。小叮当跑来跑去，像一只旋转的陀螺。我说，你们找我做什么？张军说，别着急，先看场好戏。

陈诺不再说话，继续阅读手中那本《平凡的世界》。我感觉到书店中突然弥漫着一股诡异的气氛，还未等我反应过来，就听到身旁一个女孩小声哼唱，从来没有人如此，打动我的心。就在我愕然时，门口的一对老夫妻接龙唱道，总有许多许多话，想说给你听。小叮当愣在当场，被顾客们围在了中间。人们含笑，每人手中一朵玫瑰。我这才注意到，陈诺今天西装革履，造型非常庄重。歌声仍在继续，心会和爱一起走，说好不回头。陈诺走进人群中，人们手中的玫瑰都交到了他手上。陈诺走到小叮当面前，单膝跪地，捧上鲜花，他说，小叮当，我就是一个平凡的人。遇到你，是我这一生最幸福的奇迹。我愿在这平凡的世界上一生守护你，你愿意嫁给我吗？

陈诺语带颤音，我从未想到他还有这一面，他的认真目光和潮红面颊让我想起山楂，差点把我的牙酸倒。张军拍拍我的肩头，说怎么样，浪漫吧，这是哥们儿的主意。人们都在鼓掌，是小叮当扑到了陈诺怀里，捂着脸说我愿意。众人的欢呼声差点把这里的屋顶掀掉。

陈诺一一和人拥抱，对每个微笑的人说谢谢。红着脸的他摇摇晃晃，像是喝醉的人。当他走到我面前时，却醉态全无。他笑眯眯地看着我，我想起来看纪录片，草原上的狐狸看着无路可走的野鸡时就是这副嘴脸。陈诺拥抱我，然后松开我。他说光的事，张军已经告诉我了。我们的系统里没这个猎人。光在法律上，在文明社会中都是一个不存在的人。草原上历来逃犯就多。也许他已经逃走了，或者死在了草原上，那样我们永远都找不到他。

张军说,我们问云不就好了?我摇头,表示我已经无法再相信她说的任何一句话。

张军又说,为什么不去找霞呢。她肯定认识这个叫光的男人。我不由得苦笑,把上次和霞见面时的情景告诉了他们,说,她不会同意见我的。

我们三个人好像陷入了僵局,没有一条路能指引我们找到光。沉默中,有人嚷嚷起来,陈诺呢?让这家伙出来喝酒。小叮当的笑声夹杂其中,今天她是金市最幸福的女人。陈诺站起来,又是一副醉态。他对我们说,现在我不是警察啊,我就是一个张大导演刘大作家的粉丝。我给你们提点意见,你们那些文艺电影和文艺小说实在是太实了,不飞扬。你们可以去找找那个野兔子,那姐妹俩的傻外甥女,采访采访,搜集素材。有时我觉得,正常人讲的故事都太无聊了。傻子看世界更有意思,他不会骗人,所以能看到更多我们看不到的东西。

陈诺大笑着,把所有闹他的人都推出了书屋,他大喊着走走走,潮汕海鲜粥,今晚不醉不归。这里静悄悄的,只剩下我和抽烟的张军。微风敲打窗棂,我望着窗外,明明是秋天,我却觉得眼前一片雪白,雪灵悬浮在半空中,在冲着我笑。

虹的信件

亲爱的野兔子,我的傻女儿。我很想念你。如果你看到这封信,证明我已经不在这个世界了。

一直以来,他们都说我疯了。家里的锁好好的,门窗好好的。街上有警察，有探头，怎么会有人杀我呢。我为你们感到开心，这证明你们其实还没有长大，像孩子一样天真。

我最爱的亲人啊，临死之前我明白了一件事，其实在地球上，只要长草的地方就都是草原。有草原的地方就有羊，也有狼。我就是一心一意吃草的羊啊，进入了狼的陷阱，还傻乎乎的，什么都不知道。

如果我说，请你不要悲伤，我想你是做不到的。说句心里话，我希望你能为我流泪，能永远记住我这个妈妈。可是，悲伤要尽快过去，你要振作起来，你还有更艰难的事要去做。记得小时候，我最爱的一只小羊羔被雪压死了。我哭得很伤心，梳头奶奶说，在草原上让悲伤尽情地来，但是要尽快过去。

野兔子，我的女儿。我走的时候，你睡着了，像小猫一样打呼噜，还发出一阵傻笑。真好，妈妈希望你永远都这样。你是个苦命的孩子，这个世道的好你一点都没沾上，它的坏也该和你没有关系。

能和你畅所欲言，我的心里别提有多么舒畅。我很怀念以前在草原上的生活。我看着大家开开心心地吃我做的饭菜，一个人睡在被窝里都忍不住笑，这大概是我最满足的时刻。我最愿意做的事情，就是和妹妹们一起唱诺敏歌，每次唱完歌，我全身就有使不完的劲儿。我觉得无论大风大雨，还有这漫长的日子怎么折磨我，我都是值得的。

自从搬到金市，人们说话都好像在喊。可在喊什么，我想他们自己都不知道。别说唱歌了，我们都不知道该怎么说话了。我们都富过，也都穷过。可这都不重要，不是吗？我们是一家人。高兴的时候一起高兴，痛苦的时候一起痛苦。我记得母亲死的时候，把我们三姐妹的手紧紧握在一起，说以后你们要像野草簇一样相依为命。

母亲临死时，给我们三姐妹立了个规矩，若是吵架了，就每人分一颗糖果。我们都发过誓，吃完糖果就不生气了。直到今时今日，每逢她们闹矛盾，这个法子还很好使。

长这么大，我唯一一次生气，是我过十八岁生日那天。我记得父亲专门杀了一只羊。我为了炖羊肉，支起铁锅生起了篝火。

我很喜欢火，有时我忙了一天家务，好不容易能休息一阵，就会用牛粪生起小小的火堆，坐在草地上对着一簇簇火焰发呆。

大家都很奇怪，我看火的时候在想什么，我说看时想什么都不重要，重要的是火灭时想的那些事也都随之消散了。其实他们不知道，母亲死后，我也有悲伤的时候，也会怕被父亲和妹妹们发现，为我感到担心。我是大姐，这个家现在我要撑起来。我自己一个人躲到草甸的深处，点堆篝火偷偷哭，把心里遭受的磨难与委屈讲给天上的母亲听，直到篝火熄灭。然后我就擦干自己脸上的泪，走进毡房。

那天也不例外，我看着灶上的火苗，脸蛋红扑扑的。梳头奶奶开玩笑，虹是真的长大了，想另起灶台做饭了。在草原上，这是怀春女儿想出嫁的戏谑说法。父亲嘿嘿笑着，云和霞开玩笑说姐姐要嫁人，我们也跟着姐姐走。父亲做饭不好吃。父亲的脸色一下子阴沉了，那晚滴酒未沾，饭还没吃完，就回自己的毡房躺下了。我严厉地批评了双胞胎姐妹,并且对着上天发下了最毒的毒誓,永远不会离开草场,离开她们和父亲。我们都哭了,那时我们才懂得,在这个家里,谁也舍不得再次面对分离。我们一直记得妈妈临死前的话,一家人就是无论谁好谁坏,谁贫谁富,永远都要相依为命。

我还记得,那天我教会了云和霞唱第一首诺敏歌,本来心里很高兴。可是我发现我流眼泪了。因为我想起了我的妈妈,那首歌也是她生前教给我唱的。我本以为,她也会看着我的两个妹妹长大,教她们唱歌。人的命运真是太无常了。我记得,那首歌好长好长,可父亲的枣红马只在草场上奔跑了一圈,这对姐妹就学会唱了。我很满意,她们唱歌有天赋,尤其是云,将来一定会是很好的诺敏歌歌手。我那时候还想,说不定她们会因为自己亮丽的歌喉改变人生呀。

奇怪的是,那天无论我做什么,心里头都想着我的妈妈。我第一次隐约感觉到了,我和我的姐妹再也不是孩子,我们变成了女人,和母亲一样的女人。在草原上,狼更愿意捕猎女人。母亲的昨日,也可能是我们的明日。女人的命运,我们的命运,真是像冬天的积雪般无奈啊。

2

沙漠故事

  狼出现的时候,猎人也吃完了最后一块羊肉。它们包围了猎人和少年,还有那匹老马。少年觉得,这次狼群倾巢而出,足有四五十头,好像空气都因为狼呼出的臭气而凝固了。少年害怕地躲在了马的肚子下面,他说,我喘不上气来。马不安地打着喷嚏。马对少年说,一会儿我会扑向头狼。你趁着它们吃我的时候,拼命跑。千万不要回头,也不要害怕。你要一直朝着有太阳的地方跑,跑到自己没有一点力气,如果那时狼没有追上你,你就在那里好好生活,再也不要回来。少年流泪了,他抱住了老马的脖子。

  猎人不耐烦地说,你不要再哭了,我吃了你的羊肉,就绝对不会让你今天被狼吃了。

  狼群一阵躁动,压低身子,蹑手蹑脚,包围圈进一步缩小。猎人竟然趁这个时候给自己点了一根烟,大口吸了几下,然后把烟头弹向狼群。狼纷纷龇牙,像是在嘲笑猎人的挑衅。一头最雄壮的狼走了出来,它长着金色的眼眸,好奇地打量他们。三年来,就是它带着同伙把少年逼到了绝境。

猎人抽出刀来，狼王像是明白了什么，"呜呜嗷嗷"叫唤着，狼群转身想跑，猎人已经追了上来，一刀劈开了离自己最近的那只狼的脑袋。

少年吓得腿都软了，原来猎人杀狼比狼杀羊要凶残得多。没过多久，狼群里只剩下那头金眼的狼王，空气里都是狼血的腥味，遍地都是狼的尸体，或被斩首，或被肢解。狼王不再逃跑，也不敢反抗，面对着朝自己跑来的猎人哀嚎着，像是不知道这一切究竟是如何发生的。

就在这时，猎人突然停下了脚步。少年看到远方的云慢慢变黑，惊觉此时风变大了。云被卷成一根烟柱，少年努力才能站稳。猎人回头对他惨笑道，黑风暴来了。猎人转身向老马走去，少年感觉到了他的杀气，挡住了他的路。马说，你不要拦他，其实第一眼看见他我就知道，他比狼可怕。少年流着泪，就是不愿躲开。

猎人说，只有杀了这匹马，我们才能活。少年拼命摇头，说我们救了你，你不能恩将仇报。猎人懒得废话，举起刀向少年的额头砍来。老马嘶鸣，冲过来撞开了少年，刀落在马背上，将它砍倒。猎人用刀割断了马的脖颈，剖开它的肚子，把内脏都卸了出来。他看了一眼少年，自己钻进了那具空荡荡的马尸。

少年晕沉沉的，突然眼前一黑，感到自己被一股强大的力量卷到空中。他在龙卷风的最中央，狼王也被吸了进来，惊慌地哀嚎。少年眼看着地面的老马离自己越来越远，泪水流出来，却溅碎在了自己的脸上。

刘文

　　火葬场里也有吃饭的地方,我也是这次才知道,名字还很诗意,叫"天堂大饭店"。我对张军说,你说谁敢来这儿吃?谁在这儿吃会有胃口?张军说也就你们这帮知识分子多愁善感,天天吃西北风就够了。正常人都是送走没了的,照顾活着的。该吃吃,该喝喝。

　　我们到骆驼追悼会现场的时候,厅里已经站满了人。有些人眼神飘忽,穿着奢华,举手投足洋溢着生意人的精明和干练。我在霞家里见过这些人,他们大声地说话与唱歌,恨不得把烟酒当饭吃。霞那天和我说,招这么一群人来家里,是因为心里太难过了。她动不动就会想起自己的老公死了,而且是被自己妹妹杀害的。这件事让她无法忍受寂静。我想,世上总是会有这样的人,像火葬场上空的群鸦。群鸦吞吃祭品,他们蚕食孤独。

　　更多的来者是移民新村的牧人,脸上布满掩饰不住的哀伤。我感到人群里有道目光向我射来,我回身看,那个猫脸女人在晃动的人群里一闪即过。我挤过去,却没见到她。霞的客人们皱眉看着我,好像我是在大理石地板上凭空出现的一滴污渍。

　　下雨了,淅淅沥沥,群鸦停在屋檐下,凶狠地望着我们。野兔子站在台阶上,雨滴打在她的身上,她却毫不在意。乌鸦飞落在她脚边,围着她悠闲地左顾右盼,时不时抖抖羽毛上的雨水。她就像是群臣簇拥的女王。我走了过去,对她说,野兔子你好啊。野兔子困惑地看着我,因为痴呆,她那掩藏不住的警惕显得有些可笑。她端详了我一阵，然后露出笑容，说叔叔我认识你，你帮过我。我点点头，说好久不见啊。她说你是来参加追悼会的吗？我说，我是专门来找你的。野兔子愕然道，找我做什么？你是想听我讲故事吗？我笑了，说，你还会讲故事啊。野兔子点头。我说，听你故事之前，我能不能先问你一个问题？野兔子说，你问吧。我要知道就告诉你。我说，你认不认识一个叫"光"的叔叔？野兔子摇摇头。我感到一阵失望。我说，那你有没有听你的妈妈和阿姨聊起过"光"这个名字呢？野兔子想了想，说我从没有听过这个名字。叔叔，你来听我讲故事吧。她拽着我，坐到了路边的台阶上。

野兔子念念叨叨，这个故事发生在大沙漠里，开头是一个骑马的少年带着一群羊躲避狼群，听着非常有趣。乌鸦落满了大树，吱吱嘎嘎叫着。

野兔子声音非常好听，带着一股天真的甘甜。虽然逻辑颠三倒四，情节荒诞不经，我倒还真是听进去了。张军路过我们，看我在听野兔子讲故事，哭笑不得地说，你也快成低能儿了。

昨天开会的时候，我提出来参加骆驼的追悼会，张军很惊讶。他说那咱们搭不搭礼，咋的，你还调查出情感了？我说，追悼会毕竟是个场合，霞即使不悦，也不会像上次一样把我们轰出去。在那里可以和野兔子聊聊"光"的事，而且人也多，也许能打探出什么消息。张军说你活人不放过，死人也不放过。刘文，你为达目的不择手段，人物弧光越来越强烈了。

一些魁梧的壮汉在追悼会开始时挤入告别厅的人群,像水面中露出的礁石。他们面容刚毅,眼睛血红。霞和他们郑重地握手与拥抱,明显要比对待其他人亲切。

我和张军站在这些壮汉中间,如同两个霍比特人。张军小声问我,这些大力水手是干吗的。我说,他们是草原上的摔跤手,大多数应该是骆驼的手下败将,来送他们这一代摔跤王最后一程。

送花圈的时候霞看到了我们,她很意外,皱起了眉头,但没有表现出不悦。我们走过去对她小声说节哀,她没有看我们,微微点头表示感谢。

我们走向骆驼的遗体,环绕一圈,在哀乐中三鞠躬。我抬头看了一眼骆驼,这是我第一次见骆驼,当年他来到草场的时候,我已经因为云的拒绝而伤心离去了。虽然经过精心的化妆,可是骆驼的面孔仍然显得有些古怪,五官明显是缝合在了一起,歪歪扭扭,像是毕加索的画。

男人雄浑的合唱声振聋发聩,是那群摔跤手在唱诺敏歌。

高高的阿拉善圣泉
喷涌着向前流动
青春少年的你
看去特别威风

有着山岩的颜色
骑上那匹黑马

大颠小跑地来吧
青春年少的你

有着流云的颜色
骑上那匹青马
又轻又软地来吧
青春年少的你

  摔跤手们使劲吼着,有的嗓子都劈了。乌鸦被惊飞,在天空盘旋。我全身发热,被激起一股豪情,觉得自己也变成了一个摔跤手,脚下的土地不是金市火葬场,而是草原上的角斗场。这一刻,生死置之度外,只要能够开心地唱歌、尽情地战斗就足够了。
  歌声停歇的时候,那些壮汉都哭着离开了,背影摇摇晃晃,就好像远方迷路的驼队。
  有人拍我们的肩膀,我回头,是霞。她眼睛哭肿了,哀伤地望着我们。霞说,刘文,谢谢你能来。我说,节哀顺变。看着抽泣的霞,我不知道哪里来的勇气,把一切都抛到了脑后,我只知道,我的朋友现在需要安慰。我走上前去,给了霞一个拥抱。霞先是一惊,然后绷不住了,在我的怀中抽泣,身子一抖一抖,那一刻我们好像回到了二十年前,只是一个朋友安慰另一个朋友。
  我松开了手,霞看着我说谢谢你。你刚才抱着我的感受很好,我好像又回到了草原上。有时我都觉得,生活就像草原下的一场大雨，我们的命就是一道闪电，留不下什么。

我说，今天你事多，先去忙吧。我们回头约个时间，我再去看你。霞笑笑，转身走了几步，却突然回过头来看我，眼睛闪亮。她说你刚才是不是和野兔子打听一个叫"光"的人？我点点头。

霞吃惊地看着我，说，你怎么会知道光的？我说，我有我的方法。霞想了想，认真地对我说，你刚才的举动很好，是真正的朋友。我说，我本来就是你们的朋友。霞脸上的笑容像落在火炉上的雪花一样消失了。她说，朋友就应该真心相待。我要对你说实话，你不要再查光了，没有意义。不过你能查到这个人，真是不容易。

我说，为什么？霞说，你不需要知道。我说，你只剩下云一个家人了，如果她是被冤枉的，你怎么向去世的火石和虹交代。你应该把话说完，说透。

她注视着我，说，光肯定比我更了解三妹。因为他只在云的心里活着。霞的声音很小，像是我们脚下躺满了熟睡的孩子。

霞说，我和云青春期经常吵架，有时吵得还很凶，父亲和虹开始还劝，后来习惯了，都当做听不见。那个年龄的小女孩脾气都大，下不来台只能搞冷战。最长的一次冷战，我俩一个月没说话。可我们明明是彼此最亲近的人，是爱着对方的。我们都知道，再这样下去不行。有天云把我带到了火山上，告诉我，她看岩画的时候想出了一个办法，我们一起想象一个朋友，共同塑造他。这人应该有我们公认的优点，而且绝对公正。当我们吵架的时候，就让他出来，帮我们捋清谁是谁非。我们都知道这件事很荒诞，但它又是唯一的办法，于是我们约好这是我们的秘密，谁都不许告诉别人。为了公平起见，我们认定这个朋友应该是个男孩。"光"这个名字是我想的，猎手的身份是云想的，那时她很恨草原上的野兽，想做个猎手。

光起初的确帮了我们不少忙，但越到后来，云和光独处的时间就越多。她总是把自己的想法安在光的身上，并且借着光来说服我，压制我。渐渐地，我讨厌这个光，因为他已经和我想象的完全不一样了。这个游戏不再公平，有天我俩又吵架了，云又让光出来，希望他说服我。我在气头上说，光就是你想象中的傀儡。我看着光的笑容僵在了脸上，然后他的身体越来越淡，直到融入阳光。从那时起我再也没见过光。

我苦笑道，九十九句真话里有一句假话。这太像云干的事了。霞笑了，紧皱着的眉头舒展了一下。她说，我好怀念过去的那段日子啊。

我说，我注意到葬礼上用的糖也是你们以前经常吃的奶糖，我记得以前每次你俩闹矛盾，吃了奶糖就消气了。霞说，是吧？我没注意到，只是我习惯了这种奶糖的味道。你不要再去想我们的事了，这些事我们自己都不愿再回忆，我想云也不希望你这么干，我还得去收尾，先走了。刘文，骆驼死后我才发觉，人的生命很短暂，你该去过自己的人生了，不要像云一样活在幻想和谎言里。

霞不再看我，她又变成了那个沉浸在自己悲伤中的冷漠寡妇，转身离开，穿着黑色风衣的她在这场雨里就像一滴墨水。

火葬场里空荡荡的，野兔子还在给屋檐外的雨帘讲故事，一根根雨丝像银线一样把天空和我们连在一起。我坐到了她身边，想在她的故事中去熬过这场雨。鸦群突然尖叫。原来是一只鹰抓住了一只乌鸦，用爪子掐断它的脖子，然后抓着这猎物落在树上，啄开了它的肚子，慢条斯理地吃着里面的内脏。我认得那只鹰，这段日子金市人总能在各种场合看见它。这只鹰活在所有事物的上空，藐视的眼神让人感到恼火。人们抓了它好几回，可惜无论是动物园的捕鸟网和无人机，还是消防队的高压水枪，都不是它的对手。电视台和自媒体天天拍这只鹰，它快成金市的明星了。

我想，光和刚刚变成青烟白灰的骆驼一样，是无形的、神秘的。这群鸟和我一样，是有形的、实在的。我们谁也感知不到另一边，可也不能少了另一边。当我们聚集在一起，这个世界才完整。

讲故事的野兔子手舞足蹈，又蹦又跳，口沫横飞，手脚非常灵活。我越听越入神。雨更大了，人们出不去，索性围住野兔子，听她讲故事。我看到了梳头奶奶，走到她身旁打招呼。梳头奶奶笑着说，这孩子真是了不起啊。我说是啊，一个傻子，能这么乐观。梳头奶奶看了我一眼，说，傻子是你们城里人的看法，她只是和你们不一样。我看着足有一百六十斤的野兔子纯洁的眼神，听着身边牧人们憨厚的笑声，再想想这些日子的遭遇，一时也不敢说谁是正常人，谁是痴人了。

梳头奶奶说，草原上有很多讲故事的人，就像野兔子一样。人们能从他们的故事里找到自己。风吹过，人们的头发随风乱舞，像春天的柳条。我突然觉得，野兔子的听众不仅是我们，还有已经逝去的人，以及从未来过这个世界的人。我额头发冷，有些畏惧这种感觉，于是挤出了人群。

这时我听到了争吵声，灵堂门口堵着一堆人，"嘿嘿"笑着。我听到霞的怒斥，这让我感到诧异。于是我挤进了人群，原来是霞在和一群女人争吵。我过去的时候，那群女人身上的香水味顺着风飘到我脸上，那味道很直接，像是几双手在抚摸我，让我的心剧烈地跳动。我注意到那群女人虽然都穿着黑衣，化着淡妆，可是举手投足间显得很妖媚。

因为愤怒，霞本来很好看的五官绞在一起，显得有些狰狞。这时我认出了为首的女人，我曾经见过她，那时她近乎全裸，站在舞池前方的台子上练习钢管舞。

钢管舞女孩低声细语地说，我们只是想看下骆驼大哥，我们也是他的朋友。霞说，我从没听骆驼提起过，他能有你们这样的朋友。钢管舞女孩说，不是什么事都要和你报备的。霞对着人群说，这是谁的恶作剧？没有人应声，人们都尴尬地低下头，却不怀好意地笑。霞厉声呵斥这些女孩，赶紧滚，要不我报警了。

钢管舞女孩看了她一眼，回到了同伴们之间，她们挤成一堆偷偷商量着，然后头都不回地挤出了人群，不再和霞纠缠，转身走下了台阶。我刚松了口气,陈慧琳的《不如跳舞》响了起来,是一个女孩用手机播放的音乐。激扬的电子鼓点里,钢管舞女孩带领着同伴们脱下黑色风衣,里面都是乳罩短裙。她们扭动着身体翩翩起舞,站在寂寥的火葬场里,这一个个白皙肉体上升腾的热气让人眩晕。人们瞠目结舌,霞站在台阶上气得哭了起来。

我想冲出人群,帮助霞结束这场闹剧。一个人影却挡在我面前,拉住了我的手,说他们是来帮我的。我愣住了,眼前的人影竟然是那个一直在跟踪我的猫脸女人。我越看她越眼熟,可就是想不起来她是谁。我说,你终于出现了。猫脸女人说,我有话和你说。我和她走到了人群的最后。我说,你现在可以说了。她说,你真的认不出我了?我摇摇头。她说,月牙。

这个词让我头皮发麻。我往后倒退了几步,认真端详着这个神色紧张的猫脸女人。我想辨认更多的细节,回忆像一双手,把我生生拽回了二十年前。

我仿佛看到了草原上的少女月牙。她的笑容比天上真正的月牙还美,她在草场上种下一片花海,几千几万朵鲜花在春天开放,十里之外都能闻到鲜花的芬芳。她能认出草原上每一种鲜花的名字,她是霞最好的朋友,是我们最好的玩伴。因为担忧我们,她不顾自己身体瘦弱,跟随着我们一起踏上了那场冰原之旅。我不愿意把眼前这个猫脸女人和她画上等号。猫脸女人化着浓妆,嘴唇像血一样红。眼神机警而冰冷,看着男人,就像是盯着老鼠的猫一样。可我知道,这就是月牙。因为眼前这个女人的嘴角上扬,还残留着二十年前月牙微笑时的天真。

我伤感地说,月牙,你为什么要跟踪我,为什么要捉弄霞,我们是朋友啊。月牙从兜里掏出一个打火机,拍到我手上,说,我有话对你说,可这儿不是地方。晚上来这里。

那是一只天蓝色的塑料打火机,不防风,上面贴着的白色纸条上写着"紫罗兰夜总会"。月牙说,不要让任何人知道,晚上九点半。她的口吻里有几分刻不容缓的焦虑,我还未来得及回应,她就推开我,下了台阶匆匆离去。

人们无知无觉,还围成一团,在他们中间的空地上,舞女在唱跳,霞蹲在地上无力痛哭。我冲到舞女们的中央,挥舞着双臂,怒吼滚开。舞女们惊叫着捡起地上的大衣,披在身上,蹦蹦跳跳地挤出了看热闹的人群,像受惊的乌鸦群一样四散了。

我把霞搀扶进了灵堂,霞坐在供家属休息的椅子上,止不住颤抖。我什么都没说,遗像中骆驼在微笑。我的震惊和疑惑,以及这里发生的一切在他看来一定很可笑吧。我在心里对他说,要是你在天有灵的话,托个梦给我吧。你用生命写下的这个谜快成闹剧了。

我在"千鹤"书屋枯坐到了晚上九点,看完了整整一本《挪威的森林》。

任凭怎么解释,世人也只能相信自己愿意相信的事情。越是拼命挣扎,我们的处境越是狼狈……

我觉得这位日本同行真是太牛了,简直就是站在我面前用手指点着我在说的。三十岁的时候,我一意孤行,在写《我心书》,

觉得自己就是小院内外的皇帝，拥有无限光明的未来。如今我走出小院，当年的玩伴不是做了舞女，就是进了囚牢。一切非我所想，我才明白坐在桌前幻想的往昔，竟然已经是我人生中最美好的时刻。

张军拍拍我的肩膀，说快到时候了。

我就怀着这样混乱的思绪，直奔金市"菜篮子"的西门。"菜篮子"是市民们给体育场取的外号，因为这座建筑长得像个大菜篮子，西门是酒吧一条街，"紫罗兰"正坐落在那里。

到了"紫罗兰"的门口，我就差点被巨大的音浪掀翻了，穿过一条长长的走廊，我们就到了大厅。我用了很久才在弥漫的烟雾中认出这里，正是那日我挨打的地方。舞池里最少有二百男女，脸贴着脸身靠着身，音乐再大，我还是能听到身体摩擦时布料发出的"沙沙"声。这时，我在跳舞的人群中看到了那几个体校男生，他们也认出了我，指着我笑。我急忙低下头，对张军说小心，这不是什么好地方。张军蹦蹦跳跳，像个二流子一样跟着节奏点头，他说，我操这儿多嗨啊，你知道你为啥写不出来剧本吗？你缺乏生活！这儿他妈就是生活啊文哥。

我在火葬场闻到的香味这时更浓郁了，我打了几个喷嚏。我说你能闻到那些女人的短裙里飘出来的香味吗？张军说文化人说话讲格局讲水平，让我说，这就是骚味。

张军要了个包厢，服务生殷勤地给我们递毛巾和茶水，一个五十岁左右的大姐坐在他旁边，问我们喜欢和什么样的女孩聊天。张军说妈妈，我觉得你就行。大姐咯吱咯吱笑，说老弟别开玩笑。我说，我找月牙。大姐瞥我一眼，说那老弟你得上天找啊，我这里都是凡人。张军把一摞钱扔到了桌子上。大姐笑了，说老弟，只要钱到位，别说月牙了，玉皇大帝我都能给你拽来。

我比画着月牙的长相和身形。大姐惊讶地说这位老弟喜欢莫妮卡？我一愣，才知道月牙在这里叫莫妮卡。

张军说没错，之前我弟在上一个场子和莫妮卡遇到过，一见钟情忘不了了。今天知道她在这儿，拽着我特意追过来的。大姐擦擦眼泪，说就爱听这种真爱故事。她拍了下我大腿，跑到门边拿起墙上挂着的小电话说了几句。门再次推开时，一群欢天喜地的女人涌了进来，我第一眼看到了钢管舞女孩，她在人群中显得很高挑。她冷漠地看着我，很职业地假笑着，像是从没找人打过我，也从没在灵堂前跳过《不如跳舞》。月牙是最后进来的，看到我之后轻轻点了点头，说原来是你。

张军留下了钢管舞女孩，月牙坐在我身边，一切安排妥当，张军给大姐塞了张百元钞票，大姐很满意，带着其他人退场。张军和钢管舞女孩跑到点歌机前点了一堆歌，两人打打闹闹。音乐响起时，张军竟然拽住了钢管舞女孩的手又蹦又跳。我能看得出来，他是真喜欢这个气氛。

月牙说，你朋友真活泼。我苦笑，说，你把我叫来了，有什么话可以说了。月牙说，吃西瓜。她用牙签扎起一片西瓜，要往我的嘴里送，我急忙躲开，挥手说咱们之间不用这样。月牙说，这是我的工作。我说，我是来见一个对我有话要说的老朋友的。月牙把扎着牙签的西瓜扔在桌上，冷冷地看着我，像一只猫在观察某件陌生的物品。她的猫脸上那抹职业性的笑容消失了，绷着的身体无力地靠在了沙发上，像一截被拉得太久失去了拉力的弹簧。她点燃一根烟，冷冷地看着我，说，我知道你在查骆驼案，你先说说你查到的事情。

我看了一眼张军，张军伏在钢管舞女孩耳边小声说了几句话。钢管舞女孩"吃吃"笑着，亲昵地打了一下张军的肩头，骂道"死鬼"。钢管舞女孩拉起张军，看都不看我们，把张军拉出了包厢。

我喝了一口啤酒，看着眼前这长着一张猫面的女人，告诉她我是如何从一个普通的作者到被卷入进这起案子的，我是如何发现骆驼是被谋杀的，我是如何帮助云整理自白书的，还有我是如何发现云对金蒿花过敏，又是如何在无意中发现了那本云透露自己对骆驼有杀意的日记，云又是如何哀伤地认罪。

我说这些时，月牙只是听，有时会喝两口桌上的啤酒。我说完后，她点头，说，听明白了。我觉得霞说的是真的，那些年我们都挺神经，不是吗？双胞胎姐妹又是我们其中最神经的。别说编一个人了，你说她们编造出一个世界，活在里面我都信。金市这个地方，实在是太折磨人了。

我喝了一口啤酒，说，我能说的，全都说了。你跟踪了我这么久，现在该你说说究竟是为什么了。月牙说，我得确认，你不是霞的人，我很害怕她。今天让我的同事们去捣乱，也是不想让她看到我。我说，我听不懂，你和霞不是最好的朋友吗？月牙苦笑着摇头，说，都变了，一切都变了。在草原上我们都是牧人，所以是好朋友。到了金市,她变成了有钱的阔太太,我只是一个出台费才五百的舞女,我们还能成为朋友吗?我说,那你现在确认我不是霞那一伙的了。月牙点头,我相信你,这一路我都跟着你,也向牛角和梳头奶奶打听过你在做什么。即使云已经认了罪,可你坚信骆驼不是云杀的,你想救云,对吗?我说,对。

她说,那我们是同一个战壕的战友。她伸出手来,抓住我的手握了一握。我说,我越来越不明白了。月牙看看门口,把烟头掐灭在烟灰缸里,贴在我耳边小声说,我怀疑是霞杀了骆驼。我想为骆驼报仇。

我看着月牙,感觉自己的后脑勺一抽一抽,带着我的两排牙齿生疼。月牙的声音更低了,骆驼每周都会来这里几次。我愕然道,他来这里干什么?月牙皱眉,来这里的男人还能干什么?

月牙的话让我震惊,月牙继续说道,有次霞找了过来,骆驼把她打了。霞抱着头,我能从她的反应看出来,这应该不是骆驼第一次打她。幸亏我拦住了他,否则霞肯定得受重伤。

我不说话,拼命抽烟。我想起第一次去采访霞,她说起骆驼时话语中都是崇拜之情。我很难想象这对夫妻之间还有这样不堪的一个秘密。可这话是月牙说的,她没理由骗我。我掐灭烟头,说,他讨厌霞?

月牙说,不是讨厌,是害怕。我后来质问他,你为什么要打老婆。骆驼说,他不能看见霞,否则总会想起火石。我觉得,骆驼特别恨火石。我现在还记得他说这话时的样子,脸色比躺在棺材里的时候好不了多少。

我说，你为什么要告诉我这些？月牙苦笑道，警察会相信我的话吗？我说，我不是这个意思，我是好奇，霞曾经是你最好的朋友啊。你为什么要指认她呢？月牙说，到了金市，我最好的朋友除了天上的月亮，脚边的影子，就剩下钱了。霞是我最好的朋友吗？那天我护着她，不让骆驼靠近她。她一把推开了我，特别害怕地看着我。你知道那像什么吗？就像看着一只爬到她脸上的蟑螂。我命苦，离开草原后家就败了。我走投无路，才做了这个。我尽量避开草原上的牧人们，尤其是霞。我就是怕看到这样的眼神。可没想到，有些事情是避不开的。我万万没想到，我最好的朋友会像我做的噩梦那样，用那种眼神看着我，这比拿刀子捅我的心还痛苦啊……

回忆让她愤怒，她的身体在发抖，像是猫遇到了敌人般蜷曲着身子，凶狠地龇牙。二十年前那个在草地上种花的女孩已经变成了幽灵，离开猫脸女人的身躯，并且再也不会回来。我说包厢空调劲儿大，冷。我脱下外套给她披上。月牙说，倒是死鬼骆驼很有意思。男人们伤透了我的心，他是这群男人中对我最好的那个。他很温柔，总送我小礼物。有时我们什么都不做，就坐在包厢里回忆那些过去的日子。很多事我都忘了，他却还记得。

骆驼是我见过记性最好的人。虽然我和他上床，只是各取所需，他要以前在草原上的温暖回忆，我要的是钱，可我还是记得有一次，他去草原出差，摘了一大捧鲜花，回来送给我。他能叫出每一种鲜花的名字，你知道吗？这些花的名字我自己都忘了……

可我没想到，他会这样惨死。这是不应该的啊。有次我遇到几个移民新村的人，他们说你在查这件事，所以我就盯上了你。这段时间我思前想后，还是下不了决心。我就对自己说，如果你去参加追悼会，证明你是有心，真要往下查。如果你没来，我就此打住，就当所有事情都没发生过。

月牙收起桌上张军留下的那摞钱，说，你不要看不起我，我需要钱。卖了草场之后，我家里人赌博，中了别人的圈套，把产业都败光了。

我摆摆手，说，这些钱本就是你的。我希望你好好的。月牙冲我莞尔一笑，说，你今晚带我走吗？我不再另收钱了。我摇头。月牙说，自从干这行，我觉得我好像死了，只有和你们这些老朋友，能让我想起来以前活着的时候是什么感觉。我说，直到现在，你留给我的全是猜测，没有证据。月牙说，你去找眼镜吧，他在一家特别贵的私营医院当医生，人生赢家。骆驼家谁有头疼脑热都会去找他，他一定知道点什么。

月牙走了，张军也不知道去了哪里，空空荡荡的包厢里冷气打得太足，我哆哆嗦嗦，不安地搓着手，不知道自己接下来该怎么办。我觉得我像是踩在宇宙的虚空中，地球在我身后越来越远了。

虹的信件

我的人生是从什么时候开始走下坡路的？应该是月湖消失那天。从那天起，我再也没梦到过我的妈妈，再也听不到她的嘱托,告诉我该怎么去维持这个家。我好像迷路了。草原多了不少陌生人,拿着一包一包的钱去找牧人喝酒。有些人卖掉了草场,拿着钱搬进了金市的移民新村。陌生人用铁丝网围住被人抛弃的草场,开着巨大的工程车挖来挖去,亮晶晶的煤块裸露在死去的草甸上。青草香越来越淡,有时空气里的焦味呛得我直咳嗽。

我一直在安慰我的父亲,我的妹妹。我说不要怕,再难的事情,熬一熬总会过去。可我知道,我的内心和她们一样惶恐。火再大再烈,都无法让我安下心来。

前几年,有很多人来我们的毡房提亲,希望我能去他家的草场做女主人,我都拒绝了。

后来卖掉草场的人越来越多,提亲的人越来越少,甚至还有被我拒绝过的追求者从金市回来说,幸亏当时虹没答应,如今有钱的是大爷,金市什么样的女人没有?父亲有时喝醉了会责骂我,你就这么耽误自己吧,看你死的时候谁葬你。我躲在家人们看不到的远处,偷偷地哭鼻子。我放心不下我的家人啊,我把自己当做母亲的影子,赌上自己的人生,为他们做饭洗衣,而如今,我苦心经营的毡包熬过了暴风雪,熬过了大干旱,却毁在了一群陌生人手里。我的心苦极了。

那年秋天,我为了买到最好的狐狸皮,瞒着家里人,在草原上捡牛粪赚钱,到了冬天,第一次下雪,我送了我的妹妹两顶狐狸皮帽子,它们都是我一针一线亲自缝制的。云和霞戴着帽子高兴地尖叫,抱着我喊谢谢姐姐。看着她俩美丽的样子,我心里甜津津的。我说,帽子是牧人最珍贵的礼物。两人并行长者为大,一人独行帽子为大。但愿你们独行的时候,我的帽子能为你们带来好运。今日回想,我大概已经预感到我们的家快要散了,所以才会说那番话吧。

父亲越来越沉默,有时一天都说不出来一句话。对于一个牧人而言,看着挖掘机在草原上肆虐,到处是天坑,无异于让他看着自己的母亲被歹人扒光衣服糟蹋。有天晚上,我出去找丢失的小羊羔,在黑乎乎的草原上看到了父亲,他好像把猎枪的枪管吞进嘴里。我惊恐地叫了声父亲,他受惊了,钻入了草丛。我急忙赶回了家,看到父亲正在平静地抽烟,他还在责问我,怎么这么晚才回来。一切好像没发生过。至今我都想不明白,那究竟是我的幻觉,还是父亲真的想要自杀。

那头狼又出现的时候,父亲天天不回家,扛着猎枪在草原上游荡,云和霞很担心他。但我觉得这头狼救了父亲,至少延缓了他的死亡。父亲甚至还从远方请来了狼爪,一个唤狼人。

我记得那时我特别爱和狼爪聊天,我很好奇,他为什么要选择做一个唤狼人。他告诉我,不是他选择了狼,而是狼选择了他。狼爪小时候很淘气,总是一个人偷偷离开家,跑到草原的深处玩耍。有次风很大,他在草地里迷路了,走着走着,听到了狼的惨叫。他害怕极了,想逃跑,可那狼竟然哭了起来。狼爪心一软,循声追了过去,原来是一头狼无意中被猎人的捕猎夹夹住,脚也断了。狼看着狼爪,止不住地流眼泪。狼爪帮它松开了捕猎夹,那头狼不住地对他点头,像是在感谢他。狼爪摸摸它的头,说我该走了。狼不再哀求他,探着头,拼命向远方的森林爬去,身子在草原上拖出一条长长的血线。狼爪知道,那里是狼的家,如果自己不帮它,它永远也到不了那里。狼爪叹口气,拖着狼的前肢,一步步向前探去,一直到第二天的中午,狼爪才把狼拖回到了森林边沿。狼嚎叫起来,不一会儿,森林里树木"扑簌簌"响了起来,狼爪很害怕,转身想逃,两头狼堵住了他的去路。这时他才发现,原来到处都是狼,自己已经被狼群包围了。那头狼被它的同伴们拖进了森林,它们肃穆地看了一眼狼爪,纷纷转身遁入了黑暗。

狼爪冲进森林里,想要追寻狼群的足迹,可是树木之间只有风声在回荡。筋疲力尽的狼爪躺在一棵大树下,不知道过了多久,听到了父母的呼唤。母亲发现了他,跑过来紧紧地搂抱着他,父亲惊恐地说,是几头狼指引着他们来到了这里。狼爪知道,这是狼的报恩。

从此,狼爪就迷上了狼。他学习狼的动作,狼的呼唤,有着狼的习性,像狼一样生活和思考。人们都叫他"狼孩子",在他十六岁生日那天,他走出毡房,发现草地上有一副狼壳子。后腿上还有一道疤痕,狼群来找自己了,它们承认了他是自己的同类。狼爪披上了那副狼壳子,他感觉自己获得了新生,真的变成了一头狼。他能听到草原的呜咽,感受到生灵的敬畏。一股热血涌入他的血管,他扯着脖子呐喊着,在草原上拼命地奔跑。他听到人们在喊,快看,那是一头狼。他听到狼群在嚎叫,快来加入我们,亲爱的兄弟。狼爪感到生命从未如此欢畅,从那天起,他变成了一个唤狼人……

我问狼爪，你觉得自己和狼是兄弟，为什么又会帮助我父亲去杀你的兄弟。狼爪说，唤狼人不会像你这么想。唤狼人心里的爱和尊敬不是空泛的，是具体的，像一棵棵野草一样细微。兄弟就是兄弟，敌人就是敌人，众生平等，和他究竟是狼还是人没有关系。

这句话我听不懂，可是直到现在我还记得，"爱是野草"，多像一首诺敏歌……

父亲和唤狼人没有抓到那头杀死母亲的狼，倒是救了骆驼。我记得第一次见到骆驼时他近乎赤裸，全身都是血和泥，虽然狼狈极了，但每一块肌肉都像岩石一样结实和饱满。我从没见过这么健美的男人，云和霞一边为他擦拭，一边羞红了脸。为此我倒吸一口凉气，我知道祸事终究来了。

骆驼来的那天，狼爪离开了我们的草场。他说这次没有杀死那头狼，证明草原不允许他插手这件事。临别前，他送给了我一颗狼牙。我问他什么时候再来，他悲伤地说，草原快让煤老板们杀死了。那时狼会迁徙到更远的地方，狼在哪里，他就会去哪里，也许再也不会回到这片草原。说罢，他背着行李转身走向了茫茫野草，我看着他的背影越来越远，越来越小，直到他的身影在天边变成一条徜徉在草原的狼。我心里很羡慕他，如果有来生，我不想再做一个天天守在灶台和毡房前的女人，而是变成一条狼，可以在草原上自由地奔跑。

3

沙漠故事

　　少年醒过来,觉得自己全身的骨头都碎裂了。他听到一阵野兽的哀嚎声,赶忙坐了起来。风停了,沙漠很平静,像秋天的湖面。那头金色眼睛的狼蹲在他身边,刚刚哀嚎的正是它。此刻它匍匐在地上,全身颤抖。风停了,在少年和这头狼的周围遍地都是狼的尸体。少年看到了那匹被开膛破肚的马,他爬到它身边,马已没了温度,苍蝇围着伤口飞舞,异味让他差点晕过去。少年轻轻抚摸着马的额头,这么多年,马是少年相依为命的亲人。

　　少年想起了之前发生了什么,急忙寻找猎人的身影,可他早就走了,连脚印都被风吹散了。少年意识到,自己在这个世界上再也没有了亲人,和脚下的沙粒一样。他不知道自己该如何是好。那头狼颤颤巍巍地站了起来,看他一眼,转身离去。少年的心中升腾起一股愤恨,他想自己变得这么惨,都是因为这头狼。他也站起了身,跟随着它。这一人一狼都清楚,他们没有力气。贸然进攻,不仅无法消灭对方,反而自己可能丧命。他们只能等待,等其中的一个走不动了,倒在地上,成为另一个的食物。

他们一前一后，从白天走到了黄昏。少年头晕眼花，不知道狼要去向何方，心中只有一个念头，坚持下去。狼又走了几百米，终于撑不住，倒在地上。少年跑了过去，狼紧闭着眼，只有进的气，没有出的气。少年伸手扼住它的脖子，刚想用力，发现它嘴中叼着一片碎纸。他掰开狼的嘴巴，捡出那张纸片，上面有几行字，他只认识"金城"。马和他说过，它是在金城边上捡到他的。

狼感到嘴中一阵熟悉的甜腥味，顺着喉咙到了腹部，令它温暖，有了活气。狼睁开眼，竟然是少年。他手中还捧着一块马肉，将血挤进狼的嘴中。狼站了起来，少年将马肉扔到它脚下。狼看了眼少年，撕咬那块马肉。少年一屁股坐在地上，刚才这趟往返耗尽了他全部的力气。他问狼，那个猎人在金城？狼看了他一眼。他又问狼，你是要去金市找它报仇？狼不看他了，专心吃肉。少年说，我和你一起去，我要为马报仇。狼抬起头，把吃剩的肉踢到他面前，示意他吃。少年摇头，我不能吃马肉，它是我的父亲。狼不理少年，将那半块肉一口吞进肚子。吃完以后，少年说我们走吧。狼不理他，此时它已恢复了体力，像离弦的箭镞般从少年身边飞了出去，转眼消失不见。少年这才明白，狼就是狼，它欺骗了自己，抛弃了自己。他又气又急，在追逐时摔倒了，从沙丘上滚落下去。躺在沙地上的少年再也没有力气站起来，他看着天上的星星，懊恼地流下眼泪。又不知过了多久，他听到沙粒摩擦的声音，那头逃走的狼又回来了。它叼着一只野兔，轻轻地放在了少年身边。少年坐起来，咬开野兔的喉管，像狼一样吸吮着鲜血。

　　第二天，恢复体力的少年跟着狼踏上了去往金城的道路。他们遇到过豺狗群的袭击，遇到过洪水一样的暴雨，还遇到过死去的远古海盗们的抢劫。那些幽灵像水母一样漂浮在沙面上，只要皮肤沾到一点就会全身溃烂。少年得过痢疾，狼则因为战斗断过一条腿。好在他们终于渡过这些难关，在次年的春天来到了金城的城墙下面。这个时候，少年已经成长为了一个大汉，卷发和络腮胡连在一起，像狮子的鬃毛。狼则因为和人类相处久了，少了很多野性，不再见到活物就扑过去袭击，而是等待少年的指令。他们成了一对配合默契的搭档。

　　走过城门，迎面就是金市的妓寨街，到处都是挂着红灯笼的窝棚。女人们站在门口，身上裹着几块布，身体像雪一样白。狼从没见过这么多人，好奇地东张西望，脂粉味让它不断地打喷嚏。少年正值青春，却对女人没什么兴趣，他心中只有一个念头，找到那个恩将仇报的猎人，砍下他的头。

　　几个女人拦住了他们的路，还未说话，狼挡在人中间龇牙。女人们吓坏了，尖叫这里有狼。人们被叫声惊动，把他俩围在了中间。有几个长相凶悍的人抽出了刀，狼机警地和少年背靠背，防止偷袭。有人说狼不能进金城，要打死。可人们发现，这对奇怪的组合之间有种金城没有的情感，好像人就是狼，狼就是人。这让他们惊惧，谁都不敢做第一个出手的人。

　　人群慢慢消散，男人女人各自寻找快活去了。少年和狼走出了这条满是妓院和杀手的街，来到了金城的主城区。他们倒吸一口凉气，到处都是宏伟的建筑，大路四通八达，直到天边。人山人海，他们该去哪里找那个猎人呢？

刘文

金市的树似乎在一夜之间都枯了。移民新村的林荫道上成片成片的落叶，踩着像是厚实的毯子，"嘎吱嘎吱"地在我脚下呻吟着，这个秋天格外寒冷。我缩着脖子，一圈一圈地在移民新村里漫游，小超市门口下棋的老牧人们好奇地观察我，我装作不在意，低头踢着石子。不知道绕了多少圈，我终于遇到了我要找的人，她拖着肥硕巨大的身体，正在一处花坛前，冲着水泥台子边沿上的落叶喃喃自语。

我走过去，对野兔子说，你好。野兔子没起身，瞟我一眼，继续她的行动。我这才发现，她不是自言自语，而是在和脚下的蚁群说话。

我说，我很喜欢听你那个故事。她摇摇头，说现在不是讲故事的时候。我在帮蚂蚁搬东西。这时我感到身后有人，回过头，是那几个下棋的老人，他们盯着我，没有微笑。

为首的老人说，你有事吗？我说，我想和她聊聊。老人说，你一个大人，和她有什么好聊的。我一时语塞，感到额头冒汗，这让我更像一个变态了。老人们围住我，有人把手搭在了我的肩上，我知道这是摔跤手在做准备，下一秒我就会被他摔断脊椎。好在这时我认出了其中一个老人，以前他是火石的邻居。

我报上了自己的名字，老人终于也认出了我，说是你小子，那没事了。他告诉同伴们,当年要不是火石一家,我就被雪灵害死的事情。老人们"嘿嘿"笑了。火石的邻居说你不要见怪,这儿很少见到外人。野兔子天天陪着我们这群老头,大家很喜欢她,也很同情她。她是吃我们移民新村的百家饭长大的,我们看着她就像看自己的孙女一样。

这个时候,野兔子冲我们嚷嚷,你们不要再说了,蚂蚁都听不到我的话了!

那天在"紫罗兰"夜总会,月牙告诉我,霞曾经遭遇过骆驼的家暴,而且很严重。这个消息让我很震惊。但让我更感到意外的是骆驼恨火石这件事。火石是骆驼的岳父,也是他的救命恩人。骆驼的"恨意"从何而来?我总觉得,这两件事里隐藏着什么秘密。我和张军商量了一下,他说如今的金市对于我太陌生了,贸然接近眼镜恐怕打草惊蛇。他先去摸摸眼镜的底。而我想再和野兔子聊聊。在这个我摸不清头脑的世界上,野兔子和她的故事很真诚。

老人们走后,我蹲到了野兔子身边。她轻轻点着蚂蚁的触角,和那群黑蚁说,这么大的果子,你们搬不进去的。蚂蚁们就放下了那枚果子。她又说,一人搬一点。蚂蚁们包裹住了果子,没过一会儿,果子变成了果核。每只蚂蚁举着一点果肉,排成两行长长的队列,触角冲着野兔子,仿佛等待司令发出命令的士兵。野兔子说这样才对嘛。蚁队开始前进,鱼贯进入蚁洞。我诧异地看着这一切,直到最后一只蚂蚁进入洞穴,野兔子才发觉了我的存在。她说,叔叔,你是来找我玩的吗?

我说，我想听你讲那个故事，猎人，男孩和马。她说，你能带我去湖边玩吗，那里有冰。我看着她，不知道这是什么意思。野兔子解释道，他们说那里危险，有人陪着我才能去，可没人陪我。

我看着这个双亲都去世了的孩子，她的脸很脏，可眼睛明亮。我点点头，她欢快地尖叫一声，牵住了我的手。在她的带领下，我们找到了那座湖，它在移民新村的后山。虽然还没入冬，可是湖面已经结冰了。野兔子兴奋地蹲在湖边，捡起一块碎冰，在自己的脸上摩擦着，嘴中发出舒服的"呼呼"声。

我说，你喜欢冰块？她说，喜欢。我笑了，说，你妈妈喜欢火。她说，她答应过我，教我滑冰。但是她死了。我说，等到冬天，我带你去草原。那里有座月湖。野兔子眼睛亮了，比这座湖大？我点头，当然，要大很多。我教你在冰上滑兽皮雪橇。野兔子点头，兴奋地跳了起来。野兔子说，刘文叔叔，你真好。从来都没人这么爱和我聊天。我妈妈以前虽然爱听我说话，可我总觉得她是在逗我。

野兔子把冰块握在手里，看着湖的对面，继续讲她的故事。她挥舞着冰块，像故事中那个猎人挥舞着猎刀。她嘴里"呜呜"叫唤着，像故事中那群狼的惨叫，讲述猎人用刀划开了马的肚子，以及少年被黑风暴吹走。

野兔子感到了我的异样，她说叔叔，你为什么脸这么白？我笑着向虚空挥挥手，说今天就讲到这里吧，叔叔不太舒服。野兔子嘟囔着嘴，意犹未尽。

我看着这个行动迟缓的傻孩子,心中无比诧异。人类越是天真,对自己能掌握的事物就越残忍。就像野兔子编出的故事里尽是杀戮,就像草原上处处裸露的天坑,就像我小时候总是拆掉蝴蝶美丽的翅膀,以至于手指上都是蝴蝶身上的酸涩味道。

从移民新村出来,我无处可去,于是决定再去找梳头奶奶聊聊。我去了附近的长途汽车站,坐着大巴出了金市,向着草原进发。当"奇风"疗养院出现在我面前时,我让司机赶忙停车,然后跳下了大巴。风打到我的脸上,草香味让我迷醉。

见到梳头奶奶的时候,她正准备做奇风疗愈操。电视上的半导体身穿一套洁白的太极练功服,站在大草原上的霞光中,蹲马步,双手合十,配着悠扬的音乐,指挥他身后的数千名信徒心中要诚,打开身体的每个毛孔,吸收奇风的信息。我刚把带来的礼物放在桌上,梳头奶奶就说你先不要聊别的,我知道你一直不信半导体是神医。你和我一起做一次"奇风"疗愈操,感受感受,你就知道了。

为了哄老太太高兴,我站在了她的身后,牛角的旁边。牛角冲我点点头,他比他奶奶还要认真与虔诚,动作力度之大让他的身形很僵硬,显得像木头人一样。我向他做了个鬼脸。梳头奶奶咳嗽了一声,说认真。电视上的半导体动了,他把双手举过头顶,我们也跟着半导体把双手举过头顶。他张开嘴,我们也张开了嘴。他闭上双眼,我们也闭上了双眼。这时我听到电视上的半导体说,想象你的肚脐下四指处升起了一阵旋风。我使劲想象着。半导体又说，想象这股风里有泉水，有鲜花，有阳光。我继续想象着。半导体再说，想象你闻到了花香，想象这股风是温暖的，向你的四肢蔓延。

我竟然真的闻到了一阵芬芳，越来越浓郁，并且感到微风在我的身体里游走，一股股暖流灌入了我的心田。我急忙睁开眼，眼前却没有鲜花。只有梳头奶奶和牛角，他们的双手仍然高举着，面色绯红，睫毛上挂着泪。我听到半导体说，你想象你的心里有很多的坏事，有很多你厌恶的人。你身体里的风会把它们都吹走，把你的恶念吹走，把你的痛苦也吹走。只留下我在你心里陪着你，只留下奇风陪着你。我闭着眼睛，像半导体说的一样想象，我真觉得体内处处有暖风。那些阴沉的迷雾，那些不能忘记的故人统统都像纸片一样，被这暖风带到了天空之上。我感到自己内心非常安静、祥和与温暖，从没有一刻像此刻般觉得生命无比踏实。

做完疗愈操，牛角递给我一张纸巾让我擦泪，他惊讶地说你很灵，接受奇风真快，这就有反应了。我没说话，只是感到那阵温暖的风在我体内渐渐变弱，最后完全消失。我甚至很失落，像是被人丢回了虚空之中。电视上的半导体在对我微笑，好像刚才钻进我心里的那阵风就是他，我不由得打了个冷颤，赶忙关掉电视。

梳头奶奶说，你觉得怎么样。我拼命地夸赞"奇风"疗愈操，她咧嘴大笑，像个孩子一样。她说，你刚开始练，所以暖风才会消失。练到中级,暖风久久不散,在身体里打转循环。像我这种高级学员,不仅能吸收暖风,还能传递暖风。梳头奶奶说着话,就伸开手掌要往我脑袋上摁,我急忙拦住她说奇风都是天地精华,您好好留着。

我给梳头奶奶带了奶皮子。那是一种金市特产,香甜酥软,很适合老人吃。她啃着奶皮子,更高兴了。我趁着她精神头好,说梳头奶奶,你还记得骆驼活着时和霞过得怎么样吗?梳头奶奶瞥我一眼,说,我就知道你今天来是有事。我说,这事很重要,你就当是为了帮你关心的人。梳头奶奶想了想,像是在肯定自己一样点了点头,说他俩关系挺好的。两人不愁吃不愁穿,剩下的就是好好过日子呗。

我心里突然闪过一个念头,我说,可是他们无忧无虑,为什么不生个孩子呢?是生不出来,还是不想生?吃着奶皮子的梳头奶奶不笑了,她说你这个问题提醒了我,这么多年,我没见过这小两口红过脸。可是说到孩子,有件事我很为他们惋惜。

梳头奶奶说,大概七八年前,霞怀过一次孕。刚得知霞怀孕,我高兴坏了,当天就去了霞家。霞那时已经显怀了。我听到霞给孩子取名叫火石,我懂霞的心意,也觉得这是个好名字。

可我没想到,那晚骆驼强烈反对这件事。他说用死者的名字为新生儿命名会招来饿狼。这话让我不高兴,因为霞只是想怀念自己的父亲,怎么会涉及诅咒自己的孩子呢。

我对骆驼说,我是一个老牧人了,从没听过这个讲究,草原上的人也都不知道这个讲究。骆驼什么话都不说了,怒气冲冲地走了出去。我从没见过这小子这样混账，老婆给他怀着儿子，他竟然为了一个名字就离家出走了。那晚霞哭了整整一夜，我现在想想还心疼。

骆驼到了第二天早上才回来，脸色还是黑的。我知道劝不服他，自己再待下去就没意思了，于是找了个借口回去了。不知道为什么，我心里还是隐隐担忧。那段时间我总去她家，眼见着霞变得越来越没精神，有时还哭，哭得很凶。骆驼身上的酒味儿越来越大，有那么两次甚至还当着我面烂醉如泥，我心里知道，都是火石这个名字害的，我想劝劝霞，是不是考虑换个名字，毕竟孩子的名字都是父亲取。可霞就是不改，她说自己为了生产，要过鬼门关，没想到骆驼会这样自私，一点都顾不得自己感受。我明白霞是不会妥协的，就不再劝了。

后来有天，我去她家，发现她的肚子平了，一个人躺在沙发上眼睛都哭肿了，骨瘦如柴，像个死人。骆驼已经喝醉了，话都说不完整。我知道出事了，霞什么都不说，骆驼说，那天她从床上摔下来，流产了。我气急了，两个大活人，马上就要生了，怎么就能把孩子摔没了呢……

梳头奶奶说着说着，激动起来，眼泪像是开闸泄洪一样夺眶而出，糊满了面孔。梳头奶奶说，怎么突然觉得喘不过气来。牛角急忙去找大夫。我和她对视，她的面孔被憋得赤红，不住地流泪。我不知道该怎么办。牛角带着几个医护人员走进来，把我推到了一旁。牛角说今天你先走，聊这些她很痛苦。我抱了抱梳头奶奶，她的发间都是眼泪的味道，我落荒而逃。

回到金市已过了晚饭点，我饥肠辘辘。张军给我打电话，要我速去"千鹤"书屋，眼镜的事有了眉目，我赶紧让司机掉头去"千鹤"书屋。

到地方的时候，空气里飘浮着纸张被太阳晒久了之后散发出的油墨味。这条街在这个时候最热闹，其他店里挤满了客人，可这里一个人都没有。"小叮当"竟然捂着嘴冲我笑，像是一个傻瓜。我一直都好奇"小叮当"靠什么生存，这个时代开书店，还不如去尼姑庵当住持。

一看到我，张军笑了，从屁股底下抽出一张大红请帖。打开后，我才明白"小叮当"为什么高兴得合不拢嘴，那是张订婚请帖，时间就是明天，签名是陈诺与小叮当。我跑到柜台，对"小叮当"说，为你们高兴，真心的。"小叮当"说，你也要抓紧啊刘文。我说我抓紧。"小叮当"说，每个人都会找到真爱的，对吗？我说我相信。

我回到座位上，说，我还是搞不明白，这张请帖和眼镜有什么关系？他说，原来陈诺他爸以前在牧区工作，就认识眼镜的父母。这场订婚宴，眼镜也是客人，我把你俩安排坐在一起了。剩下的事情，就得你来办了。

订婚宴就在明天，张军决定晚上不回他自己的工作室了，住在我家。

那个夜晚很热，我翻来覆去睡不着觉，所以叫醒了张军，把梳头奶奶对我说过的话都告诉了他。张军听完后半坐起来抽烟，拧着眉头想事。烟头明明灭灭，像是一只淘气的眼镜。抽到一半的时候，他冷笑着说，霞的流产也许就是因为骆驼的家暴。这个联想让我毛骨悚然。可张军又躺在了沙发上，翻了个身，打起了呼噜，好像他刚才说的只是一段梦话。

我回想骆驼的生平，他青少年时期就是草原上的摔跤王，退役后，在金市成为建筑公司的老板，赚了很多钱，然后投资房地产，自己做开发商。虽然最后在金融危机中像很多人一样把钱赔光了，但没过几年又去了"奇风"集团做高管，等于东山再起，重新夺回了他的财富。

在世人眼里，他是典型的成功人士。我甚至有些恍惚，这样一个幸福的男人怎么会家暴妻子，怎么会杀死她腹中的孩子？

我思绪纷乱，一直到太阳出来的时候才浅浅睡去。好像梦到了草原，又像是一片浅浅的，没有任何意义的绿色。

我们到订婚宴现场的时候，一对新人已经站到大门口去迎接客人。陈诺西装革履，皮鞋头比镜子还亮。他涂着红脸蛋，挺着肚子，大鼻子上顶着晶莹的汗珠，和每个对他说"早生贵子"的宾客说谢谢。我真没想到陈诺还会有这副尊容，像一只发情的公鸡。我和张军大笑着从他身边走过去，陈诺看着我们，气得眼睛都要冒出火来。

我和张军，还有"千鹤"书屋的人坐在同一张桌上。张军帮我垫了一千块彩礼钱。没过多久，眼镜就来了，这么多年，他还是瘦瘦高高，因为和人说话客气，总是不断点头，所以动不动就要扶一下自己从鼻梁上滑下来的眼镜。他说话还是结巴,好好好,好久不见。瞎瞎瞎,瞎忙活。眼镜被代东团的人安排着坐到我旁边后,并没有注意到我,只是四处和人寒暄。我一边思考如何与他打招呼,一边给他倒了杯水。此时他认出了我,擦汗的手夸张地停在了额头上。他说,刘文?我心里一惊,皱着眉头假装认他。眼镜一把抓住我不断挠头的手,说眼镜啊。我用夸张的语调说,眼镜?草原上的眼镜大哥?他拥抱我,大笑道,是我,就是我。我说,不能啊。眼镜大哥是草原上第一个考上大学的孩子,后来去了上海。他曾经发誓要带霞去上海,过浪漫的新生活。眼镜说,上海,那那那他妈都是八辈子前的事了。霞,那更是十八辈子前的事了。人人人家现在是阔太太,是我的患者,以前的事,你可别别别再提了。这么多年,眼镜一点都没变,提起霞来还是会脸红,还是会结巴。

接下来发生了什么,我的印象都变得很模糊,都是片段。因为眼镜始终拉着我的手,和我碰杯,和我聊以前草原上的趣事。起初我还能聊,我说你就是胆子太小了,要不霞你早就得手了。他连连摆手,吐着酒气说不说了,兄弟,都是青春。随着一杯接一杯的高度白酒被他灌进我的嘴里,我也渐渐失去了意识。能记住的其中一个片段,是他问我为什么要写小说,我心里一惊,心想我并没有告诉他我在写小说。可我当时的意识已经无法把念头连成逻辑链,只能一个劲儿说我操。眼镜跑到台上,抢过司仪的话筒,说今今今天是我好兄弟陈诺的订婚仪式。我我我是从草原来的放羊小子,感谢时时时代,我我我今天才能成为一个医生,过上体面的生活。现在,我我我为陈诺,为大家唱一首《走走走进新时代》,希望大家都好。

台下掌声如雷,张军甚至吹起了口哨。我坐在桌前,看着一堆残羹剩饭,只能一个劲儿地念叨"我操"。歌声很模糊,我分不出来是好是坏,只是觉得酒精含量很高,飘进耳朵里我都能闻到酒味儿。

总想对你表白
我的心情是多么豪迈
总想对你倾诉
我对生活是多么热爱
勤劳勇敢的中国人
意气风发走进新时代
啊 我们意气风发
走进那新时代
……

我能记住的第二个片段,是眼镜把我送回了家。一路上他始终在唱歌,《春天的故事》《我和你》等等,虽然风格不同立场不一,但都是很大很宏观的歌,没有小情小爱。等我开小院门的时候,觉得自己好像清醒了一点。我问他,你总给骆驼和霞看病,他俩身体好吗?夫妻俩打不打架?我那天看一视频,学拳击的老婆把老公给揍了,特别好玩。眼镜的歌声断了,夜里一片寂静。

我感到有些蹊跷,停下了手上的动作,转头望着眼镜。他笑眯眯看着我,醉态全无。眼镜说,憋了一夜,露出马脚了吧?我这才明白,整整一夜,眼镜都是和我一样装疯卖傻。我说,你怎么不结巴了。眼镜说,伊索寓言知道吧?我去了上海,那帮小赤佬总笑话我的口音,我的结巴。我心一横,天天在操场上含着石头练绕口令,整整四年。牙都掉了五颗,再也不会结巴了。你呢。一晚上东拉西扯,你们究竟想干什么?我硬着头皮说,我不懂你的意思。眼镜示意我收好钥匙,然后掏出两根烟,递给我一根。他回头指指这巷子中那悠长的暗夜,说这一路我都在琢磨,难道真是和故人巧遇?难道我想错了?

我说,你怎么想的?眼镜说,我是骆驼和霞的医生。陈诺是调查骆驼被杀案的警察。你曾经离我们所有人很近,把我们都写在了《我心书》里,结果现在突然变成了一个记者。陈诺八辈子不联系我一回,就在这个节骨眼上,他请我参加他的订婚仪式,而你就坐在我身旁。这事儿真那么巧?还是陈诺一手操纵的?顺便说一下,你那本《我心书》霞推荐给了我,写得不错。我说,你觉得这里面有诈,为什么要来呢?眼镜笑了,指指月亮,说今天不早了。你明天下午来我那边一趟,咱们不喝酒,坦诚地聊聊。我说,打死我都想不到,你竟然不结巴了。眼镜说,人会成长的,你都成了作家,这谁能想到?

他走之后,一股风涌进了巷子,酒意瞬间上头,我用尽最后的意识用钥匙打开门,冲进屋子,把自己放倒在了床上。天蒙蒙亮时,我醒来了一次,发现自己的床垫在松软的草地上。我半坐起来，火石骑着那匹枣红马在我面前微笑。我向他跑了过去，鼻尖有些酸，我想告诉他，我很想念他，想念以前。火石却勒转缰绳，骑着枣红马去追逐那颗比现实中要巨大数倍的太阳了。

第二天，我因为没有微信，扫不了码，被保安拦在了那座装修豪华的私立医院门外。过了一会儿，眼镜戴着口罩走出门诊楼，冲着坐在花坛边的我挥手。当时阳光灿烂，树上卷边的枯叶被晒得发白，很不真实。

医院门口人多眼杂，眼镜把我带到了他停在地下车库的黑色大众上。眼镜掏兜找烟，才发现烟落在办公室了。我给了他一根，眼镜连窗户都没开，就大口吸了起来。一时间车厢里都是尼古丁的焦味。

我说，我知道你从小就喜欢霞。眼镜笑了，我那天和你说人都是会变的，会成长的。我现在不喜欢霞了。

我看着他，很难把眼前这个笑起来云淡风轻的眼镜和当年那个一和霞说话就结巴的眼镜联系在一起。我说，为什么？他说，她是别人的老婆。浪费自己的生命去爱别人的老婆，这是蠢货才做的事。你也说过，我是草原上第一个考上大学的孩子，你觉得我是不是蠢货。我说，那就不说你们的事，现在只有你能救云了，你是个医生，是这个社会上最有良心的人。眼镜愕然地望着我，好像我说了什么禁忌。他说操，别谈良心，讲良心咱们就不该在这辆车上见面。眼镜打开车窗通风，地下的霉味扑面而来。

我不能说过去，也不能说良心，只好什么都不说，眼巴巴地望着眼镜。我觉得自己就像这个地下迷宫里的一只老鼠。

眼镜又抽了根烟,从包里取出一个公文夹,放在我腿上。我问他这是什么,眼镜眯着眼睛说,里面都是你想要的东西,霞的X光片什么的。这几年,霞经常被骆驼毒打,有两次甚至骨折了,还有一次骆驼把她打出了脑震荡。也就是那次,霞流产了。

我的后背都是汗,觉得车厢里闷得好像喘不上气来,那种濒死感又要涌上来了。我只好努力坐直,祈祷自己的呼吸能够顺畅。眼镜瞅了我一眼,说你最好去神经科看看,有可能是植物神经紊乱,甚至有可能是中度躁郁症。

我笑了,说你好像见怪不怪。眼镜从纸抽里掏出纸巾递给我,示意我擦擦汗。他指指车厢顶,说私立医院来的都是有钱人,什么怪人怪病都有。我说,发现家暴,你为什么不报警。眼镜说,霞求我,家里什么都靠着骆驼,要是他坐牢了,家也就完了。她还求我把这个文件夹里的东西都销毁了,我留了个心眼,备份了一份。我说,我不明白,你为什么要出卖霞。即使你不喜欢她了,她也是你的老板。

眼镜笑了,他说,刘文你太小看我了,我是个好医生,金市最不缺的就是老板。骆驼一死,我就觉得这事肯定不对,她花钱雇我没错,但我没义务在她犯罪了之后还袒护她。可我也不能出卖客户,消息传出去,我名声就坏了。失去一个老板没什么可惜的,可是失去所有老板就不划算了。你的出现简直就是老天在帮我,你就是我和陈诺之间的一道桥梁。

我说,你能不能把这些资料交给我。眼镜摇头,说你告诉陈诺，我在这里等他，这些东西我只能给他看，他要对信息源保密。

地下停车场没有信号，我乘电梯上到一楼，然后给陈诺打电话。陈诺听我说完情况，没有太大反应，只是轻声说了句等我。我回到了地下的黑色大众SUV里。等陈诺的时候，我又问了眼镜一个问题。我说我不明白。一个人怎么会从喜欢一个人到出卖这个人。眼镜说，想研究人性？我说，纯粹就是好奇。

眼镜说，当你爱了很多年的人变成一个贱货，挨了男人打，哭着求你不要报警的时候，你会发现这么多年，她把你的心当做她向男人邀功的战利品时，你就会知道答案了。眼镜说这话的时候咬着牙，我突然忘了他小时候的模样。我努力回想，可心中只有他此刻眼中的寒光。

过了一阵，陈诺来了，钻进车厢，坐在了副驾驶位上。眼镜和他对视了一眼，说路上好走不，陈诺说路上还好，就是到医院门口太堵了。眼镜说，看病的人太多，地下停车场总也不够用，老大难问题。陈诺说，咋样，听说有东西要交给我？眼镜犹豫了一下，说，我想和你单独谈。陈诺回头看着我，说我和眼镜单聊吧，你上去等我们一会儿。眼镜没说话，一直低着头，眼睑低垂，像是入定的老僧。我点点头，下了车。

我沿着出口走到了地面，北风凌厉，打在我身上，感觉像是身上长出了一层冰。那只上过金市新闻的老鹰停在我对面那辆车的车顶上，一动不动，骄傲地望着我。我哆嗦着和它对视。几分钟后，出口又响起了脚步声，陈诺也上来了，老鹰扇动翅膀，瞬间就钻入了天空。我向陈诺走去，心中感到很奇怪，他像来时一样两手空空，并没有拿着眼镜的文件夹。

我说怎么了，陈诺说我们上当了。我愣了，说啥意思。陈诺说，你一走，眼镜就说要报警，说你胁迫他做假证据，诬告霞是杀人犯。从来不存在所谓骆驼家暴霞的证据，这都是你胡编的。

我感到所有的血都在往我的脑门上涌。隔了很久，我才控制住想要呕吐的反应。我说，这是什么意思？陈诺说，眼镜之所以要见我，是为了警告我。他说，知道我没有理由查霞，所以派了你来。你的所有行动，都是我在后面遥控。他作为一个良好市民，看不下去我们这么欺负一个无辜的弱女子……

陈诺的话让我恍然大悟，眼镜针对的不是我，而是一直在我头顶窥视着我行动的陈诺。陈诺说，你只能消停了。你们一直在做的事，可以合规，也可以不合规。我能帮你们，关键在于没人找你们麻烦。如果你再接近霞，再设计霞，他一定会去告我，所有事也就结束了。刘文，你失败了。

我愤怒地喊，他有什么证据说咱俩是一块的？陈诺看了我一眼，说你怎么这么天真呢？他不需要证据，只需要把水搅浑，目的就达到了。现在不为张军那个不靠谱的狗屁剧本，就当为了云，离霞远一点吧刘文。

陈诺走了。我气得直哆嗦，感觉到肝好像被人穿了根铁签子，一抽一抽地疼。我冲进地下，冲到那台黑色大众边上。眼镜一瘸一拐地下车了，他看上去很疲惫，比一个小时前矮小了一圈。眼镜看到我扑上来并没有躲闪，任凭我拽住了他的衣领。我把他摔倒在了地上，吼道，你为什么要害我？眼镜只是看着我。我说，你他妈的利用我们的友情。他说，那你呢？你比我好到哪里去。

我看着他的眼睛，那是多么悲伤的眼神啊，我只见过一次，在我母亲被火化时我身旁的父亲眼中。

我想，为了爱的人，他甚至敢去死吧？那个我以为这辈子都想不起来的少年眼镜浮现在了心头，那个时候他身体不好，只能窝在板凳上。胆子也小，无论我们做什么坏事，他都会追在我们屁股后面结结巴巴地制止。谁能想到，就是这个人在刚才敢单挑警察，要挟警察呢？

我松开眼镜，站了起来，回身向出口走去。眼镜似乎在骂我。我没有理他，径直走到了地面上。烈日灼人，烧得我眼睛生疼。

我不知道自己还能去哪里，还能做什么，还能相信谁。整日躲在小院里酗酒，觉得自己像困守孤岛。难以入睡的时候我就读读《我心书》。我不了解这个世界，甚至都不了解云。我只了解这本书。

那天晚上，我喝醉了，冲到了"千鹤"书屋，陈诺也在。那时快打烊了，静的能听到三公里外的野猫交配声。他站在窗前，手里捧着《我心书》。我说，我来这里是找你的。陈诺把书轻轻放在了窗边，他刚看到结尾，上面还有我最近一次阅读时做的笔记：此时此刻，你就像我当日般蜷曲黑暗之中。只有我能带你出黑暗，就像当日只有你能带我出黑暗。

陈诺说，你找我要说什么？

我说，想明白了。我们没有输。陈诺笑了，为啥这么说。我说，眼镜只是一个傀儡，就像我在你这里一样。他敢威胁你，其实后面是霞。霞这样明着来，表示她害怕了。这证明我的方向对了，这起案子背后还有隐情。陈诺说，你能琢磨到这点，已经很了不起。可是查案不是创作，不需要那么多推断，需要的是证据。

我说，可你都找不到证据，我最大的本事就是讲故事。我去哪里找你所谓的直接证据。陈诺不说话，低头看书。我感到烦闷，一股沉重的困意袭来，倒头栽倒在书屋的沙发上，又睡了过去。

我在深夜醒来，书屋里人都走光了，静悄悄的，门反锁着。天还没亮，和这几千本书待在一起，我身上发凉。和陈诺的谈话究竟是现实，还是梦境，我感到恍惚。我打开那本陈诺放在窗台上的《我心书》，像是命运在指引一样，又看到了那句话：只有我能带你出黑暗，就像当日只有你能带我出黑暗。

从那天起，每周的周二和周四我都会去移民新村，带着野兔子去后山边的冰湖玩耍。我能抓住的所有线索都断了，现在唯一能依靠的只有这个孩子。

野兔子特别想学会滑冰，可是她的手脚协调能力太差。总是轻轻地从我身边滑开，然后狠狠地摔倒。每次她砸在冰面上，我都能感到脚底冰层碎裂时的微微颤抖。有时我真担心滑着滑着冰突然裂了，野兔子却尖叫，大笑。火石生前给她起的外号真是贴切，她就像一只草原上的野兔子，随心而活。

有时她滑冰累了，会坐在岸边给我讲那个复仇的故事。有时她直接回家了，看都不看我一眼。开始我有些生气，后来我发现这不是不礼貌，在野兔子眼中人和蚂蚁，和飞鸟并没有什么本质上的不同。她不会和蚂蚁、飞鸟告别，可她爱着所有生命。

那段日子一切好像都停滞了，我和野兔子被过不去的命运冻在了冰湖上。

虹的信件

有天我在草原上遇到一个驯马人，他骑着刚刚驯服的野马在草原上漫步。那是一匹白马，白得像雪，一根杂毛都没有。驯马人很魁梧，像座山一样。我好奇地看了他一眼，没想到他也在看我。我脸红了，暗骂自己的眼睛不听话，匆匆跑回了草场。我不知道，他就是草原上赫赫有名的马鞍。

后来我们好了以后，马鞍告诉我，他四处帮人驯马，一直四海漂泊居无定所，有一天无意来到我们的草场，撞到了我。马鞍形容当时的感觉，就像自己的心是一匹野马，看到我的那一刻突然就走不动了，就想在我的怀里撒泼打滚，让我做他一辈子的主人。他可真是会说情话啊，我现在想起来这些话，都会害羞得脸红。

从那之后,他每天清晨都会来草场边驯马。因为那时我正在草场上给牛群挤奶。我脑子笨,起初很奇怪,不明白马鞍究竟要做什么。就这样过去了足足半年,我也能感觉到一些意思了,心中就是恨这家伙太老实,怎么还不过来。有一天马鞍驯马失败了,从马背上摔下来晕了过去。寂静的草原上,只有我一个。我不能再装下去了,惊叫着翻越过草场的藩篱。向马鞍奔跑的路上,我想清楚了一件事,这个人已经像野马一样冲进我的心了。在我俯下身去想推醒他的时候,牧马人紧紧抱住了我。

　　马鞍来我家提亲。父亲笑呵呵的,看着脸都涨红了的马鞍。我当时恨不得草场上裂开一条缝,我赶紧跳进去,别让人看到我丢人的样子。马鞍说,这些年自己攒了不少钱,要和我一起建立自己的草场。父亲乐得合不拢嘴,说好啊好啊。双胞胎姐妹想到要分离了,眼圈都红了,但也笑得合不拢嘴,说好啊好啊。

　　云和霞在我做饭的时候纠缠我,问我爱的滋味是什么。我觉得,这是个很严肃的问题。我想了很久,他们都被我庄重的样子吓住了。但野兔子,我觉得我的回答不是玩笑,是真心的。你早晚也会长大,会遇到爱人,会有同样的问题。我给她们的答案也是我给你的答案。

　　爱的滋味就是不用刻意去想什么,去做什么,他就在你身边,就像一阵风吹过,就像雨过天晴一样自然。

　　你的外号野兔子是外公帮你取的。在得知我怀孕了以后,他咧着嘴笑了三天。在纸上写了一百多个词,苦苦琢磨了一天一夜。第二天你外公走出烟雾弥漫的毡房，庄重地对我说，你的孩子要叫野兔子，无论它是男孩还是女孩，我希望这个孩子能像野兔一样在人间自由地奔跑。

亲爱的女儿，刚出生的你五官皱皱巴巴地挤在一起，像一条被捏住尾巴的狐狸般发出刺耳的啼哭，可是眼睛却又大又亮。你好奇地打量我，然后匍匐在我的怀中吃奶，没有一点畏惧，似乎我们已经认识了千万年。你在我怀中睡着了，竟然还能轻轻地打呼，像个小大人一样。我看着你的耳垂，睫毛，你的小脚丫和身上的每一条纹路，觉得每一个部分都在闪闪发光。直到今天，我都觉得你是妈妈生命中最伟大、最了不起的奇迹。

给你外公收尸，是我一生中最难熬的时刻。我从没有想过，他有一天会在荒野上，和一头狼抱着死在一起。我几乎一眼就认出了那头狼，它就是咬死我母亲的凶手。狼瞪着它金色的眼睛，诧异地望着你外公，似乎刚认出来自己的老朋友。你外公闭着眼睛，嘴角上翘。在场的所有人都很诧异，老火石为什么在被狼咬死的时候会在微笑，莫非是被吓疯了？

后来这几十年，我琢磨过无数次你外公当时会笑的原因。他觉得人世太苦，终于解脱了吗？他觉得为你外婆报了仇，死而无憾吗？这次来到草原，我想我终于搞明白了。因为他死在了草原上，和草原上最伟大最强壮的野兽战斗到了最后一刻。他像他的历代先祖一样，获得了万物对牧人的尊重。

我们费了好大力气才把狼的嘴从你外公的脖子上掰下来。他的脖子似乎被咬得只和身子有一层皮连着。我流着泪,一边哭着叫我的父亲,一边用湿毛巾为他擦拭血迹,梳头奶奶在旁边帮助我。当我把伤口清理出来的时候,她皱起了眉头,伏下身子观察着伤口,说有点怪。我问她怎么了,梳头奶奶指着脖颈上的伤口说,就是狼这一口要了火石的命。可这个伤口有点古怪。我的眼睛已经哭花了,看什么都是模糊的,更别提去辨认我父亲血肉模糊的尸体。牧人们都说,狼狩猎的时候就像疯了一样,有啥一样不一样的,没把老火石脑袋咬下来叼走就不错了。梳头奶奶再没说什么,帮我拧毛巾,血水淅淅沥沥地落在了草原上。

4

沙漠故事

少年四处和人打听,有没有遇到过一个猎人。金城有很多猎人,但是刚刚缺了一颗门牙的猎人只有一个,少年和狼很快在一家酒楼找到了他。那时他正坐在墙角的位置,一个人默默地喝酒。少年躲在阴影里,想起马惨死时的情形,不由得发抖。狼轻轻地用嘴拱了拱他,似乎在提醒他要冷静,要等待最佳机会。

这时,门外的街道上一阵喧哗,一群挎刀的男人走进了酒楼,为首的男人很瘦,像一把刀,也像一条毒蛇。猎人放下碗走到了毒蛇面前，挡住了男人们的去路。和这群人相比，猎人很瘦小，可他有气势，像一堵很长很长的墙。毒蛇笑了，说，你看这个人，缺了颗牙齿，说话走风漏气，像不像放屁。男人们都陪着毒蛇笑了，甚至连想偷偷逃走的酒客们也笑了。猎人没笑，他说，我只是缺了颗牙，可你马上就连命都没有了。毒蛇和他的同伙们不笑了，脸色铁青。男人们围住了猎人，毒蛇说你要知道，你不是第一个……

毒蛇还没有说完，人们就见他脖颈间白光一闪，脑袋飞了出去，一股血从他空空的脖子上喷涌出来，飞溅在了猎人和那群男人的身上。猎人捡起那颗头颅，毒蛇还瞪着眼睛，似乎不相信自己就这样死了。猎人对毒蛇的同伴们说，我前半辈子都在打猎，本来以为自己直到死也会干这事，可前几天我经历了一场黑风暴，出来以后，我就不想打猎了。知道这儿毒蛇的势力最大，我想来投奔他，可一见面，我就知道你们什么都不是。因为在我拦住他路的时候，他就该抽刀杀死我。

猎人举起那颗头颅，对目瞪口呆的男人们说，现在他死了，你们愿意跟着我干吗？我们可以做得比现在更大更强，你们会赚更多的钱。这群男人笑了，他们簇拥着猎人大声喝彩，就像是刚才对待毒蛇那样。少年和狼站在阴影里一动不动，像是两颗石头。

猎人没说大话，他用了二十年，让金城人都知道他，尊敬他。猎人的家里有数不尽的金子与宝石，可他从来没有补过自己在沙漠中丢掉的那颗牙。虽然他的嘴漏风，声音古怪，可是没有人敢嘲笑他，不听他的话。金城街上那些崇拜他的年轻人专门学他的声音，将这当作风气。甚至还有人故意撬掉自己的牙，希望变得和猎人一样。

猎人有数不清的朋友，可他谁都不信任。也有数不清的女人，可他谁都不爱。那些曾经令他感兴趣的事情，如今都索然无趣。那些曾经他十分憎恨的人，如今在他眼中都像是蚂蚁。猎人每天最舒服的时刻就是躺在自己的象牙床上，盖着温暖的被褥，和自己在墙上的影子说话，他们很怀念逝世多年的母亲，即使现在他们都已经想不起来母亲的样子。

有一天，金城来了个魔术师，他的表演引起全城轰动。有人看了他的表演，回来告诉猎人，这位魔术师能把水变成酒，把废铁变成金子。猎人对此嗤之以鼻，他说这都是障眼法，不值一提。这世上只有钱能用水化酒，只有权力能点石成金。手下尴尬地笑道，说这个魔术师还能令人返老还童。

这一点让猎人动心了，虽然他仍然认为魔术师不过是在利用骗术蛊惑人心，但还是在当天晚上去了金城剧场。猎人入场的那个时刻，所有的灯光都聚集在了他身上，无论男女老少，都站在凳子上使劲地鼓掌，拼命地流泪，希望他能看自己一眼。猎人得意地想，我才是这座城市最伟大的魔术师。这时，他看到了那个青年，他站在舞台上，彬彬有礼地冲自己鞠躬。不知道为什么，猎人突然觉得这个魔术师也许真有两把刷子。他不明白自己为什么会改变这个看法，也许是因为魔术师和别人不一样，对自己的权势没有渴求。也许是因为猎人觉得这个魔术师有些眼熟，好像在哪里见过他。

魔术师先为猎人斟满一杯清水,然后又令助手给了全场观众一人一杯清水。他看了一眼猎人,在猎人冷漠的注视下大喊一声"变",瞬间全场欢呼,剧场里酒香四溢,所有人杯中的清水都变成了美酒。人们将美酒一饮而尽,除去猎人,他不屑地倒掉了杯中的美酒。当魔术师要点石成金的时候,猎人实在忍不住了,站起来要走。表演中止,人们议论纷纷。魔术师跳下舞台,走到猎人身边,忐忑地说,您为什么要走。猎人说,你的把戏只能骗骗这些穷鬼。我对金子没有欲望。魔术师说后面的表演还很精彩。猎人说,听别人讲,你能让人返老还童?魔术师说,这个魔术很折阳寿,通常我只在最后表演,也只能演一分钟。猎人笑道,你能让我回去三十秒,我都没算白来。话音未落,他看到魔术师的眼睛变成了金色。

猎人听到母亲的笑声,此刻他在一座森林里,他认得森林深处的木屋,那是他小时候的家。母亲就在他身边,他抬头才能看到她,猎人回到了童年时的躯体里。母亲拉起了猎人的手,猎人感到这不是梦境,母亲的手还很湿,她刚洗完碗。猎人手中捧着一簇野花,香味扑鼻,猎人想起来了,吃完饭后他吵闹着要去摘花。母亲带他去摘花了,他真的回到了那一刻。猎人流泪了,母亲诧异地看着他。

猎人眼前的世界又变成了金城剧场,一分钟过去了,金色眼睛的魔术师看着他微笑,然后谦卑地鞠躬。魔术师说感谢您欣赏我的魔法。猎人还在回忆那一分钟里的世界。他已经很久没有感到过这样安全了,一切像是上一世的回忆。猎人抓住他的手,说只要你能让我回去,你要多少钱都可以。魔术师摇头,说每个人都只有一分钟,这很公平。猎人说,我可以用我全部的财富与权势和你交换。魔术师被吓坏了,他面色苍白地说,那要用我全部的法力,我可能会死的啊。无论猎人怎么求魔术师,魔术师只是拒绝。猎人抽出了刀,搭在魔术师的脖子上,说如果你不答应我,你现在就会死。

魔术师问猎人,您真的为了这件事,可以付出任何代价吗?猎人点头。魔术师说,我知道,您曾经是沙漠里最伟大的猎人,我想请求您为我报仇。如果您能满足我的心愿,即使我付出生命也愿助您返老还童。猎人笑了,杀戮对他而言是最平常的事。猎人说,那个人在哪里?魔术师摇头,说,不是人,是一头藏在沙漠里的狼。

刘文

每次和野兔子在冰湖上的独处,成了我生命中最快乐的时刻,也许比野兔子还要开心。野兔子看到美丽的鸟就会开心地拍手,哈哈大笑。摔倒在冰面上就会揉着腿哭,指着冰面说水底下有妖怪拽我的腿。她总让我想起以前在草原上的生活。

有时我会在野兔子滑冰的间歇把整理好的故事片段讲给她听,她会用冰块摩擦自己的脸和手,或者心痛地冲着自己摔破的地方吹气,有时也会和天上翱翔的鹰说话,却从来没给过我什么回应。有一次我着急了,说,这是你的故事啊,你觉得我给你改得怎么样。野兔子只是看着我傻笑,像是在安慰我。我知道她并不满意,因此我很沮丧。我们分手时野兔子说我送你一个礼物吧,她将一个湿漉漉的东西塞进我的手里,然后蹦蹦跳跳地跑了。我松开手,那是一块即将融化的冰。

我为野兔子润色故事,张军很不满,觉得这是占用了他的时间。他对我说,一个人整理傻子的故事,只能证明这个人疯了。我懒得理他,只是说这是创作需要。张军不敢再多说什么。我发现一件很有意思的事,每次当我把我想做的事冠以"创作需要"时,张军就会收敛起刻薄与愤怒,敬畏地看着我,甚至去想办法满足我的要求。如果我说,我酗酒是为了创作需要,张军就会去最近的超市买几瓶烈酒,看着我把它们喝光。如果我说,我蒙头大睡是为了创作需要,张军就会守在我床边,为我排除一切干扰,保证我有深度睡眠,然后在我第二天醒来后可怜兮兮地望着我。

我有时会猜想,假设我说我想杀个人,因为这是创作需要,张军会不会站在我身旁给我递刀子,然后帮我藏匿起来,直到把剧本写完。我问过张军这个问题,他冲我笑,说事琢磨得太透也不好,因为我们每个人都不是上帝。

虽然找不到头绪,可为什么骆驼会憎恨火石?对金蒿花严重过敏的云是如何在行凶时穿过了那片花田?还有霞究竟有没有遭受家暴,这些谜团像火焰一样在我心中燃烧着,从来没有熄灭过。

冬天悄无声息地到了。金市下第一场雪那天非常冷,我和野兔子约着打雪仗。我俩都开始流鼻涕的时候，她同意暂时休战。我想给她讲我最新整理的故事段落，野兔子说，你以后能不能不要再给我改故事了。我说，为什么？她说，你改得没意思，因为你不知道我这个故事里最有意思的地方是什么，都没给我加进去。我说，最有意思的事，那能是什么呢？野兔子得意地笑了，说你都没注意听我讲，那个猎人，在杀死马的时候摔了一跤，掉了一颗牙。一个很神气的猎人，可是说话的时候总是漏风，多有意思啊。

梳头奶奶很久没见野兔子了，她想这个孩子。我们为了哄梳头奶奶开心，把野兔子偷偷带出了移民新村。那天张军开着车，带我和野兔子去"奇风"疗养院。野兔子还逼着我们绕路，去买了梳头奶奶最爱吃的那家"屈老四"手把肉的羊肉粥。

梳头奶奶专门洗了澡，剪了头发，看起来很有精神，眼睛亮亮的，像一个孩子般纯洁。野兔子扑到了她的怀中，哽咽着说奶奶，我好想你啊。梳头奶奶抚摸着她的头发，说真是个好孩子，真是个乖孩子。等奶奶出院了，给你做好吃的。

我们扶着梳头奶奶半坐着靠在病床上，野兔子用小勺一口一口喂她吃羊肉粥。那肉粥很香，馋得我都流口水。野兔子圆瞪着眼睛，好奇地问梳头奶奶，好吃吗？语气温柔得像是在用她的手轻轻抚摸一只土猫。梳头奶奶点头，说只要是我野兔子喂我吃，毒药我都觉得好吃。野兔子皱眉，指着梳头奶奶说，我怎么会喂你吃毒药呀。你是不是傻。

梳头奶奶吃完羊肉粥，野兔子把小勺和瓷碗扔到桌上，拽着张军和牛角陪她出去玩了。病房里只剩下了我和梳头奶奶，梳头奶奶收起了笑容，问我云的案子怎么样了。

我从月牙告诉我，霞遭遇过骆驼的家暴讲起，一直讲到我被眼镜设计，陈诺警告我停止调查霞为止。梳头奶奶的眉头越拧越紧，我倒是痛快了许多。这段日子陈诺没找过我，这些事情都憋在心里，能把人憋疯了。

梳头奶奶说，真没想到，当初这是草原上最幸福的一家子，怎么现在变成这样。我对不起火石夫妻啊，当初他们把三姐妹托付给我。

梳头奶奶说着说着，又落下了眼泪。她念叨火石生前的点点滴滴。她的眼睛又细又长，但能挤出来又圆又大的泪珠，像是葡萄一样。

窗外突然传来一阵野兔子的大笑，我探头望去，张军正倒立着表演拿大顶，野兔子站在旁边使劲拍手。梳头奶奶说，火石这条硬汉，怎么会落得这样一个下场？我记得那时给他收尸，浑身上下都是伤口，脖子快被狼咬断了，我从没见过那样的伤口，像是恶鬼咬的，得多么疼啊。可是他抱着那头狼，竟然还是在笑。真是了不起。梳头奶奶说这话时，我心突然动了一下，追问道，伤口怎么奇怪了？梳头奶奶说，那是致命伤，看着像是一道完整的咬痕。可我擦拭那里的血污，发现那道伤痕下面还有一道伤痕，它不完整，像是缺了一颗牙……

我一下子站起来，把正在用手给我比画示意的梳头奶奶吓得一哆嗦。我径直跑出了屋子,抓住野兔子的肩膀。她皱着眉说你干吗啊,我好疼。我说,你上次给我讲故事,说你这个故事里最有意思的事情是什么?野兔子说,猎人啊,猎人少了一颗牙。我说,你确定?野兔子得意地说,你是不是傻,我讲的故事,我自己当然确定啦。

野兔子大笑起来,笑声震飞了枝头栖息的雀群。张军问我怎么了,为什么脸色发白。我没回答,点了一根烟。我听不到周围的声音,一遍一遍推演我的想法,确认这就是事实。可这事的来处太疯狂,竟然是一个傻子告诉我的。

我让张军把我带到了那个最早发现尸体和狼壳子的牧人老山羊的草场。那时他正在听广播里播放的半导体讲座,站在毡房里,把双臂举过头顶,吸收奇风的能量。我们突然闯进来,让他吓了一跳。老山羊没有收功,只是嘟囔,你们怎么又来了,我都说了。我说,我想问你一件事,很重要。他说,那你们先坐一下,我听完讲座。听讲座一怕心不诚,二怕被打扰。我走上去抓住了他的衣领,老山羊惊讶地望着我。我说人命关天。老山羊放下了胳膊,说啥事啊。我说,你见过那副狼壳子,印象里有什么奇怪的地方?老山羊摸了摸自己的山羊胡子,说我就记得那玩意挺臭的。我摇摇头,说不是这个。老山羊皱眉苦想了一阵,然后使劲拍了下大腿,说那狼嘴里好像少了一颗牙。我点了点头,说就是这个,一切都对上了。

回去的路上下雪了。先是糖和盐一样大小的雪晶稀疏地掉在车上，野兔子开心地摇下窗户，抹一把沾在车身上的雪，尖叫着向我的脸上抹来。到了后来，车厢外面的世界一片纯白。野兔子蜷曲在我的怀里，埋着头，动都不敢动一下。

张军问我，你怎么知道狼壳子少了一颗牙？我说，野兔子的故事里，杀死马的猎人少了一颗牙，我本来不太在意，可是今天梳头奶奶说，在火石的致命伤上发现另一个齿痕，上面也少了一颗牙。这实在是太巧了。野兔子的故事和我们的现实重合了。我和野兔子确认了，缺少一颗牙的是人，而不是狼。于是我有了个想法，杀死火石的，也不是狼，而是利用狼壳子行凶的人。然后他利用死狼的齿痕与脚印在火石身上和附近伪造了意外现场。我进一步推测，如果这个人在十多年后用同样的手法杀死了骆驼呢？那颗缺失的牙就是唯一的证明，所以我要去找老山羊。张军笑了，说，可以啊刘文，我就喜欢你这种特别不负责任的想象力，真是天马行空。我顾不得张军的调侃，在电话上和陈诺约好，一个小时后在"千鹤"书屋见面。挂上电话，我的心都快要跳出嗓子。我对张军说，火石死时，云只是个小女孩，不可能穿上几百斤重的狼壳子，还能杀死身强力壮的父亲。所以凶手肯定另有其人，也正是这个人二十年后杀了骆驼。云是无罪的。

张军递给我一根烟。他说，既然你可以推断，那我也可以。也许，杀死火石的那头缺牙的狼后来被某个唤狼人打死了，然后把它做成狼壳子。这具狼壳子落到了云的手里，她借此杀死了骆驼。我盯着他说，太巧了。而且你忘了，云曾经明确说过，狼壳子是她在案发前两年自己做的，它不可能在十几年前就被人用来杀死火石,她的口供和事实不符,而且这不是小说,真的有人死了。

张军说,你为了怀念一个人,十年什么都没干,只写了一本以她作为主人公的小说。写完之后,这个人竟然成了杀人犯,而你要把这起案件写成一个剧本。也很巧,可这就是真实的,是你的生活。

我们先把野兔子送回了移民新村,然后直奔"千鹤"书屋。最近"千鹤"书屋来了两只野猫,名字是我取的。花狸叫"萨特",小黑叫"黑格尔"。我一进门,"萨特"和"黑格尔"就冲到我的脚下"嗷呜嗷呜"叫了起来。小叮当问我们吃饭没有,这时我才发现自己一天水米未进,都快饿疯了。张军点了牛肉蘑菇饭,我点了意大利面。吃到一半时我心乱如麻,根本尝不出来味道。于是我把剩下的一半给"萨特"和"黑格尔"分了。我们一直坐在书屋里,我却看不进去小说,就捧起了鲁迅的杂文集。"上人生的旅途罢。前途很远,也很暗。然而不要怕。不怕的人的面前才有路。"看到这句话的时候,我内心突然充满了莫名的温暖,我想和云见面,亲口和她说这句话。

快打烊的时候,陈诺一脸疲惫地出现在我们面前。他解释道最近各地疫情有些反复,所以市里很紧张,他们现在非常忙。其实他不用解释,我根本不在乎。

我把事情告诉陈诺,如何发现了那颗缺失的牙齿,又如何从那颗牙齿推断出火石和骆驼是死在同一个利用狼壳子做案的凶手手上,以及如何在目击者老山羊那里佐证了我的推论。我说狼壳子在你们那里,你应该很清楚它少了一颗牙齿吧。

冬天金市的暖气供得很足,室内温度足有三十度。陈诺刚来时面孔红红的,像一个新婚不久非常幸福的新郎官。当我讲完以后,他的脸黑了。

我说你不是一直想要云没有杀人的直接证据吗?这就是直接证据。云的口供和事实相比漏洞百出。陈诺没有回答我这一连串问题,只是粗暴地把躺在桌上睡觉的"萨特"和"黑格尔"胡噜到了地上,两只肥猫冲他不满地叫唤了两声,爬到另一张桌上睡觉去了。我看张军,张军苦笑着说,他肯定也觉得你疯了。陈诺摇摇头,说了句"等我",就走出了门。

陈诺一直在门口抽烟,不知道和什么人打电话。过了大概十五分钟,他挂断电话向我们走了过来。我惴惴不安,好像陈诺的步伐中带着一种压力,迫使着我端坐起来。

我刚想说话,陈诺说你漏了一件事。他把手机摆在了桌上,我看清屏幕上的东西,差点站起来。那是一张尸体上伤口的局部特写。陈诺用手指着上面的咬痕,说我刚才打电话,就是问这件事。当年,虹从山上掉下来前也遭受了野兽袭击。法医刚才找出了尸检记录,这是当时虹身上的伤,伤口齿痕显示,那头野兽也少了一颗獠牙。

张军咧着嘴,小声说了句"我操"。我明白他的意思,这让他那个过于巧合的推测破灭了。张军说,你的意思,这个家二十年来有三个成员被同一个扮成狼的人杀死?陈诺说,难道我们错了？我说，我不明白你的意思。我们哪里错了？陈诺没有回答，挥挥手走了。

我和张军又在桌前坐了一会儿，可是又不知道该说什么。我心想，一切都结束了。我终于帮云找回了清白。久违的放松感让我发觉我其实已经疲惫不堪，身上的每一根骨头都酸痛不已。"黑格尔"和"萨特"似乎感知到了我的不安，一只跳在了我的膝头，另一只匍匐在我脚边。

当我们走出"千鹤"书屋，北方寒风凛冽，金色的雪花仿佛繁星落满大地。我突然意识到陈诺说的"错"是指什么。云不可能用狼壳子杀了火石和虹，霞同样也不可能。我们本以为是霞为了报复家暴自己的骆驼而杀了他，现在看来这个推论也不成立了。可是为什么当我查到霞被骆驼家暴时她会那样紧张，以至于跳出来让眼镜明着威胁陈诺？那个出现在案发现场，和这对双胞胎姐妹长得一模一样的女人又是谁？我看着眼前的大雪，感到有双眼睛在窥视着自己。可雪太大了，我看不清雪中人的面目。

三天后，我们在那间会议室又见到了云。陈诺带着云进来时，我注意到云依然戴着手铐和脚镣。我感到十分诧异。我说她不是杀人凶手，为什么还要这样对待她。陈诺从进这个会议室时就面色阴沉，听完我的话，他瞥了一眼云，可她说自己是。我愣了，说我没听懂。陈诺笑了，像是听了一个非常冷的笑话。他指指低头不语的云，你应该把那些话告诉他们，太精彩了，反转不断。

那是个中午，阳光明媚。可云始终低垂着头，面目似乎藏在阴影里，我看不清楚她的样子。我把一杯水放在她的面前，心里有了一种非常不妙的预感。云抖动了一下，轻声说，刘文，都结束了。我看着云，不知道怎么办，她的声音听起来像是铁链在颤抖，非常不真实。

我说，你什么意思？我已经有充分的证据能证明你不是凶手。云说，人是我杀的，其实该说的话，我上次已经说了，狼壳子是我造的，人是我杀的，我让你帮我整理自白书，其实就是看你文笔好，想用自白书博取同情。我说，火石也是你杀的？虹也是你杀的？云想了想，抬起头看着我，她的眼眸像草原一样平静如谜。云说，是的，一切都是因为草场。杀死父亲，是因为我想把草场卖给半导体，独吞那笔钱。杀死大姐，是想把她那份钱夺过来。杀死姐夫的原因，你们发现的那本日记里都写了。

我愤怒地把桌上的纸杯扫在了地上，开水溅了一地。陈诺呵斥我，这儿不是你撒野的地方。我说，你上次说两年前才做了这副狼壳子。现在又说十多年前你就用同样的方式同样的工具杀死了你的父亲。怎么可能呢？你的话自相矛盾。

云的脸红了，两行泪水顺着脸庞滑落。她想站起来，可手铐脚镣太沉了，女警把她扶起来时她的身子还晃了一晃。云试图想离我近一些，但女警抓住了她。但我已经能闻到她身上囚服的味道了，那是肥皂和霉斑交杂的味道。

云笑着说，我希望你能帮我洗清罪名，等我放出来，我陪你睡觉。我开赌场的时候也陪他们睡觉，我喜欢这事，真的，你帮了我，什么姿势我都满足你。云说这话的时候，我注意到她的眼睛渐渐变成了金色，像我曾经见过的那头狼一样。我和这双眼睛对视，那双眼眸中似乎藏着云少年时的面孔，她站在草原上茫然无措，像她脚下任风摆布的野草。

后来，我又提出过两次会面的请求，都被云拒绝了。陈诺说云从那天起一言不发，一副准备慷慨赴刑的派头。陈诺也很难办，这件事变成了缩成一团的刺猬，让人无处下嘴。

云和霞都拒绝见我，我的生活变成了一间全黑的屋子，不仅没有光，还一刻不停地上下左右旋转。我无法判断时间，也失去了方向感，却执意要从这间屋子中找到出口。野兔子是我唯一能依靠的扶手。可是我变成了移民新村里最不受欢迎的人，有次那几个下棋老者差点把我揍了，他们说我缺德，利用没有父母的野兔子整她的亲人。我不知道这些消息是从哪里传出来的，幸亏那次张军在我身边，我才没被摔成八截。

我们只好改变了碰面的地点，在我和张军第一次见面的冰场里，有时张军也会来陪我们一起滑冰。我着迷于野兔子那不可思议的故事。张军哭笑不得，说你这真是两个傻子碰一块，咋的，要上演《这个杀手不太冷》弱智版吗？

张军还说，上次是撞了大运，可警方也不可能用野兔子的供词，你这是在浪费自己和别人的宝贵时间。

我并不在意他的讽刺，野兔子已经带领我获得了重大的胜利。故事中缺失的獠牙能把二十年来的三起案子串联到一起，我觉得，野兔子的故事是我唯一能够从旋转的黑屋中逃出来的通道。有时候，我会被她故事中那个奇异的世界深深吸引，甚至都忘记了自己真正的目的。

有一天，我对野兔子说，给你介绍一个新朋友。野兔子的眼睛亮了，问是谁啊？在哪里啊？我从兜里把麦克掏了出来，野兔子一声尖叫，吓得麦克急忙把头缩回了龟壳。野兔子连声说"对不起对不起"，麦克小心翼翼地探出头来，安逸地伸出四只脚，在野兔子的手上转圈。她总可以让动物与昆虫放下戒备，好像她是它们其中的一员。野兔子小心翼翼地把这只小乌龟捧在手上，穿着冰刀轻轻滑行。麦克兴奋地伸长脖子，感受着冷风吹过它的脸。

野兔子把麦克放在头顶上，滑行得越来越快。麦克把四肢尽情舒展，趴在野兔子的脑袋上，似乎很享受。野兔子咯吱咯吱地大笑。她不愧是牧人的后代，虽然愚笨，但天生的运动细胞弥补了她在身体和智力上的缺陷。野兔子对发生的一切无知无觉，她永远天真。

野兔子把麦克还给了我，她坐在台阶上气喘吁吁，一边脱冰刀一边说，我累了刘文，我要回家了。我说，今天不讲故事了吗？野兔子摇摇头，说没有心情讲。我努力掩饰自己的失望，把小乌龟揣进兜里。

我说，怎么不高兴。野兔子说，我想起我妈妈了，小时候她总对我说，要带我回草原，回月湖，滑兽皮雪板。可是她说话不算话，再也不回来了。野兔子眼圈红了。我说，等你讲完故事，我带你回草原,我知道月湖在哪里,也会滑兽皮雪板。

野兔子的眼睛亮了,她动心了,突然扔下冰刀,对我说,我不累了刘文,我们继续讲故事吧。

虹的信件

野兔子,我好想带你一起来草原。让你在草地上打滚,让你呼吸这儿清新的空气。我现在住在一座顶篷上布满了星星的毡房里,到了夜里会很漂亮,妈妈就像躺在星星的中央。可是我们还需要一点时间,等我破解了所有的谜,我发誓,一定带着你回来玩个痛快。

现在,我想说说我是怎么"发疯"的。每当你们说我疯了,说并没人在监视我的生活时,我内心都在滴血。我多么希望我是个疯子啊。

他们都说,我疯了,并且给我归纳了原因,我是因为马鞍的死才疯的。没错,马鞍死的时候我的确想过和他一起去了。我们相濡以沫几十年,我从没有想到有一天我会失去他。马鞍是草原上最了不起的牧马人啊,再烈的野马都会尊敬他,温驯地低下头去蹭他握着谷穗的手。可得病之后,他只能蜷曲成虾米一样,哭泣,哀嚎,乞求我能再给他多打些吗啡。我在问老天爷,我们是无辜的,为什么要这样对待我们。卖掉父亲草场的钱,其实足够咱们一家在金市幸福生活几十年,可是莫名其妙地,就全没有了。我们一无所有。连牛羊还有一身皮毛御寒,我们连牲畜都不如了。

可是亲爱的女儿，我虽然悲痛，但这些苦难依然击溃不了我。草原上的寒冬要比它们可怕得多，也庄严得多。我又怎会因为家人离开，钱财散尽这样的人间常事丢失了牧人的勇气。

如果我真的疯了，那令我发疯的就是一件非常可怕的事。它不是疾病，也不是破产，比这些不幸都可怕。它不是雪灾，也不是风暴，它甚至比这些草原上的灾害还可怕。它让我们的草原显得疯狂，贪婪和没有道德。做这件事的人简直就是比雪灵还可怕的恶鬼。是他潜入了我的生活，搅乱了我的脑子。虽然他做这些事情的时候很巧妙，自以为没有在世人面前留下任何痕迹，可我明白这一切都是他干的，因为他自己都不知道他身上的味道出卖了他。直到现在，我想起他身上那股苦杏仁的味道，都会忍不住哆嗦。

我把自己陷入了一个非常危险的境地，我想过，是不是应该报警，或者把这件事告诉你们，我决定还是闭上嘴，把事情查清楚，这是一个大姐该干的事情。而那个看不见的人也在我的生活中出现的次数越来越多，也越来越大胆。有时我在深夜中会闻到苦杏仁的味道，然后我惊醒，感觉到床边的椅子上坐着的男人在慢慢呼吸。有时我家的菜刀会忽然到了客厅的茶几上，插在本应该在冰柜里的牛肉上面，刀刃上还残留着一丝苦杏仁的味道。这事我只和我最爱的女儿野兔子说，你听的时候总是会睡着。没想到有一天你说，妈妈，我给你讲个故事吧。那是个很神奇的故事，你用你的想象力把这些事统统安在了一个少年，一条狼和一个猎人的身上。也许有一天，人们也会听到你讲起这个故事。可我想他们都太忙了，脾气又太大。他们一定想不到，真相会藏在这个漫溢着苦杏仁味道的故事里面吧。

5

沙漠故事

  按照魔术师给他的坐标，猎人在黄昏时刻来到了狼的栖息地，那是一座地图上找不到的沙丘。猎人的心里突然泛起一阵不安，因为他没有看到魔术师说的狼穴，却看到了一座巨大的毡房。毡房的顶上都是星星，在黄昏的晚霞中闪闪发亮。

  猎人走进了毡房，看到一头巨狼站在地毯中间。这头狼好像不止把自己当成猎物，猎人从它的眼神中看出了恨意。这时他听到身后传来脚步声，急忙站到一侧，是魔术师走进了毡房。魔术师来到狼的身边，平静地对猎人说，你还没有认出我们吗？

  猎人觉得自己抽刀比狼扑过来快，先一刀砍掉狼的脑袋，再一脚踹在魔术师的胸上，应该能把他的肋骨都踹断。猎人不再犹豫，抽刀，结果发现自己的刀要比以往轻，他愕然低头，发现刀把上不再是寒光闪闪的利刃，而是一簇野花。

  猎人的脸白了，明白这是魔术师的手段。没有了那把刀，他失去了三分把握。猎人制定了下一套方案，先控制魔术师，然后用他做盾牌，接近狼。拧断魔术师的脖子后，扑到狼的身上。他每天都在练习力量，双手的力道不会比年轻时弱太多，足以扼死这头狼。想到此处，猎人的心安定了下来，他看着魔术师与狼，想起了多年之前，自己遇到的那场黑风暴。猎人说，真没想到，你们会一起来找我寻仇。

魔术师说，你毁掉了我们的一切。猎人指着那头狼说，你找我，我明白，我灭了你全族。狼龇牙，眼睛变成了金色。猎人又指着魔术师说，你不能为了一匹马就杀死一个人。魔术师说，这匹马养大了我。猎人发怒了，说那就是一匹马。魔术师说，你永远都不会懂。猎人突然发动，扑向魔术师，可还没等他扼住魔术师的脖子，一切都变了。眼前是他小时候居住的森林，头顶传来小鸟叽叽喳喳的叫声，母亲站在他面前叫他的名字。

猎人说，你是假的。母亲说，你在说什么胡话。猎人发现自己的手变短了，脚也变矮了，他变回了一个小孩子。母亲见他不过来，走过来抱起了他，说快回家，要做饭了。猎人闻到了母亲身上的汗味，他觉得自己的灵魂都在战栗。这时候，那头狼从森林深处扑了出来，像一道闪电，瞬间就将猎人母子扑倒。狼要咬断母亲的喉管，猎人发出了尖叫。魔术师说，现在你明白我们的感觉了。猎人睁开眼，发现自己还在那座毡房里。猎人流泪了，他觉得自己的裤子湿了，他好像被绳子捆住了一样，连指节都没法动一下。魔术师不再看猎人，转身走出那座顶上都是星星的毡房。

猎人闭上双眼，狼等这一刻已经等了二十年，它衰老到站都站不住，看不到猎人的样子，听不到猎人的声音，于是把鼻子凑过去，闻了闻猎人，一口咬断了他的喉管。

刘文

金市连着下了几天的大雪，人们都变得面无表情，好像心事都被老天爷藏在了雪里。藏得太深，自己都找不到了。

野兔子倒是越来越活泼，她是典型在北疆长大的孩子，天气越冷越活泼。

每次见面的时候，野兔子都问我什么时候去草原。我说快了，就快了。野兔子高兴地在冰面上转圈。我很清楚这事难度太大，应允她，就是在骗她，只是想听她给我讲更多的故事。这样的我，和张军又有什么不同。想到这些，我很难过。野兔子渐渐也察觉到了我是在说谎，话越来越少，后来拒绝给我讲故事，只是埋头滑冰。

我只好独自尝试着编了十几种故事的走向，野兔子听了后都使劲摇头说不好。我觉得她说得没错，我没有她那种古怪的想象力。

我一遍遍分析着现有的野兔子故事，祈祷奇迹再次出现，我们能找到像那颗落齿一样的线索，帮助现在自称是凶手的云洗清冤屈。可我一次次失望，这个故事像是被淘金客晒尽的沙子一样，除了故事本身再没有藏着任何东西。

张军对故事中的那个反派"猎人"很感兴趣，他说自己要是会返老还童的魔术，一定去交换"猎人"的全部财产，然后开辆凯迪拉克，叼着雪茄，天天搂着三五个大蜜，四处去撒钱做慈善。我说，你是个搞艺术的，怎么满脑子都是暴发户念头？张军说，《悉达多》看过吧，人得先入世，什么滋味都体验过了，才能出世当白胡子高人。

我说，你不想回到过去？张军摇头，说，你要明白，不是每个人的过去都像你一样有初恋，有草原。这世上还有很多人渴望明天赶紧世界末日。

有次分手时，野兔子突然大哭，说我是骗子，不带她去草原。什么兽皮雪橇、唤狼人还有岩画，都是骗人的鬼话，只是想骗她的故事。我想安慰她，她却更加伤心了，一把推开了我，我连退几步，重重地摔倒在地上。野兔子见闯了祸，抹着鼻涕与眼泪跑掉了。

晚上开会的时候，我对张军说了这件事。张军说傻子就是傻子，她家出了这么大事，还有心思去草原玩。张军皱着眉，好像很发愁。我知道他在想什么，他害怕出这笔钱。

张军总问我在野兔子的故事里有什么新发现。我说，也许少年和狼，还有猎人与魔术师都是真实存在于这个世界上的呢？张军笑道，你可以去写科幻片了。

我对张军说，其实我也想去草原。张军说为啥，不听你的小朋友讲故事了？我说，野兔子说她不愿给我讲故事，可我也是个讲故事的老手，我能感觉到她自己未必有那么清晰的感受。之前她的故事像密码，编入了现实的信息，比如那颗牙。现在突然停下来了，是因为她在意识深处没找到有效的方法继续编码。我等得起，但云等不起。我们只能去探探其他的路。张军说，现在草原上除了冰就是雪，你到哪儿找路去。我说，我想搞明白那具狼壳子的来历。云在这件事上撒了谎，它一定有蹊跷。云在自白书里提到过，当年火石为了猎狼，把一位叫狼爪的唤狼人请到了草场上。我想去找找这个人。

张军不说话，抽了两根烟，点了点头，说明天咱俩一起去草原。我说，不是两个人，是三个人。张军皱着眉挠脑袋，我小心翼翼地说，这是创作需要。张军轻轻抽了自己一个嘴巴子，说行吧。

第二天，野兔子来冰场，还是板着脸。我说今天不滑冰了。野兔子眼圈红了，说，为了昨天我摔倒你生气吗？我向你道歉。我说，走！咱们去草原。野兔子瞪着眼睛，说，现在吗？我说现在。野兔子说可我还没带行李。张军站在一旁说，傻姑娘，有什么咱都能在路上买。野兔子瞥他一眼，没说话。她哼着歌，走到了我们身后，突然猛推了张军一把，张军被推到冰场上重重摔了一跤。

张军刚骂了野兔子一句，野兔子坐在了张军身上，压得张军脸色发白。我费了好大劲才把野兔子拉起来，张军爬着站起来，撑着腰对野兔子说，你疯了？野兔子说，我妈和我说，谁说我傻就打谁。张军谦卑地点点头，得，野兔子小姐，这是我的错，我嘴欠，你不傻，我傻，好吗？野兔子得意地点了点头，尖叫一声，抱住了我，大喊一声，去草原啦！

一路上野兔子总是在大笑,尖叫,看到什么都很新奇,让张军慢些开车,她要认得更清楚些。张军跟着她一起哈哈大笑,我发现张军这个男人有两个优点,一是不记仇,二是人来疯。这一路,他很敬佩野兔子能听懂小鸟说话。每当有鸟飞过公路,他都会拽着野兔子提醒,让她翻译小鸟们的交谈。野兔子嗓子都哑了。

金市刚下了三天三夜的大雪。张军说,野兔子,你到草原上是不是要学滑雪,滑雪可好玩了,我教你。野兔子突然变得忧伤了,她说,我想滑雪,但我要先去找顶上有星星的毡房。

我说,找这个地方干什么。野兔子说,我给我妈妈讲故事,她在我的故事里加了一座顶篷是星星的毡房。她说,那儿藏着人们不想让别人知道的秘密。我想找到那里,我想知道我妈妈心里有什么秘密。我苦笑,你妈妈编出来的毡房,咱们去哪里找,又不是真的。顶篷都是毡布做的,没有那样的毡房。张军说,按咱们电影圈的老话,这就叫编剧一时爽,导演火葬场。

我们到草原的时候雪停了,太阳刚刚露头,晴空万里,大地闪闪发亮,像是被水洗了一遍。每经过一段路,我们就能看到几个天坑。我心想,造化弄人,金市人真是太聪明了,丧事喜办是他们的天赋。煤老板们和私人煤矿十年前就因为国家政策消失了,人们为这些残留的天坑想了个浪漫的由来,是外星飞船和陨石撞击地球留下的痕迹。金市草原变成了5A级风景区,要大力发展"星际"旅游。天坑里有民俗,有农家乐,甚至还有配备了摩天轮与碰碰车的儿童游乐场。我想,在如何不看到自己不想看到的事物方面，金市人是当之无愧的天才。

看到了真正的草原，野兔子突然没了声音，庄重地坐好，似乎是准备接受将军检阅的士兵。她打开车窗，寒风瞬间涌进了车厢。野兔子却不怕，她使劲闻着枯草的味道，大雪的味道，鼻子抽动的声音在这片寂静的雪原上很响亮。野兔子的眼圈红了，她竟然抽泣起来，像一只刚刚找回了羊圈的羊羔。

来草原之前，我和老山羊打了招呼，我们就住在他的草场上。当晚，来了七八个白发苍苍的老人，他们是当年和火石抬杠、吵架、喝酒和摔跤的老朋友。得知火石的外孙女回草原了，老人们相约来看她。大家都说，这孩子长得太像火石了，虎头虎脑，愣得不行，谁声音大就冲谁瞪眼睛，真是牧人的后代。

吃饭的时候，野兔子在大家都端起碗喝奶茶时突然说，我妈妈爱吃什么？大家都愣了，没想到野兔子会说这个。野兔子见大家不说话，有些失望。她接着又问，我妈妈说，有一座顶篷是用星星做的毡房，你们知道在哪里吗？

野兔子眼睛闪闪发亮，似乎其他的事情在这片草原上都不存在了。那是一种下意识的行为，近乎于动物发春，日升月落。老山羊放下碗说，真是狗养的狗亲，羊养的羊亲，狗肉贴不在羊身上。

老人们告诉她，你妈妈是个标准的草原女人，尊重传统与自然，勤劳顾家。老人们还说，她有着美丽的容颜，健康的身体，她对待四周的牧人们很热情，做了美食经常分给大家吃。草原上没人不喜欢她。野兔子总是直勾勾地望着回答的人，似乎听不懂他们在说什么。

我理解野兔子，人们只能为她勾勒出一个宽泛的完美的母亲形象，可没人能告诉她，母亲究竟是什么人，她的眼睛明亮不明亮，喜不喜欢鲜花，她会因为什么事情愤怒，哭泣的时候会不会发出声音。野兔子也问过我，记不记得母亲的声音是什么样子。我努力回忆半天，发现自己竟然对虹没有任何印象，她就像草场，像家一样。她在的时候，人们看不清她的脸，甚至都看不见她。她就像雾中的一个影子，只有她消失了，家人们才会感到撕心裂肺的疼痛。

我说，真对不起，我不记得了。野兔子低下头，我知道她对我失望了。这时老山羊走了过来，他说，我也不记得了，我太老了。但是孩子，每次听到你的声音，我就觉得好像听到虹在说话。野兔子抬起头，看着我们，眼里满是期待。老山羊说，草原上有句老话，每一个逝去的人的灵魂，都在最爱的人的呼吸里。野兔子笑了，狠狠点下头，说，我也觉得是这样。

野兔子说自己想学滑雪，第二天她就收到了老人们凑钱买来的兽皮雪板，并且多了七八个有几十年滑雪经验的教练。野兔子很兴奋，在雪地里嗷嗷叫着打滚，从地上捧起雪泼在每个人脸上，冲进这些老人怀里打滚。这孩子就像一头开心的蛮牛，我拉不住她，真担心她一不小心把哪个老人撞死。可牧人们的欢声笑语此起彼伏。在草原上，聪明和愚笨没什么意义，人和草没有区别，都是草原的一份子，谁能说一根草就比另一根草更聪明。

日子一天天过去，野兔子的滑雪技术日益精进，她没有放弃那个幻想，整日踩着雪橇，四处去寻找那座顶篷是星星的毡房。我和张军每天把野兔子交给老人们之后，就一个草场接一个草场去寻找唤狼人的踪迹，我觉得我们走遍了整座草原，可是没有人知道狼爪如今究竟在哪里。我问还能不能找到其他唤狼人，老牧人悲伤地说，都一样，都消失了，这几十年人快把狼杀完了，狼见了人躲还来不及，很难再相信人了。草原已经死了，我们就是它的幽灵。

老山羊在一个清晨闯进了我们的毡包，头上披着一层雪，像穿着皮袍子的圣诞老人。他激动地握着双拳对我们说，有个牧人帮你找到唤狼人"狼爪"了。老山羊身上的寒气逼得我瑟瑟发抖，以为雪灵又来抓我了，花了好久才清醒过来，发现这不是梦。

原来，一个牧人的亲戚在"奇风"疗养院工作，是个清洁工。昨天这清洁工来老牧人家做客，说自己被调到了特护区。牧人好奇问什么叫特护区。清洁工说都是重症晚期，并且有着严重的精神病，发起疯来等于人间地狱。清洁工说了几件事，牧人啧啧称奇。当他说起自己在特护区遇到了唤狼人狼爪时，老牧人已经醉了，用他自己的话说，喝得连自己的尿和蛋都分不出来了。今天清晨醒来，才回想起这事。

我和张军来到"奇风"疗养院时，已是中午。想起上次差点死在疗养院的沙漠，我身上一阵发凉。那名发现了狼爪的清洁工早已在门口等着我们，他带领我们去狼爪的病房。在路上，他感慨道，狼爪是艾滋病加毒瘾造成的精神分裂，每天犯病的时候，都得被绑在床上，从没有亲人来看过他。就连半导体都说，医治有缘人，狼爪已经和这个世界没缘了，草原上的"奇风"只能让他在最后这段日子走得舒服点……

在见到狼爪之前，我从没见过快死的人。房间里弥漫着混杂着药水味的腐臭，即将消失的生命就是一罐过期的罐头。张军在我之后进门，他小声骂了句"我操"。我知道是为什么，狼爪就在眼前，没有半分云在自白书中回忆的那种伟岸和魁梧，更别提那种似人似狼的神秘气质。别说狼了，连人都不像，就是一具会喘气的骷髅。

狼爪问我们，有粉吗？我全身疼，像裂开一样。我俯身靠在他耳边，说我好不容易找到你。我没有粉，我是来向你打听事的。狼爪说什么事，没粉我都不知道，我现在连我自己是谁都不知道。我病了，我疼糊涂了。有时候我觉得我是一棵草，有时候我觉得是一只鸟，还有的时候我觉得我可能就是哪个小孩撒在草原上的一泡尿。我想成为一泡尿，热烘烘的。我太冷了。

我说，"狼壳子"，你还记得吗？你的朋友火石，是被一副狼壳子杀的。你知道些什么？狼爪闭着眼睛，看都没看我们，微微摇着头，说，我什么都不记得了，我好像变成了一堆粉末。我想要粉，只有粉能把我再拼起来。

张军推开了我，对狼爪说你可能拖不到下一个春天了。活得像个鬼，死怎么也得有点唤狼人的样子，对吧？张军的话让狼爪在床上不安地挣扎着，头晃动的幅度越来越大，看起来像条被几根钉子钉住的鳝鱼。他猛地睁开眼睛瞪着我们，瞳孔剧烈收缩，似乎变成了针尖，我觉得这个屋子里的物体瞬间都被他吸入了眼眶。我和张军从没有见过这样一双眼睛，不由得倒退了几步。

我们不知所措，清洁工说不好了，毒瘾犯了，这是要发疯。清洁工急忙摁铃，几个强壮的男看护冲进来，一个人首先打开电视机，上面正在播放半导体的讲座，他坐在主席台上笑嘻嘻的，像一尊佛。另外几个看护摁住了像油锅里的虾一样在床上弹跳的狼爪。狼爪说，我知道你们是谁，你们是恶鬼，等我吃了粉，我就能唤狼，把你们都咬死。

这时我们听到身后有人说，无论你们找他做什么，都是没有用的。除了这副肉身，他就是一堆粉末。我回头，是半导体。

半导体说我听到有人来看狼爪，心中很好奇，这可是十多年来没遇到过的事，所以赶来看看，没想到是你们。我们以前认识的唤狼人已经死了，他就是个料子鬼。半导体走过去，轻轻地把手掌放在狼爪的额头上，温柔地问，你感到奇风了吗？它会吹走你心中的痛苦。狼爪说，我不用奇风，我操奇风它奶奶，我操你奶奶，我操那些狼和唤狼人的奶奶，操草原的奶奶，我就要粉……

清洁工把我们推出了病房。我听到一阵阵的狼嚎声从那间病房传出来，像是一头孤狼在夜色中冲着月亮嚎叫，呼唤着同伴。窗外的草原寂静无声，像是一个在为儿子祈祷的母亲。张军拍拍我的肩膀，说放弃吧，这个人已经废了，从料子鬼身上想知道线索，纯粹做梦。我苦笑，不知道该说什么。

这里再没什么值得我留恋的。我和张军商量说回去吧。可野兔子迷上了草原，说什么都不愿走。我们和她谈判，再玩三天，三天后绝对走。

心烦时，我就去陪野兔子滑雪。我现在非常羡慕她，她永远无忧无虑。我终于明白她为什么只能通过讲故事来和我们交流了，因为她的灵魂一半在这个世界，另一半在我们看不到的世界。

有时候我试图用骆驼的视角去看待这个世界，一分钟都坚持不下去，那儿就是一座只有石头的荒原。

那天我和张军正在收拾行李，该回去了。这时我听到草原的尽头有人在呼唤我们的名字，是野兔子。她的声音很大，都快劈了。我不知道出了什么事，站了起来。野兔子滑着雪橇飞快地向我们扑了过来，因为太着急，她没刹好雪橇，摔了几个跟头，滚到了我面前。幸亏地上是厚厚的积雪，要不她脸上一定会摔几个大口子。我看她全身都在颤抖，脸也憋得通红，赶紧把她扶了起来。

野兔子很激动，牙齿在打颤，不住地说藏胖，藏胖。我们认真听了几遍，我说，是毡房吧？野兔子点头。张军说什么毡房，野兔子说顶上都是星星的毡房。我找到了。

那是一座民宿，在一座小天坑的底部。有几间毡房。房顶是新材料，像塑料布一样，五颜六色，其中一座毡房的透明房顶上画满了星星。张军摇头,说真他妈疯了。

民宿的老板是个五十多岁的女人,她一看到我们就站起了身,像是不敢相信自己看到的事物一样。当我们走到她身边,还没开口说话,她就说,你是野兔子吗?我们都愣了,野兔子说阿姨我不认识你。老板说我也不认识你,可是我等了你好久。老板走进自己的办公室,过一会儿出来,手里多了一封信。

老板把信交给野兔子,说几年前,来了一个女人,看着很狼狈。她说话疯疯癫癫,说自己是来抓杀人的狼。我看她可怜,就收留了她。那女人看着疯,但是个好人。她不白住我的地方,白天帮我干这干那,片刻不休息,比那些我花钱雇来的人还勤快。到了晚上,她也不睡觉,整夜整夜地写这封信。我想劝劝她注意身体。可她对我说大姐,我要做这件事,即使命丢了,也是值得的。

我看着那个疯女人的眼睛,知道她没和我开玩笑。我什么都不能再说了。这女人在我这里待了一周,终于写完了这封信。她把这封信交给我的时候,说如果三天后我不回来,你就帮我保存好这封信。总有一天,会有人来找我。

野兔子的眼眶红了,眼泪扑簌簌地掉在信封上。老板说,那女人和我说了三个人的外貌。两个是她的双胞胎姐妹,一个是你,她的女儿。她走之后再也没有回来过,有好几次,我想这是不是个精神病,是不是应该把信扔了。可想起那女人的眼神,我决定帮她留着,就当自己犯傻呗。我本以为我即使见到你们,也会认不出来,可你一出现,我就知道是你。你和你妈妈说的一模一样，她真的很爱你。

我在心里推算，虹在这里寄宿写信的时间，正是她被摔死的一周前。野兔子把信交给了我，擦着眼泪说，刘文，你帮我念信吧。我想知道妈妈和我说了什么。

虹的信件

亲爱的女儿，我还记得那天，我走在移民新村的路上，天气算是不错。我看到了两个绝不可能在一起的人看着我，我很好奇，心想这两个人为什么会在一起。我正准备打招呼，这两人好像发现了我，其中一个迅速躲进了阴影里，另一个因为惊吓，眼睛瞪大，瞳孔变小，像是猫一样。一辆卡车驶过来，挡住了我的去路。等卡车过去，那人也消失了。

从此之后，这件事一直压在我的心里，无论我在做什么，都在琢磨这件事。我奇怪，这两个人为什么会在一起，更奇怪为什么一见到我，这两人就像见到了鬼一样，好像不愿意我发现彼此之间有联系……

我想来想去，当我想到你的外祖父之死时，好像想通了一点，这两人不是见我如见鬼，而是心中有鬼，这个鬼，就是你死去的外公。很多以前的事情像雨点一样落在我的脑子里，我一遍遍问自己，为什么会是这样。

我恨我自己，怎么这么笨？给父亲收尸的时候我也在啊。梳头奶奶说，脖子上的伤口很奇怪，下面好像还有一个伤口，狼好像少了一颗獠牙。那个时候我太悲伤了，如果能再细心一些，一定能发现你外公不是死于意外,而是被谋杀的啊。谋杀他的人,一定就是那两个人。

请原谅我,现在不能说出他们的名字,我必须有证据,才能指证他们。我有很多顾虑,一切都只是我的推断,只是因为我看到了俩人在一起。万一是我多想了呢?俩人的生活就被我毁了。万一打草惊蛇了呢?双拳难敌四手。这俩人能瞒我这么久,心机太深,我斗不过。

我就是个草原上的女人,跟踪杀人案的两个嫌疑犯,压力是你想象不到的。一天,目标在路上步行,我在后面偷偷跟着。经过金镜府邸小区那座满是镜子的大楼时,目标站住了,我本以为目标要接电话,没想到这人却转过身来看着我。这把我吓坏了,急忙躲到了一旁的小店里,我不知道这人只是看到了另一个熟人,还是那片镜子出卖了我。等我走出小商店的时候,目标已经不见了踪影。过了三天后,我发现我的家进来了人,一切看似正常,可我总觉得都被人动过了。我没有证据,这只是一种感觉,我想一定是这俩人干的。这个做法让我想起了草原上的狼,狼在狩猎时就会制造诡异的现象,刺耳的音响,让猎物心惊胆战。从那天起,我把一切疑惑和线索都锁在心里。

整整六年过去了,这两人没露出一点马脚,可我的生活却越来越错乱。有时我都怀疑,难道当初我无意撞破的那一幕只是幻觉,难道我是真的疯了吗?这六年,我吃了不少苦,好在一切即将结束了,我得到消息,那件关键证物在草原的某个山洞里藏着。只要能找到这件东西,我就能把这俩人送到监狱里,使他们遭到他们应得的报应。

亲爱的女儿，此刻我在这座顶篷都是星星的毡房里给你写信，心中百感交集。因为这一路上发生了很多诡异的现象，我差点遭遇车祸，被卡车撞死，也差点葬身火海，在火灾里变成粉末。人们都说，我是个疯子，我很危险。可我知道，那两个杀死外公的人才危险。

明天，一切都会水落石出。如果我找到了那件证据，当你长大之后，我会给你念这封信，告诉你妈妈是如何赢得最后胜利的。如果我失败了，也没有关系，反正我已经是个疯子了。这一生，我像骆驼一般寡言少语。无论怎样，我活到这么大从没有这么痛快地说自己的心里话，真是很开心。我想，你如果能看到信，也会感觉到，原来母亲有这么多心事吧。我爱你，野兔子。我最亲的家人，我最爱的女儿。这封信快要结束的时候，我终于明白了什么是"相依为命"。我们未必能一起生，也未必能一起死。但无论是生是死，我都能承担你的痛苦，分享你的快乐。因为我们是家人。

第五部分

《新我心书》

1

我给野兔子念完她母亲的信，野兔子蹲在雪地里，像是有人狠狠揍了她的肚子一拳。我说野兔子我们走吧。野兔子只是"嗯"了一声，却不起来，而是伸出手指去划拉脚下的积雪。她说，我想讲故事了。我说，你慢慢讲，不着急，我和张军守着你，什么时候讲完，咱们什么时候走。

野兔子继续讲她的故事，一直讲到狼咬断了猎人的喉管，少年与狼终于完成了他们的复仇。我被冻得脸颊像是开裂了一样痛。野兔子停顿了几秒钟，像是等待着灵魂从那个世界回到自己的身体里。她回过神来，对我和张军说，这个故事今天彻底讲完了。

那天晚上野兔子一直在哭，我们守在她的身边。张军翻跟头拿大顶，用了四十多分钟，才把野兔子哄睡着了。我和张军走出毡房，在手机自带的手电筒灯光下又各自读了两遍信。我抬头看天空，星群离我近得就像在我面前眨眼一样。

第二天，我和张军又去了"奇风"疗养院的特护病房。那时狼爪正在犯毒瘾，他大喊着，我要把草原上的每根草都碾碎了，把我遇到的每个人都碾碎了，把地球碾碎了，都碾成粉，扎进我的血管里。他的叫声凄厉,像是狼嚎一样。我们被工作人员拦在门外,不许进去。过了几分钟,狼嚎声的力道渐渐弱了。几个看护满头大汗地走了出来,为首的那个狐疑地看着我们,说你俩哪儿的啊,不是亲属我们不允许探视,上次你们就害我们挨骂了。看护口气很冲,张军走了过去,把带头的看护拉到走廊边的大窗户下,那几个看护见状也上前围住了张军。

我想过去,张军冲我摇摇头。他和看护们窃窃私语,背对着我似乎掏出了几个信封塞给了看护。他们又聊了几句,那群看护看都不看我就走了。张军回来说,他们给他打了吗啡,他能清醒二十分钟,咱就这点时间。

张军在外面望风,我再次走进病房,狼爪半坐着靠在床上喝水,眼睛中最后的那点光都不见了。我说,是你杀死火石、虹和骆驼的,对吗?狼爪吃惊地望着我,没有说话。我掏出虹的那封信,说,你的瞳孔出卖了你。狼爪说日了鬼了,你也吸毒了?什么瞳孔?我说,虹在信上写了,那个凶手见到虹之后,因为心里有鬼,瞳孔会剧烈收缩。我那天来见你,你犯毒瘾的时候瞳孔也会很快缩紧,那是你们这些料子鬼的特征。狼爪原本脸上的每根皱纹都紧绷着,像是要和敌人决一死战。听我这么一说,他的表情反而丢盔卸甲般地垮了,像是笑,但是在流泪。他说,我就知道有这一天,我早晚死在粉上。我说,你是个唤狼人,死也该死得像一头狼,而不是像个料子鬼。狼爪的眼睛亮了,说你还记得我是个唤狼人?我点点头,人们都记得。

狼爪说,小伙子你过来。我走到他床边,他说,你是牧人吗？我摇头，说我在草原上生活过一段，火石一家是我的朋友。狼爪说有情义，像头狼，他们没白交你这个朋友。我说，你以前也是他们的朋友。狼爪说，都是让粉害的。我家的草场卖了以后，得到一大笔钱。我这辈子都不用再学狼去抓野兔子野鸡了，我天天去城里玩，无意中就接触到这玩意了。我说，然后你扮成狼杀了火石和他的家人们。你还有个同伙，对吗？他是谁？狼爪缓缓喝口水，把杯子递给了我。

我把杯子放在桌上，直视着狼爪。他打了个哈气，眼角挤出了两滴眼泪。他说，讲到重点了，你能查到我身上，真了不起，但意思不对，事儿也不对。我说，那怎么是个对呢？

狼爪躺下，盖好被子，闭上眼睛，竟然笑了。他说，我以前看过一部外国电影，里面的犯人被绞死前都会和神父忏悔。神父一动不动，像块石头，听犯人说自己的罪行，说那些傻话。等到犯人被绞死以后，他就在自己胸前画十字架，说上帝原谅死者了。有时我很奇怪，被害者的家属都不原谅，别人凭什么原谅罪人。而且罪人都死了，他还在乎别人是不是原谅他？我还想，如果说一说，就获得了原谅，这事也太容易了。

我说，跑偏了。我就想知道火石家的事儿。他说，我的意思是，现在我觉得我就是罪人，你就是神父。我说，只要你能说实话，你想把我当成什么都行。

狼爪说，我开始抽粉，就是在帮火石打狼那年，也是那次，我见到了骆驼。我离开火石的草场以后，就来了金市，毒瘾也越来越深。偶尔能在移民新村那边听到火石家的消息，知道骆驼和那两姐妹的故事。又过了几年,骆驼突然出现在我眼前,想和我买狼壳子。我很诧异他要这玩意干吗,他说自己的生意失败了,之前见到我时,就对我和狼壳子印象很深刻,他也想做唤狼人,去打猎。我当时已经从吸入变成了注射,卖掉草场得来的钱早就挥霍完了,毒瘾犯起来没钱买粉,我连亲妈都能卖,我开了个价,骆驼很痛快就答应了。他带走狼壳子之后,没过几天我就听说了火石在草原上被狼咬死的事情。

狼爪说这些的时候,没什么感情,像是在回忆昨天他一天三餐吃了什么。我摆摆手,他诧异地看我一眼,闭上了嘴。我找到身边的窗子,打开窗户,风微凉。我把头探出窗外,大口呼吸了几下,让氧气灌入我的大脑。我觉得舒服了不少,拉过一张椅子,坐在了狼爪身旁,示意他继续说下去。

狼爪说,本来,我没有想太多,觉得火石老伙计就是遭遇了意外。我还去参加了火石的葬礼。在那里我又一次遇到了骆驼,这小子脸色苍白,我是个猎人,直觉告诉我他心里有鬼。遗体告别的时候,他堂堂一个摔跤手,五大三粗,都不敢上去见火石最后一面,别人都以为是骆驼伤心了,可我一下子就明白是怎么回事了。

从草原回来,我就找到了骆驼。骆驼起初还想狡辩,我告诉他,我的狼壳子上缺了一颗牙齿,虽然火石的尸体被烧成灰扬上了天,可我问了当时给火石梳洗的那个老太太,你们叫梳头奶奶,她告诉我,那头狼的牙印上少了一颗獠牙。

我威胁骆驼,我可以把这事捅到公安局,让警察和你说。骆驼投降了，和我达成了协议。他每个月提供吸毒的钱给我，我替他保密。

狼爪讲到这里时，我脑子里突然浮现出一个人的面容，他是这块拼图上的最后一块碎片，现在全对上了，我看到了这起案件的全貌，不由得低声骂了句"我操"。

我说，虹呢？你们为什么要杀虹。

狼爪苦笑，说，我也不想。那家人我最喜欢的就是虹。当年，我去火石的草场帮他猎狼，虹弄坏了我的狼壳子。狼壳子掉了一颗牙，我还把那颗牙送给了虹。那时我没有想到，这具狼壳子会在后来杀死火石。所以出事之后，我就特别害怕虹，我连移民新村都不敢去。就这样，又过去了几年，有天我去找骆驼要钱，没想到会碰到虹，她瞪大眼睛，好像很吃惊，好像还想和我打招呼，我看见她就像看见了火石一样，吓得我赶紧逃跑。跑回家我还在想，也许虹认为自己认错了人呢。没想到几天以后，我走在路上发现虹在跟踪我。我心里"咯噔"一声，知道这下坏了，虹看到我眼里的鬼了。我赶紧找到骆驼，把事情告诉了他。骆驼什么都没说，转身就走了，好像他早就知道了这件事一样。

过了几天，骆驼对我说，她应该什么都不知道，吊着她就好。骆驼给我钱吸粉，我听骆驼的。可是虹就像一个幽灵一样，总是跟踪我，窥视我，甩也甩不掉。我每天只有在幻觉里才能忘记她，忘记我们做的事。有一天，我向骆驼诉苦，虹逼得我受不了了，我要崩溃了。骆驼好像没听到我的话，转身走了。

没过几天，我听说虹在草原上遇到了野兽，也摔死了。我知道一定是骆驼干的。我再想想他那天一言不发的样子，明白了他的想法。骆驼对我不是冷漠和厌恶，而是清楚我必死无疑。如果不是我机警，把他的把柄保存了几份，他早就对我下手了。谁会和一个死人讲话呢。

老天爷那时也折磨我，我刚好查出了艾滋病，走投无路，只想回草原等死，没想到半导体收留了我。这老兄真是好，发迹了，还不忘老朋友。死鬼火石那时总说半导体的坏话，他真是眼瞎了……

狼爪越说声音越小，但是我能感觉到他内心的激动，因为他的身体在颤抖。在狼爪说着半导体有多伟大，"奇风"疗法有多神奇时，眼神变得涣散，手指在不停地抓挠床单，他不断地呻吟道，太冷了，太冷了。我往后退了两步，二十分钟已经过去了，他的毒瘾要犯了。我回头走出了病房。

我和张军来到了疗养院主楼的顶楼，大礼堂在那里，半导体正在给学员们上课。我们到楼梯间等着，张军抽了三根烟，我抽了两根，这期间我没和他说一句话。张军很忐忑，他说我的脸色白得像死人，究竟发生了什么事？我顾不上回答他。下课铃响了，半导体被几十个学员簇拥着走出了楼道，我和张军冲了过去，有工作人员想拦住我们，张军一把推倒了那人。人们惊愕地看着我们。我对半导体说，我想和你聊聊。半导体说，刘文，你要聊什么？我说，这儿人太多，要在这儿聊？半导体说，我们这里有个花园,很好,我们可以去那里散步。

我看着半导体的眼睛,他有着一对土黄色的眼眸,像是野兔子故事里的那座大沙漠。

他带着我来到了花园,那里是个大棚,很暖和也很寂静。外面是冰雪天地,这里处处开满鲜花,像是春天。小路上竟然还有几只孔雀在悠闲地散步,它们看到半导体,纷纷追上去展开自己的尾巴。我说,"有钱能使鬼推磨",我以前还不信,今天我信了,有钱都能让孔雀开屏。

半导体看看四下无人,点燃一根烟。他认真地打量我,说你究竟有什么话。我说你是不是觉得,竟然和我这样一个社会边缘的三流作家站在花园里,挨得这么近,非常地荒谬?半导体笑了,摇摇头。他说草原上的风吹过穷人,也吹过富人,吹过孩子,也吹过恶棍。我是风的使者,没你说的那些概念。我眼里只有平静的人和痛苦的人。

我说,狼爪夸你是个大善人。半导体点头,说,我救活了很多人,给他们希望,也帮助了很多像狼爪这样的人。我说,你是为了帮助狼爪,还是怕他把秘密说出去?半导体愕然道,什么秘密。

我把刚才狼爪和我说的话对半导体重复了一遍。半导体起先在笑,后来不笑了。等我讲完以后,他说,你能给我根烟吗?我说现在奇风不管用了?半导体没搭理我,只是点燃烟。他的眼睛在火焰里闪闪发亮。他说,你说的这一切,和我有什么关系。我说,当狼爪指证了骆驼以后,我就一直在想,他和火石无冤无仇，为什么要杀他。然后，我想起了你。我对了下时间，把你加进去，这个案子好像都通了。

半导体的脸一下子阴沉了下来，他甩手就想走。我拉住了他的手。半导体愕然道，我警告你，我们"奇风"集团的法律团队很强大。我没理他，继续说，火石死那年，骆驼作为仨姐妹的代理人把草场卖给了你，不久之后他承建了你们"奇风疗养院"的建造工程，濒临破产的买卖又活了过来。当他再次落魄时，你又把他招进了"奇风"集团做高管，世界上没有这么巧的事，他是用草场交换了你的生意。你为了抢占他家的草场建造这座疗养院，唆使骆驼杀了火石，对吗？

半导体的脸色黑得都发亮。他说，火石死之后，骆驼是来找过我，说他现在做主，可以把火石的草场卖给我。

我没想到半导体承认得这么痛快，愣愣地看着他。半导体拍拍我的肩膀，像是怕我听不清楚一样向前走了两步。我甚至都能看清他眼角周围的皱纹，半导体认真地说，我拒绝了他的交易请求。我告诉他，火石在去世前不久，已经把草场卖给我了。

我看着半导体，使劲儿分析了半天，还是不敢相信。半导体说，我有当时的合同可以做证。当时老火石来找我，说他要卖掉草场，我和你现在一样吃惊。我问火石，你是怎么想通的。他说做了个梦，梦到老婆了。老婆流着泪，嘱咐他，你要想着女儿，城里的日子不会这么苦。

我说，就这样？半导体说，草原上的事没你们写的小说那么复杂。他走之后，我还偷偷查了查火石的情况，他当时经济很不好了。我相信他是真心想卖掉草场，于是通知他签合同。

虽然火石总骂我，可我很尊敬这位老哥，我给他的价格是顶格的。他签字的时候手都在哆嗦，眼泪把字迹都打湿了。我说老哥，你把草场卖给我，总比卖给那些煤老板好。他看了我一眼，我至今都捉摸不清那一眼的意思。火石扔下笔，要求给他三个月时间，他会一点一点搬家，让我为他保密。我知道，他是想保护自己的颜面，不想让别人知道他向我低头了。这是一个牧人最后的骄傲了。我点头，向他发誓，我要说出去，死后灵魂也回不到草原。我问他，火石大哥，你要搬到哪里去。火石说我80年代的时候在一座海滨城市生活过，我想带着女儿们去那里生活，在大海边，没有人认识我们。我说，老哥哥，你放心吧，我一定会为你保守秘密到底，草原上不会有人知道你我之间的这些事情、这番谈话。火石点点头，我向他伸出手，他只是看了一眼，转身一瘸一拐走了，就好像我的手上沾着病毒一样……

我也没想到啊，这个倔强的老家伙没去成海边。过了没多久，我得到消息，火石被狼咬死了。他的葬礼我也去了，我觉得我比他的朋友们哭得都伤心。因为这片草原上最好的牧人走了。

草场到了他那三个女儿名下，我不着急催她们继续履行合同，我想找个机会和她们聊聊。这时，骆驼就找上了门，向我提出了那个交换条件。

半导体说到这里，说不下去了。我抬头看他的脸，发现他在微微颤抖，眼中含着泪光。我掏出烟盒，半导体摆了摆手。我说，那边有椅子，你可以坐着讲。他说，我没那么脆弱。

半导体继续说道，我给骆驼看我和火石秘密签订好的那份合同，他脸色苍白，甚至还晕倒了片刻。当时我还以为这是人悲伤过度的正常反应，直到今天，我才知道他杀了火石。我现在才明白，骆驼晕倒，是因为他没法接受自己杀了一个人，把自己变成鬼，却什么也没得到啊。

半导体说话的时候，那些孔雀飞到了树枝上，躲到绿荫中。它们巨大的翅膀从树上垂下来，羽毛上的花斑像是窥视着人间的眼睛。

我看着那些眼睛，不知道自己该去什么地方。半导体拽住我的手，说如果你不相信我，可以和我去鉴证火石那份合同的真伪，它还锁在我的保险柜里。有人爱看古董，有人爱看字画，还有人爱看女人。我都不爱，寂寞的时候，我就看看老火石这份合同，琢磨琢磨我是怎么回事，他是怎么回事，草原又是怎么回事。可我现在越琢磨越不明白了……

我甩开他的手，说，你为什么要对骆驼那么好？给他工程，让他发家，在他落难的时候又把他招进了你的公司。在他的生命里，你就是最重要的贵人啊。

半导体终于撑不住了，慢慢地坐在了长椅上，那一瞬间，我觉得他老了十岁。他说，火石和我打了一辈子，骂了我一辈子，可我尊重他，他是一个真正的牧人。有时我都觉得，我们是最理解对方的人。

出事之后，我想他既然死了，就不要再让别人知道他失败了。我和骆驼商量，他为火石保密转让草场这事，协助我顺利过渡，我会照顾他。一个家能出来一个人，全家都会沾光。我其实是想着火石的那三个女儿啊……

半导体摇摇头，说现在说这些都没用了，我真没想到会是这样，玩了一辈子鹰，结果被鹰啄了眼。所有的事情，真是他妈的一场空。

我舌头发苦，全身冰冷，像是有条蛇正缓慢划过我的脊背。我突然想起了那句狼爪的口头禅，我说，太冷了，太冷了。半导体不明白我的意思，他说不可能，我这里是恒温26度，四季如春啊。我一把推开他，逃出了那座花园。

回到毡房，夜幕降临，非常冷。可我只想在外面站着，寒冷让我清醒。张军哈着白气说，所以说，虹并不是发疯，骆驼这些年一直担心她把事情说出来，可是又不愿再杀人，所以不断骚扰她，把她逼疯。对吗？

我说，没错。张军用他那两根冻得像萝卜一样又红又粗的指头敲打着信封，继续说，直到狼爪崩溃了，于是骆驼对虹下了手。我说，应该是这个样子。

张军说，我想明白了，你之前的怀疑是对的，骆驼不是恨火石，给你提供线索的月牙把这种情感理解错了，他是害怕火石，他也害怕火石这个名字，他心中有愧。如果他和霞的孩子取了这个名字，他会时时刻刻记着自己是个杀人犯。所以他崩溃了，家暴霞，甚至打得霞流产。我说，是这么个意思。

张军说，既然是骆驼杀死了火石与虹，那么云就没法摆脱谋杀骆驼的嫌疑。她可以利用那套杀死了自己父亲和姐姐的狼壳子杀死骆驼。我说，可你解释不了为什么她能穿过那片金蒿花田。霞也有杀人动机，她的可能性甚至更大，因为她是离骆驼最近、甚至还挨过他毒打的人。也许从那时起，她就已经开始怀疑自己亲人的意外，甚至已经动了杀心。张军说，可云已经承认自己杀人，她那本日记里也有充分的杀人动机。你破不了霞的不在场证据，案发时她在"奇风"疗养院的大型活动上，而且，她们俩只有云能唱诺敏歌。

我苦笑，一切像是又回到了原点。两个人身上都有疑点，可是又存在着无法解释的盲区。

我眼前的雪原上压着厚厚的夜色。张军笑了，他说凶手究竟是谁，我一点都不关心。我关心的是我们捋出了这部电影的核心结构，在物是人非的草原上，曾经相依为命的人们，每个人都可能是杀死被害者，也杀死了自己灵魂的凶手，这事太有意思了。有了这个结构，咱的片子就算立住了。刘文，你现在可以给陈诺打电话了。

张军冲回了我们的毡房，钻进被窝倒头就睡。我给陈诺打电话，汇报完这一切之后，陈诺说大雪封路，明天一早我们想办法进草原。他挂掉了电话。

那天下午，陈诺带着他的人来到了草原。狼爪种种，半导体种种，我都告诉了他。陈诺只是点头，匆匆告别，带人核实去了。

我们三人滞留在了草原上，因为最近发生的事情给了张军灵感。他重新修改了剧本，一个投资人看完后非常感动，说"金市奉俊昊"真不是白来的。正在调查中的案件不能拍摄，投资人保证，等到这个案子宣判以后，他会立刻投资这部电影。

为了让投资人安心，张军故伎重演，说磨刀不误砍柴工，他要留在草原上看景，准备电影的拍摄。有天他愤怒地冲进毡房，骂我是个骗子，这片臭草地太荒凉了，一点电影感都没有，什么雪灵，可能就是头白熊，什么沼泽，无非几个浅浅的臭水洼。张军还说，你太美化你和云之间这点交情了，我现在都怀疑究竟有没有过《我心书》里那次冒险。

我沉默地走出毡房。每个人都有只存在于自己灵魂另一半的那个世界，那个世界的事是无法交流的，你只能选择信与不信。

每当深夜，张军打起呼噜之后，我点起灯整夜整夜地看卡夫卡的小说。有一天，我看到他说"一切障碍都在粉碎我"，我像是被闪电劈中了一样全身战栗，我觉得这句话简直是为我而写。我躺在毡房里看着雪花降落大地，白茫茫一片，就像半导体说的，一场空。

几天后，"奇风"疗养院给我打来电话，说狼爪快不行了，可能就是这两天的事。他提出来想再见我一面。我不知道他想干什么，怀着忐忑与好奇的心情又去了疗养院。

我到病房的时候，狼爪正半坐在病床上做操，大张着嘴"啊啊"地叫。这是"奇风"养生操的特有动作，据说这样能够更好地吸收草原奇风的效果。

狼爪看到我，收了架势，蜡黄的脸色泛起一层红晕。他说，我想来想去，还是想见你一面。我说不着急，现在养病要紧。你再做几遍操，然后慢慢说。

狼爪说，来不及了，我就是图个心理安慰。我说，别这么说，半导体神着呢，我认识的人都信他。前不久我还遇到一个女的，子宫癌，没办法，只好割掉了子宫。在这里听了一年课，子宫又长出来了。

狼爪摆摆手，说，我们不说这些废话了。我看他庄重，轻轻点头。狼爪靠在沙发上说，那天，一个叫陈诺的警察来找过我，我把那些事又重复了一遍。我说我认识他，他一直在查这件案子，是个好警察。狼爪说，我和你俩没把事全说了。我说，这没说的事，肯定很重要，否则你不会把我叫来。

狼爪点头，他看看窗外的天空，回头盯着我的眼睛。他的双眸突然精光暴射，像是能看透我的这副皮囊，看穿我的灵魂，看破这一切伪装和妄念，认出来我是谁。他就这样瞪着我，轻轻地说，霞曾经来找过我，给了我两万块钱。

霞给你钱干什么？我的声音很小，像喉咙里塞了一把泥。狼爪说，她要走了那具狼壳子藏匿的地点，几天之后，我听说骆驼被狼咬死了。

我走到桌边，给自己倒了杯温水，一饮而尽，视线却始终离不开狼爪。他平静地说，其实她来找我的时候，我很清楚她要复仇。我说，那你为什么还要告诉她？

狼爪说，我和骆驼该遭到报应。我说，你为什么见陈诺不说，现在又说了呢？狼爪苦笑，当时不说，是我什么都不知道，我想保护霞，也算是为自己积德行善。警察来了我才知道，被抓起来的人是她妹妹，我不知道这是怎么回事，但我想云是无辜的，我该把真相说出来，这是我最后能做的一点人事了。

回去的路上，我始终在琢磨那本云留下的日记。骆驼为什么会和云发生一段情感，他怎么藏着那些秘密面对云？他是为了从云那里打探消息吗？他是因为孤独吗？为什么那本日记里连两人偷情的事都记录了，关于狼壳子的事情却漏洞百出……这些问题在我心中来来回回，相互打架。

我心里有了个关于这件事的推论，把所有的线索都联上之后，这件事让我喘不上气。回到毡房时已是深夜，野兔子和张军都没睡。张军听我说完霞的事情，以及我的推论，一夜没说话，时不时起来去门口抽根烟。凌晨，天刚刚亮，我被一阵奇怪的声音吵醒。野兔子好奇地盯着门外，那比海还要辽阔的黑暗中，隐隐约约竟有狼嚎声从远方传来。她突然激动了，跑出去也"嗷嗷"叫唤了起来，像是在呼唤自己逝去的亲人。

和我见面后的第二天，狼爪死在了雪原上。他是如何逃出戒备森严的"奇风"疗养院的，这将永远是个谜。另一个谜，是他失踪之前做了一次体检，艾滋病毒从他的身体里消失了。半导体和医生们都很激动，说这是医学的奇迹，人类的奇迹，草原的奇迹。本来半导体订了第二天飞北京的机票，准备带着狼爪去做报告,未料到就在当天晚上,狼爪失踪了。走之前他给半导体留下了遗书,说自己要遵循"唤狼人"的野葬传统。

牧人们在雪原中发现了他。那时狼爪只剩下了一条胳膊和半个屁股。他唤了一辈子狼,最后将自己的肉身奉献给了这些草原上的同伴。牧人们都说,狼爪死好了。

"死好了"在草原上是说这个人的生命有了一个好归宿的意思。狼爪,这伟大的唤狼人,这疯狂的毒鬼,这孤独的浪子,在环游了悲凉的人世与无尽的幻觉之后,回到了大地中央,草原伸展怀抱,接纳了他。

2

狼爪指认霞就是杀死骆驼的凶手,我并没有感到喜悦与兴奋,反而很悲伤,像是离开了一场所有人都在豪饮的宴席,独自孤零零地走在雨夜中的小巷里。

从草原上回来,金市已是深夜,霞在移民新村的门口怒气冲冲地等着我们。车一停下,顶着一头风雪的霞看都没有看我,径直走到外甥女面前,拽着她的手腕就要离开。野兔子哇哇乱叫,我拦住了霞。她面色铁青,像麦克的龟壳一样。我说,让你来这儿接野兔子,其实是想和你聊聊。霞说,滚开,要不我报警了。

我说，我已经知道真相是什么了，我还没告诉陈诺。

霞眼睛一眨不眨，好像一对黑洞洞的枪口。我说和我聊聊吧，在这个世界上唯一可以和你聊这件事的人就是我。霞想了想，把野兔子推进了车。霞点燃了一根烟，野兔子不理我们，继续给张军讲故事。霞呼出了那口烟说，你为什么就不能接受事实呢，刘文。北风呼啸着，把我们都吹出了眼泪。我说，我知道是你杀了骆驼，云是在为你顶罪。

霞看着我，嘴角上扬，像是浅笑，又像是一句嘲讽。她说生活不是你的小说，谎言说一万遍也变不成真理。你要没什么新鲜的，我就走了。

我说，狼爪告诉我了，你去找他问过狼壳子，不久之后骆驼就死了。霞的笑容像是被风从脸上吹走了，吹到了雪中。我说，我没和陈诺说，只希望你自首。霞说，你疯了？凭一个毒鬼的话，就觉得我是凶手？我说，人之将死其言也善。霞说，云都承认她要杀死骆驼了。那本日记上面写得清清楚楚，这你都忘了吗？铁证如山。我说，这几天，我想清楚了这件事，也想清楚了你们的整个计划。

霞笑了，可是眼里闪闪发光。霞说，你真是个作家，从咱们再次相遇一直到现在，我都躲着你，我没让你干过任何事，是你自己主动替云写自白书，是你写着写着又主动去替云翻案，甚至不惜诬陷我，说我因为家暴有杀人动机，是你在诬陷我的过程里自己发现了那本日记，发现了云是杀人犯的铁证，是你自己报了警，云因为你那本日记，才不得不认罪。这可真是个笑话啊，一切都是你干的,现在你说她是在替我顶罪?

霞说这些的时候,皱眉看着我,颧骨泛出一层红晕,好像我是一只老鼠,可是又不得不面对。我觉得自己已经被她逼到了墙角,再无路可退。

我说出了我在草原上想清楚的事情,你们的计划中,我是非常重要的一件工具,你们最终的目标是陈诺。你们发现陈诺怀疑你们,找我来接近你们,调查你们,于是将计就计。所谓让我去为云写自白书,其实是你们想让我入局,让我这个痴迷她的人主动去调查这件事情。我一直以为我是在帮她翻案脱罪,其实从开始我就走上了你们设计的路线,而路的尽头就是那本记载着云有杀意的日记。当我这个为了她花费了十年写一本小说的傻子拿出她杀死骆驼的铁证时,陈诺也不得不信。

霞突然伸手掏我的兜子,我有些诧异。霞瞪我,我意识到她没有恶意,放弃了挣扎,原来她没烟了。霞掏出我的烟盒,给自己点燃了一根烟,袅袅烟雾伸入寒空,像是一个幽灵。

趁她抽烟时,我继续说。从一开始,云就决定了替你去顶这项杀人罪,甚至替你去死。信和自白书之所以能骗过我这个专业写作者,是因为里面写到的事情大多都真实发生了,所有的情感都是真实的。你们只把一句假话塞进了里面,骗过了所有人,甚至差点骗了我——"云是凶手",对吗?

霞终于抽完了烟,她踩灭烟头,直愣愣地看着我。我说,可我没有想到,牛角这个家伙也是你们的帮凶,如果我是从其他途径拿到的日记,我也许怀疑,可是牛角是云的好朋友啊。霞说,你该去精神病院。我说，我不敢想象，云在伪造那本日记时是一种什么样的心情？你也在她身边吗，你们两个一起回忆，一起帮助她去死。你怎么忍心云做出这样的牺牲？

霞攥紧拳头，像是下一秒就要揍扁我的脸。她推开我，拽住野兔子的手，把她拽下了车，我拦住霞，说，你会去自首吗？霞一言不发地走入了雪地里。

回到我的小院里，已是深夜。这个世界静悄悄的，像是一张干净的纸。

我给陈诺打去了电话，没想到只响了两声，他就接了起来，没抱怨太晚，也没问我有什么事，只是淡淡说了句"说话"。我把霞找过狼爪的事和我心中的念头统统告诉了陈诺。这时我发现，张军给我发来了讯息，说，哥们儿，我觉得剧本还有想象空间，你觉得让主人公和双胞胎三角恋如何？更有戏剧冲突。我顾不得回他，只是追问陈诺怎么看。

陈诺说，我怎么看，你怎么看，都不重要。关键是，你没有证据。我说，霞找狼爪打听狼壳子，云对杀人现场的金蒿花过敏，这还不能说明问题吗？陈诺说，说明不了任何问题。也许霞真的是想去打猎呢？也许云在杀人前吃了脱敏药呢？此时张军给我又发了条讯息，说不要三角恋了，太庸俗，但是可不可以加一些打斗场面？增加商业性。陈诺苦笑着说，你认为这是姐妹俩处心积虑的阴谋？据法医推断，骆驼是在当晚七点四十五分到八点之间被害的。可是八点半，就是半导体在金市剧场举办的大型活动。正常人即使要找同伙制造不在场证据，也绝不会选择这样的时刻和场合动手，不可控因素太多了。

我想了想陈诺的话，说有没有另一种可能，这是霞激情杀人，然后找云帮忙假扮自己，出现在那场活动上。陈诺说，很关键的一点，案发现场在草原深处，手机没有信号。金市和草原距离最少二十公里。半个小时里，霞根本没办法也没时间把这个消息传递给云，然后云还能及时赶到活动现场去。

我一时语塞，这件事看似像平原一样平坦，可踏进去才会发现，那是一座没人能走出来的迷宫。陈诺说，这就是我一直提到的，你没有能破这个局的直接证据，一切都是瞎扯。他妈的，当初我想着没准你能摸到我摸不到的情况，没想到还中了反间计，事情越搞越复杂了，这双胞胎就是比一个人多一个心眼。

三天后，我又一次见到了云，她瘦了很多。我看着她，觉得囚牢也好，枷锁也好，世上已经没什么东西能禁锢她了，因为她已经不属于这世间。云一脸轻松，看见我就笑了，说你这么单纯的人，能把这件事想这么疯狂这么复杂，真是不容易。我难过地说，你为什么要这样干？你会死的。云说，杀人偿命，这是天经地义的事。我说，上次你说，你杀了火石和虹，可明明是骆驼杀了他们，你的供词都是漏洞。云说，你要原谅一个杀人犯，我们撒谎都不打草稿。我说，可别人撒谎都是为了活命。云笑了，说你们写东西的特别有意思，你们总想显示自己懂得特别多。可在这里的人看来，你们说话办事，都像孩子一样稚气。我看着云，想说些什么，可一句话都说不出来。

云说，刘文，算了，这不是你该做的事情，我杀了骆驼，愿意认罪。你为什么非要这么执着在自己的想法里呢？你以为你是为了我，其实你是为了自己。你在《我心书》里写的那个云并不是我，你现在想象的那个云也不是我。那个云善良，美丽，像仙女一样，可是我会变老变丑，会妒忌别人，会和野男人偷情，你不要把我们混为一谈，这样对你不公平，对我更不公平。我能和你说的，现在就都说完了。

云站了起来，对陈诺说，陈警官，我以后再也不想见到这个疯子了。陈诺看我一眼，点点头。云经过我时停下脚步，她说，你已经浪费了十年的光阴，别再这样了，去寻找自己的人生，否则不论是你心里那个云，还是我，都会对你失望的。

云说这些话的时候认真地上下打量了我一番，像是人在搬家前与自己的老宅进行最后的告别。她的眼睛很亮，那是一对孩子的眼睛。

陈诺带着云走了，会议室里只剩下我和张军。我想，也许一切真的都结束了。我看到了真相，却没有证据。

张军拍拍我的肩膀，他像是在心里斟酌。他往我的茶杯里续水时小声说，刘文，你要往前看，不要总在自己的诗情画意里，活得现实点。我说，一个无辜的人要毁掉自己的生命，现实就是这么个事。张军说那又怎么样呢？

我愣了，说什么意思，你最好的朋友往火坑里跳，你不拦着？张军说，你总觉得你要拯救云，可是她不需要你拯救啊，这是云自己愿意做的事情，她愿意为了她姐姐牺牲，你这么死心眼，是毁掉她的牺牲。

张军的话让我蒙了，我从没有这样想过。这让我恐慌，我想走，张军拦住了我。他说我给你结了账，按理说咱俩缘分就尽了，可我还是惜才，人家有铁证。第一，霞不会说话，更别提唱歌，案发现场唱歌的那个人只能是云。第二，霞当时在参加活动，有几百人能给她做案发时不在场证明。听我一句劝，无论主观还是客观，一切都他妈结束了，这是个注定失败的死局，你别再赔上自己的未来。

那天晚上，我拽着张军喝酒，我喝醉了，看什么都是云哀伤的容颜。张军怎么把我送回家的，我一点印象都没有。只记得张军临走时对我说，刘文，这个世界上你是唯一一个绝不可能查出这件事真相的人。

张军走后，我躺在床上怎么样也睡不着。我心里只有一个念头，这个世界不该是这个样子的。这个念头让我越来越愤怒，我干脆从床上爬了起来，穿好刚才脱下来的衣服。冲到移民新村时已经是半夜十二点多，我还没敲门，就遇到了霞，我没想到她正在楼道里抽烟。霞看到我，扔下烟头想回家。我拦住了她的去路。霞闻到了我身上的酒味，有些惊恐，向后退了两步。她说，你想干什么？

我大声质问道，睡不着吧？亲妹妹为你坐牢，良心上过不去？霞看我一眼，发了几条短信，然后对我说，我已经通知陈诺了，他马上就到。这时我的手机振动，来电者是陈诺，我愤怒地扔掉了手机。我走上前去，抓住霞的肩膀，使劲晃了起来。霞惊恐地叫着"救命"，那声音在楼道里沙哑得像乌鸦在鸣叫。邻居被我们的吵闹吸引到了楼道里，他们怒视着我，让霞别害怕。

我指着所有人说，你们疯了吗？这是个杀人犯，就因为她有钱，她就不该害怕吗？你们是从小看着云长大的牧人啊。就因为她是个穷人，她就会杀人吗？

我的话引起了众怒，他们把我推倒在地，要不是陈诺及时赶到，恐怕我会被打得很惨。透过肿胀的眼眶，我看到霞躲在人群后面，五官像用橡胶打磨出来的一样闪烁着不切实的光泽。

陈诺开着车把我带出了移民新村，在大门口，他让保安给我拍了照，说如果这个人再来，你们就把他控制住，通知我处理。然后陈诺把我叫到一边，问我是不是疯了。

我说，她穿着粉色的塑料拖鞋。陈诺皱眉说，啥？我说，她的脚趾涂着丹红色的指甲油，她竟然还有心情涂指甲油。陈诺明白了我的意思，说，刘文你是疯了，不能再靠近霞了明白吗？要不真该出事了，以后喝不了就别他妈喝那么多，你再来找霞，我会拘你。

我回到小院，彻夜未眠。接下来那段时间，我感觉生命似乎被冻在了一块巨大的冰里，看似很正常，可以自由呼吸，可以去任何想去的地方，可都是假象。每当我想打破眼前那块透明的冰壁时，就会被撞得头破血流。又过了几天，我在滑雪场见到了野兔子，她和张军来滑雪。他俩经过草原一行，竟然会成为好朋友，这是我万万没想到的事情。

野兔子踩着兽皮雪橇的身影在这里显得格外突兀。我知道每天下午她一定会在这里，因为我们都是无处可去的人。她看到我，高兴地挥手，向我冲了过来，像一颗飞出膛的炮弹，我看着她就要撞在护栏上，赶紧退后两步。她却灵巧地刹住，雪橇铲起的冰屑溅了我一脸，然后冲狼狈的我骄傲地笑。张军滑过来说，听说你又去大闹移民新村了。我苦笑着站起来，没有说话。张军看看我，说要是不执拗，也干不了艺术。

趁着张军去抽烟，我对野兔子说，你今天这个帽子不错。野兔子摘下帽子，说，这是我云姨以前买给我的。

那是一顶鹿皮帽子，白色的帽顶上还安着一对小小的鹿崽角。我笑了，说，你云姨以前给我讲过一个故事。野兔子来了兴趣，凑到我面前说，你快讲给我听。我说，很久以前，鹿的脑袋上秃秃的，骆驼有一对角，他们是好兄弟，一起生活在沙漠里。有一次鹿要去远方参加神仙的聚会，告别时鹿突然哭了，说自己没有角，去参加聚会一定会被别人笑话。骆驼为了鹿，忍痛锯掉了角，安在了鹿的头上。鹿到了森林里，神仙和其他动物都夸赞它的美丽，鹿得意极了，从此就留在了森林。它忘记了在千里之外的沙漠里，骆驼还在等着它回来。

野兔子拍着手说，这个故事太有意思了。我说，你觉得那头骆驼像云姨吗？野兔子不满地瞥我一眼说，她比骆驼长得好看多了。我说，你喜欢云姨吗？野兔子使劲点头。我说，云姨和霞姨你更喜欢哪一个？野兔子说云姨，她总骂我，但是我更喜欢她。

我说，云姨现在很危险，她说不定会死的。野兔子的眼圈红了。我说，你想不想救她。野兔子没说话，只是使劲点头。我说，你去找那些警察，告诉他们，你看到霞姨变成大灰狼了，好不好？你就说你看到霞姨咬死了姨夫。野兔子惊恐地看着我，使劲摇头，似乎这样就可以把我的话和一切烦恼都甩到一旁。

这时有人在身后拍拍我的肩膀，把我吓了一跳。我回头，是张军。他一拳揍在了我的脸上，把我打倒在了地上。我爬起来，他愤怒地看着我，把野兔子护在他的身后。我揉揉嘴角，冷笑了一声。张军说真是咬人的狗不叫唤，你他妈真孙子，你让野兔子给你做伪证？我说你明知故问，还有什么办法？野兔子惊恐地望着我们，好像听懂了我们的话，推开了张军，哭着跑了。张军说，刘文，这是我最后一次帮你了，我希望你不要为了够不着的东西伤害自己，更不要伤害别人。张军抓住野兔子的手，把她带离了我的视线。他们步履匆匆，好像我是一头狼。

我走出商场的时候，正好是金市冬季难得的晴天，阳光猛烈，我羞愧地低下了头。这时我听到鹰的啸叫，似乎在严厉地呵斥。我看向空中，它在太阳下滑翔。这段日子，人类重新占据了金市的街头，野生动物们撤退得差不多了，因此这只巨大的鹰在空中显得格外扎眼。我看新闻上说，动物园又抓了它好几次，可都失败了。它比我幸福，它有翅膀可以飞，而我站在十字街头，被人山人海包围着，却有种在劫难逃的感觉。

3

《我心书》增补段落：

　　那本书已经存在，我想它也不会再版。像这样的书，和你我这样的普通人一样，努力地活，努力地发出自己的声音，在世上留下一些自以为是，几十年后化为纸浆，遁入虚无。除了作者，还有几个相关的人，不会再有人记得。即使留那么几本在世上，也不过就是纸碑罢了。我为什么还要写这样一段增补？因为我无事可做。我曾经坐在小院里，日日夜夜想象你在监所里的样子，想象你为何这样做，想来想去，你的样子，我在心里竟然一点都看不到呀。我才明白，原来一切都是我的一厢情愿，我从来都没了解过你半分。

　　我悲从中来，像是死了一场又活了一场，二十年来不过一场自己和自己的游戏，此刻却反而坦然了。我决定继续写啊云，你与我，普通人，犹如草芥。可就是千千万万株野草，组成了草原。所以我们也要努力生长。"生长"不是苟活，是做自己觉得有意思、有意义的事。你为家人顶罪，就是你的生长。我无一技之长，写作是我最有自信的事，也是我的生长。所以我写下这篇增补，没有它，这本书其实就没有写完。没有在二十年后再遇到你，其实我就等于从没有去过草原。

我曾经赌气道，我以后再也不写作了，没什么用，我想过的人生也和我无关。你对我说，你有天赋，要相信写作是有意义的。就像我们眼前的草原，它只是一片荒野，贫瘠、寒冷，还有无数危险的野兽栖息其中。可我们每个牧人默念这个词的时候，每棵草都在我们心里随风摆动。草原是美的，你写东西编故事也是美的，是在给万物取名。

这段日子我独守草原，终于明白了你的真意，你所说的美不是用一年、十年或是一百年来衡量，而是时时刻刻都想象自己踩在草原上，把自己当作一个牧人，你从没有变过，即使现在天翻地覆。

那次被张军揍了之后，我羞愧难当，断了和所有人的联络，带着麦克，搭一辆大巴回到了草原。我住在老山羊的毡房里，来回翻看着《我心书》，决定重新写一部分"增补篇"，从我写完了小说、接到张军电话写起。

快过年了，牧人们都进了城，准备和移民新村的亲友们一起过年。草原上每天都很寂静，除了猎猎风声，就剩下我在敲击键盘，独守冰雪和记忆。我不着急，反正我也再没什么事情可以为云去做。我除了大把的时间，什么都没有。

草原上最冷的那几天过去后，雪停了。春天在一点点靠近我们。太阳从麻布一样阴沉的云层中钻出来，悬在万物之上。春天就要来了，空中又传来小鸟的鸣叫，野兔野鸡从巢穴钻出来，在冰雪中蹦跳着寻觅草芥。

有一天，两个我万万没想到的人回到了空旷的草原，霞和野兔子。

野兔子跳下卡车时本来嘻嘻哈哈，看到我，笑容不见了，害怕地躲在霞的身后，她还记着那天我逼她做伪证的事。霞冲我点头，算是打招呼。然后从皮卡上往下搬行李，我什么都没说，过去帮她。霞愣了一下，然后把行李递给了我。

她们两人寄居在了另一座草场。没过几天，我发现多了几辆车，有些面目冷漠的人在草原上四处转悠。我心里纳闷，怎么还有游客冬天来草原，不觉得冷吗？他们甚至自己在草地上搭起了毡房。后来有一次我看到两个人，觉得面熟，回到自己毡房才想起来他们是陈诺的同事，这才恍然大悟。原来这群人并不是游客，而是监视霞的便衣。想必霞是不堪其扰，才回到了这里。这大概就是陈诺所谓的"自己的方法"吧。

有时我写累了，出来晒太阳，看着霞，想到金市发生的种种，就觉得上天的幽默感真是残忍。霞倒是有一次在月湖边问过我，在草原上干什么。我请她到我的毡房，给她看我最近创作的《我心书》增补篇，她看完后默默还给了我。我问她有什么感受，霞想了想说，野兔子这个人物刻画得不错。可是云写得太神了，霞和张军又写得很猥琐，这三个人物我哪个都不喜欢，我们都是普通人。

霞每天一大早就带着野兔子去月湖滑冰，有时我读《我心书》累了，也会去湖边休息。无论什么时候，野兔子都像一只鸭子般挥舞着双臂，"嘎嘎"大笑，更让我没有想到的是，几十年过去，霞滑冰还是那么美，像一抹月光，迅速、鬼魅而悄无声息。这两个人每天除了滑冰什么都不做，好像生活就是滑冰。我却尽量避开湖面，因为冰就像镜子一样，我不想在上面看到自己的嘴脸。

我和她们有时会相互帮助。我每两天炖一锅肉汤，野兔子爱吃沙葱，我会在肉汤里多放点葱花。每天饭点来临时，我就在毡房前做好热汤，等着他们一起回来吃。野兔子和我有时会在吃饭时闲聊几句，然后她大口喝汤吃肉，油花会沾在她鼻子上，鼻尖闪闪发光。更多的时候我们捧着各自的碗吃干净里面的食物，谁都不看谁，我和野兔子回到各自的草场，霞负责去月湖边洗碗。有次我在毡房前抽烟，看着远方霞和野兔子堆雪人，像两只麻雀一样蹦跳着，突然觉得要是这样打发完余生也挺好。我和霞从没有交流过云的事情，就好像世界就是这片草原，云不存在，金市不存在，那件案子也不存在。

这次修订《我心书》给了我很多新的感觉，最明显的是以前我只关注我和云之间的故事，这次我却能看到世界的全貌。天空中的云朵如何流动，路边的野花是什么颜色，草原上的羊群要去往何方，大地上的狂风终点是哪里。我似乎明白了每一个问题的答案，心中不再有困惑，也不再有恐惧。因为我认识了我自己，我能衡量出我究竟有多渺小。我这个人和野花、云朵与羊群加在一起,不过是这片草原上的一刹那,用霞的话来讲,是一闪即逝的闪电。

　　有一天,我坐在毡房前抽着烟看书,突然注意到了这样一个段落。云和霞去火山口滑雪的时候遇到一只受伤的雏鹰,可能是捕猎时没收住劲道,翅膀折了一只。鹰很警觉,云抱它时还被它啄伤了手。姐妹俩将它带回了毡房,细心地照料。

　　这本是云和霞生活中的一个小插曲,这样的事情在《我心书》里到处都是。可这次阅读,这个不起眼的段落却让我觉得非常有趣。我看到了当年的双胞胎姐妹一勺一勺给这只鹰喂食肉汤,看到了鹰有一天终于不再向她们露出尖锐的爪子,不再悲伤地啸叫。看着她们将这只鹰带回了火山口放生,雄鹰展翅,翱翔于蔚蓝的天空之上。

　　我合上书,发现手上不知道什么时候流血了,脚上的冰雪上也有血。应该是我在读书时过于激动,用手去握冰时被划伤了。深邃的天空中似乎有声音传来,不要再想这件事了。可我似乎已经看到了我苦苦追寻的真相,它在薄雾中,伸手就能摸到。是啊,我怎么这么傻呢。最终,我看到了那个我没写到《我心书》里的一幕,鹰在漫长的二十年里,和这对双胞胎姐妹相依为命,像是秘密的亲人。

　　这个念头像一场雨,起先在我心里点点滴滴,不一会儿将我逼得无处可逃。云和霞在每一滴雨里看着我,令我迷狂。我像个疯子般在毡房里走来走去,椅子上的《我心书》翻开着,像是一张嘲笑我的嘴。书旁边放着老山羊留给我解闷儿的半砖头录音机，掉磁的磁带转动着，"吱吱嘎嘎"的声音是久远的诺敏歌。那个声音好像藏在歌声中小声地问我，即使这是真相，可霞的喉咙在火灾中毁掉了，她不可能在案发时唱诺敏歌。解决不了这件事，你的一切推论终归是呓语。

"咯噔"一声，音乐停止了，录音机的按键复位，A 面放完，现在要换 B 面了。炉子里的火势很旺，毡房温暖如春，我却感到我是这世上最孤独的人。听"诺敏歌"的时候，我突然想到了另一件事，就像借助一颗台球将相邻的另一颗球击进球袋一样，我终于明白了云为什么这样不要命地去袒护霞。

4

野兔子孤零零地坐在月湖边，冰面传来"咯噔咯噔"的细响，冰层在融化，仿佛一个女人在低语。

我走到她身后，她看了我一眼，没说什么。我坐到了她身边，野兔子往旁边挪了挪，紧张地看着我。我说，你还生我的气吗？野兔子摇头，说，你是好人，从没说过我是傻子。我笑了，说，谢谢你说我是好人。野兔子拍拍我的肩膀，继续看着湖面。我说，你怎么了？野兔子鼻头红了，说我突然想起来以前，一大家子人。先是外公死了，再是我爸，然后是我妈，云姨也不见了，总有一天霞姨也会离开我，我的亲人一个接一个都走了。

野兔子抹眼睛，我搂了搂她，野兔子身上很热，像一只毛茸茸的绵羊。我松开她，说，《我心书》快改完了，那是我送云的礼物，我也送你一本。野兔子拍手，笑着对我说，刘文你真了不起，可以写书送给云姨。我说，你也可以啊。野兔子说，我什么都做不好。

我说，你会唱歌吗？你可以唱歌给云。

野兔子挠挠头，说我妈以前教过我一首诺敏歌，我只会唱那首歌。我说，你唱吧，你用心唱，云一定能听到。这是最好的礼物。

野兔子站起来，走到月湖边，扯着嗓子歌唱起来，我没想到她的歌喉竟然那么好，像野马一样自由自在。

在那芦苇丛中
竹叶黄的骏马徘徊奔腾
穿起锦缎的袍子
出嫁的姑娘使人心疼

降生在茇茇草丛中
是那竖耳的银褐马
虽说婆家不太遥远
临嫁的时候还是难舍难分

后边山梁的上面
金鬃的银褐马奔跑嘶鸣
金银珠宝戴在头上
出嫁的姑娘叫人心疼

雪雾越来越大,野兔子摸摸我的脸,诧异地说,刘文,你怎么哭了呢?我说没事。话是这么说,可我还是忍不住,大声地哭了出来。野兔子为我擦拭脸上的泪,这让我更难受了。我哭着哭着竟然笑了,为了我的愚蠢。我对野兔子说,我怎么这么笨呢?她们是磁带的A面,你才是B面。

我逃回了金市。白天,我在街道上四处游荡,到了夜晚,我不得不回家去。我能做的事就是翻阅《我心书》。其实,我一个字都看不进去,只是我的意识碎成了千万片,掉落泥沼中。只有翻动纸张的声音能将我重新拼到一起,让我安静下来,认识我自己,认识以前那些美好的生活。

第四天晚上,张军闯到了我家,问我回来怎么不告诉他。那时他已经喝多了,身上的酒味刺鼻到麦克都缩进龟壳钻到了床底。我说,咱俩之间没什么事了。张军说傻逼,电影完蛋了。他说这话的时候,非常戏剧化地跳了起来,在原地转了个圈,醉醺醺地摔倒在地上。我把他扶起来,搀到桌边坐下,给他倒了杯水,说你别着急,慢慢说。

张军说，那个原本答应要投钱的资方突然反悔了。他以前是金市最好的离婚律师，捞到第一桶金后，就成为了投资人。他的投资逻辑很简单，哪个行业的老板打离婚官司时付老婆的赔偿金高，哪个行业绝对有利可图。他2000年投煤矿，2010年投房地产，都赚了钱。前几年进入影视行业，参投了几部网剧，效益还不错。

这两年，他发现风向有变，搞影视的不是偷税成了老赖，就是跳楼成了死鬼，影视行业也成了特困行业，于是他心里犹豫了。张军说，他早就看出来这投资人有二心，一直给投资人鼓劲儿，天天给他放陈奕迅的《孤勇者》，告诉他做最美逆行者才能利润最大化。投资人答应得很好，说绝对不撤。可前不久张军找投资人批预算时，投资人告诉张军，公司破产了。

投资人发现疫情之后人们都很关注健康，所以要改赛道，和"奇风"集团合作，在海南和广东开两家"奇风"疗养院。张军气不过，威胁要告他。结果对方说，你要想打官司，我可以给你介绍律师，全中国最好的律师我都认识。

张军越说越气，一串污言秽语脱口而出。我没劝他，只是给他的杯中续满了水。骂着骂着，张军把头埋在桌面上，哇哇大哭，房间里漫溢着酒味。我打开窗户，走出了房间。等我抽完了第三根烟，房间里彻底没了声音。我走了回去，看见张军正站在窗边换气，麦克趴在窗台上，陪着双眼发直的张军一起看月亮。

我说，好点了？张军眯着眼睛说，不好意思，失态了。我说，这些事就是那么回事儿。张军点点头，说其实不该来找你。

我说，话这么说就没意思了，你已经来了。张军笑了，说我只能来找你。我点头说明白。他和我要了根烟，点燃抽了几口，像是在斟酌，然后说，我勘景的时刻见到雪灵了。我说，啊？张军说，剧组的人得知没有了投资，都撤了，只剩下我一个人在雪原上。后来我迷路了，遇见一个赤身裸体，浑身苍白的男人，足有两米多高，在大雪里走，步子很大。

我点点头，说，它很魁梧，没让你雪盲，算你命好。张军说是啊，头上顶着两根鹿角，就和你的《我心书》里写的一模一样。我赶紧趴在地上，闭上眼睛，不敢喘气。过了好久，我都冻僵了，见没声了，才敢站起来。那时我才发现，我从没看懂你这个故事，也没有看懂这片草原。

我没说话。他说，你为什么回来？我说，你聊你的就行，问我，就多了。张军一拍大腿说，行，不问，可我知道为什么。我看了眼张军，不愿搭茬。张军说，你还是不信云是杀人犯，你想最后一搏。

我突然很愤怒，不是因为张军，只是因为这件事。我没有地方发泄，用劲拍了下桌子。然后我感觉到口渴，端起桌上的白水壶，喝尽了里面的半壶水。张军说，你需要我陪你吗？我摇摇头，说，你可以走了，太他妈荒诞了，你来找我，是想要在我这里找到安全感，结果到最后，变成你安慰我了。

我们这两个折腾半天却一无所获的失败者对视一眼，明白对方再也没有力气去做无谓的挣扎。张军挥挥手，步履蹒跚地走出了屋子，走进雪地里，走到月光下，我发现他最近老了很多，背也佝偻了,雪中的影子又瘦又长,像是有人在那上面铺了一层黑色的盐。

几天后,我又去了草原。正是初春,草原上不少地方积雪已经融化,露出新一茬嫩绿,野草芽在太阳下闪闪发亮。

野兔子问我去哪里了,我谎称张军很难过,我去安慰他。野兔子傻乎乎地说,你叫他来这里啊,我教他滑兽皮雪板。他肯定就不难过了。我问她,你霞姨去了哪里。野兔子指了指远方,说我们刚吃完饭,她在月湖边洗衣服。

我去了月湖,冰面已经彻底化了,波光粼粼。蹲在湖边的霞让我感觉极不真实,似乎风如果再大一点,她就会烟消云散。

我叫她的名字,霞听到后吃了一惊。她面对着我缓缓站起来,握紧了拳头。我难过地说,我不是你的敌人,我是你的兄弟。霞摇了摇头,说我的亲人只有野兔子。说罢,霞拎起装着餐具的篮子想要离开这里。我拦住了霞,她愤怒地望着我。

我对霞说,你相信我,如果我是敌人,现在警察早就来抓野兔子了。霞停下脚步看着我,脸白得像纸一样。我说,杀人的不是你,是野兔子。云不是在为你顶罪,而是你俩一起在遮掩真相。霞瞪着我,如果她的眼睛长着牙齿,我早就被咬碎了。我说,我有证据,光一直陪着你们。骆驼死时,他为你们传递消息,帮了大忙。霞说,你是疯子,滚开。

我装作想推倒霞,没等霞躲闪,一道闪电轰鸣着向我的脸扑来,幸亏我早有预料,滚到了一边。

那只鹰缓缓落在霞的肩膀上，阴沉地望着我。刚才幸亏我躲闪得及时，否则不被鹰抓瞎，也会被它撞裂脑袋。霞看看鹰，笑了笑，伸手摸摸它张开的翅膀，却难掩忧愁与悲哀。鹰似乎发现自己中计了，冲我哀鸣一声，飞到了高空上，在我和霞的头顶焦躁地盘旋。

我说，这次续写《我心书》，我发现你撒谎了。那个叫"光"的神秘猎手不是不存在的人，他存在，但没有活在我们中间。

我之前还是按照一个金市人的思维去看待你们的关系、你们的生活，经过这一遭，我才明白牧人的一切都和草原有关，在野草中诞生，在野草中腐化。草原上，人能变成动物，动物也能变成人。人与动物之间可以平等地交流，就像唤狼人与狼一样。

霞举臂抱在怀中，她好像很冷，在颤抖。我脱下棉袄，披在她肩上。霞看我一眼，好像站不住了，蹲在草地上。我指了指我们头顶上盘旋的鹰，我说，它就是"光"，是你们青春期时最好的朋友，为了你们，它一直生活在金市。

我说到这里，云层缓缓变幻，草原阴晴转换。风声似乎在说一切为时已晚，你会坠入深渊。

天空中的那个声音不会明白，深渊也好，死亡也罢，我早都不再在乎，因为我已明白我是一棵野草，和所有野草相依为命。就像这对双胞胎姐妹与鹰相依为命一样。

我说，野兔子杀死骆驼的时候，光就在附近，因为手机没信号，你让它飞速去往金市的云家报信。对于一只鹰，草原与金市之间的20公里不过十分钟，云有足够的时间伪装成你，在那次讲座的几百名参与者面前露面,为你制造不在场证明。

霞说,一只鸟成为这场谋杀案的帮凶,你觉得会有人相信你吗?

我深呼吸,从兜里掏出一张叠好的纸片。霞站了起来,狐疑地望着我,她身体绷得笔直,像弓上的弦。我看了一眼霞,心想摊牌的时刻到了。我当着霞的面打开纸片,月光下,那张纸片上有霞的签名。

我说,我发现野兔子的秘密后,就在想怎么证明你们姐妹身份互换这件事,所以我回到了金市,调查你的不在场证明。我发现了一个很小很小的细节,小到了几乎不存在。当时梳头奶奶也在那个讲座会场,她对半导体,对"奇风"疗法有多虔诚,这你是知道的。

那天半导体在活动中宣称,每个来参加这场活动的学员身上都带着他的功力,他的信息。奇风记住了每个人的名字,无论这些学员走到世界上哪个地方,奇风都会祝福他们,疗愈他们。散会后,梳头奶奶在活动中拿着个小本子四处找半导体和参加活动的人签名。她相信每天默念这些名字,就会给自己带来福报。我找到了梳头奶奶,在小本子里也发现了当时你的签名。云当时一定害怕和梳头奶奶说话,暴露自己的身份,所以签了你的名字。

霞瞪着我手中的纸条,像是盯着一场即将烧过来的大火。我说,每个人的字迹都不一样,这是决定性证据。这张纸没了,你们就永远安全了。说罢,我把这张纸向霞递过去。霞诧异地看着我,我点点头,示意她做她该做的。我闭上眼睛,感到手中的纸条被抽走，撕拉撕拉的声音传来，我再睁开眼，霞的手中空空如也，我们之间只有冰凉的春风。

霞抹着自己脸上的泪，像一头刚刚逃出雪崩的鹿在舔舐自己的身体。我说，对不起，给你们添了这么多麻烦。你们就当二十年前一别，再没见过我吧。说罢，我转身奔入茫茫夜色，黑暗中，我听到霞叫我的名字，我却不能回头。风呼啸着穿过了我。

5

我给张军打了两个电话，他都没有接。我回想起那天我们的谈话，其实气氛并不愉快。我觉得他肯定不会再想和我有什么联系了。班车到了金市车站，我本想再打个车回小院，张军的电话打来了。我说你是对的，我放弃了真相。电话那头的张军应该是正在歌厅，杂音刺得我耳膜生疼。他说紫罗兰，你快来，可high了。

张军在"紫罗兰"夜总会开了个包厢，我进去的时候，他正一个人站在硕大的电视机前演唱《好久不见》。这人五音不全，倒是全情投入，霓虹般的灯光下他脸颊上清晰可见粗粗的泪痕。月牙和那个叫人揍过我的钢管舞女孩也在，他们看到我，拍手尖叫，大喊着大作家来了。

张军和两个女人把我拉到了沙发上。张军搂住我，笑逐颜开地说喝起来喝起来。月牙递给我一瓶啤酒,兴奋地说今天就当是朋友聚会吧。张军说,朋友聚会那我不用出台费了吧。月牙拍了下张军大腿,说你想得美,你不是我们朋友。

在男女的嬉笑声中,我放下了举到半空的啤酒,因为我想起了云。张军拍了我一下,说这可是个欢乐的地方,你别整感怀伤秋那一套。然后他举起啤酒瓶,说过去的事情美好也罢痛苦也罢,全都过去了。今天咱们就当是重新认识,是新朋友,一起迎接光明的未来。

那天我们唱了很多歌,《明天会更好》《一场游戏一场梦》等等,都是90年代港台老歌,我只会唱这些歌。钢管舞女孩嘲笑我是个古代人。张军搂着她说你懂鸡毛,歌不重要,情意重要。我苦笑,唱得越大声,越敢灌自己。

我喝醉了,对月牙大喊,你说这个世界有意义吗?月牙一脸嫌弃地说,你这真是喝醉了。我说,这个世界是有意义的,因为它非常残酷。只有这样的残酷,才能证明爱的存在。

张军站起来,摔碎了一个酒瓶子。他扑上来,把我压倒在了沙发上。张军怒吼道,你怎么又说起以前了。张军扼着我的脖子,力气很大,我挣脱不开。在失去意识之前,我心里甚至闪过一个念头,要是我就停在这里,也很好。

第二天我醒来的时候觉得自己脸肿了。我爬起来,发现自己躺在家里的床上。张军坐在沙发上,悠哉地给茶几上的麦克喂食。麦克听到响声,扭头看了看我,眼中都是老人特有的悲悯。我照照镜子,脸上都是伤痕。

我怒瞪着张军，张军苦笑着说你昨天要把人家"紫罗兰"拆了。要不是我拦着你，估计你得让刑拘了。我现在明白什么样的人能写小说了，就是你们这群心里有事，灌点猫尿就要发疯的没出息货。

张军指着窗外，这时我才看到霞和野兔子站在院里。张军说，她们早上来的。你想好，要不要见。见，你就和她们坐一条船了，我得走，因为真的假的我都不想知道，这事和我没关系；不见，我现在出去让她们走。

野兔子回头，看到我醒来了，龇牙笑。她喊，刘文！我要和麦克玩。我点点头，野兔子挣脱霞的手，冲进了屋子。麦克看到她，也亲热地探着脑袋打招呼。唯有张军缩了缩脖子，有些畏惧这个女孩。野兔子无知无觉，坐到了张军身边，说，张军叔叔，你不要难过，我教你滑雪。张军拍拍野兔子的肩膀，说，下次再说吧。他冲我挥挥手，走出了屋子，离开了小院。

我走到霞的面前，她比昨日平静了许多，不再敌视我，眼神很友善。我说，其实你不用来的。霞用她那机器人一样的声音说，该交代的，还是要交代一下。我说，没必要。霞说，昨天云让光捎了话，这也是她的意思。云让我转告你，来龙去脉都告诉你，你知道了就算过了，忘掉我们。

我说，忘掉忘不掉，这不是我能说了算的。霞叹口气，说你推测的基本准确，但有一点我要纠正，云和锁头离婚，是不想让自己的债务拖累他。她害怕锁头会有愧疚，所以生生编出了一个情夫，她和骆驼没有一点关系。我点点头，想想云为了丈夫，不惜背负不忠的恶名，净身出户，我的喉咙突然有些干。霞说，之所以在日记里这样写，是能圆上好多事上的漏洞。我说，"情杀"的确是人们最容易相信的理由。应该是这个样子，霞继续说，虹死前，把自己发现的一切都告诉了野兔子。我说，我明白，虹姐这辈子心里太苦了，把女儿当成个排遣的出口。霞说，虹死之后，野兔子一遍一遍讲那个猎人的故事，我从那些零零碎碎的情节里猜出了个大概，于是去找狼爪想买那副狼壳子，然后报警，没想到这事被骆驼发现了，他想杀我。

霞说到这里的时候，身子在发抖。我搂了搂她，说我都明白，你可以不说了。霞摇摇头，说，骆驼把我约到了天坑边，给我展示那副狼壳子，挑明了一切。我想逃跑，可是晚了，他紧紧勒住我的脖子。就在我绝望的时候，我看到一头狼向骆驼扑了过来，我再细看，是穿着狼壳子的野兔子，原来她一直跟着我。骆驼被吓坏了，丢下我就跑，野兔子像疯了一样追他，她是想保护我啊。我醒过神来，听到了诺敏歌……

霞的眼泪一串串摔碎在雪地里，我说，要不歇一歇吧，话不用一次讲完。霞抹把泪说，让我一次说完，以后我再不会有这种勇气了。

霞说，我循着歌声追到一个天坑边，看到天坑里是野兔子和被她杀了的骆驼。我赶忙跳了下去，野兔子抱住我，说，霞姨我害怕，我妈说害怕的时候就唱诺敏歌。这时我听到脚步声，赶忙让野兔子躲到暗处。那个叫老山羊的牧人凑到了天坑边，我则站在月光下，我想故意暴露自己。果然，老山羊看清了我的脸，还有骆驼的尸体，再不敢朝天坑望一眼。他把我当成了凶手，怪叫一声，转身跑了。

野兔子的笑声从屋子里飘来，原来她躺在地板上，把麦克放在了自己脸上。我说，现场原来是这样啊，那就全对上了。

小院里起风了，一阵雨滴打在窗棂上，初春的雨点格外冰凉。这时我听到几声刺耳的尖叫，抬头望去，发现光落在了树梢上，虎视眈眈地望着我。

霞笑了，她说，光一直对你很警惕，怕你伤害我。你还记得在移民新村有次你差点被顶楼掉落的玻璃砸死吗？因为它认为你要伤害我。这些年，它保护着我和云。出事那天也是一样，我思绪最乱的时候，光落到了骆驼的尸体上。我首先想到自己替野兔子顶罪，可我的嗓音太特殊了，老山羊又听到了歌声。警察一定会顺着我抓住野兔子。于是我想到了云，这是唯一的办法。我委托光将天坑里的消息捎给云，如果她愿意顶罪，就要即刻扮成我去参加那个活动。

等待云的回复时，我心里非常忐忑，这么多年，我们都变了。每个人都好像被日子困住了，越亲的姐妹反而越像陌生人。当光再次落到我的肩头时，我看到它的爪子里没有抓着布条或者纸片，一下子绝望了，没想到光把另一样东西放到了我手上，我一下子明白了她的心意。

霞从裤兜里掏出一样东西，握拳送到我眼前，摊开了手掌，那是一颗奶糖。

霞说，我一直以为云这么多年来疏远我，都是钱闹的。我也是这次看到云写的自白书，才明白她是怎么想的。"越是要保护一个人，就越要远离她"，我最亲爱的姐妹啊……

霞摇摇头，不能再说。我进屋给霞倒了杯水。我俩看着眼前飘零的雨帘，霞静静地喝完了温水，我俩没有再说一句话。

送她们走时，趁着霞去开车，我小声对野兔子说，骆驼的事情，不怨你，他要伤害你们，是他咎由自取，你要过好你接下来的生活。野兔子看着我，笑眯眯的，像是我在说一件和她没有关系的事情。她说猎人是被狼吃了的，魔术师只会变魔术，好大好大的魔术。野兔子的手比画了一个非常大的圆，嘴中发出"轰"的一声，然后拍着手傻笑，似乎那个魔术是一个巨型的烟花。我说是啊，魔术师只变魔术。

从春天到夏天，我枯坐在小院中，整日和电脑屏幕相对，全部精力都用来增补《我心书》。以前我光琢磨"自己"究竟是什么，现在才发现哪怕把这事琢磨透了，其实那个"自己"还是假的。只有根扎在土地里的东西，才是真正的"自己"。我写得很快，因为我不再追求结构，也不再苦苦炼字，想怎么写怎么写，只要自己舒服就可以。两个月后，我完成了新书的初稿，把它寄给了之前的编辑。过了两天，编辑回信说她很喜欢，能看到我的进步。虽然现在版号很难批，但她会尽全力把这本书做出来。

我向陈诺申请过几次和云见面，都被云拒绝了。陈诺和我打探过骆驼案，我说没什么可说的了，云就是凶手，这是我用尽全力得到的答案。陈诺没说什么，但他脸上的失望与狐疑藏都藏不住。

霞找过我，是来告别的。她说已经卖掉了所有产业，准备带着野兔子回草原了。她劝我就当云死了，不要再去申请探视。我明白，她们其实是担心我，不愿再把我牵扯进来。我苦笑着点头，说回草原好啊，放马牧羊好啊，如今有草场的都是大地主，有钱人才能做牧人。

他们离开的时候，我看到陈诺手下那几个便衣在小巷里转悠。看到我出来，他们装作在小卖部买烟。我和霞对视一眼，谁也没说话。我把麦克送给了野兔子。野兔子抱着我的腿大哭，说在这里唯一舍不得的人就是我。我抚摸着她的脑袋，竟然鼻尖也酸了。我说，你是不是担心回到草原再没人能听懂你的故事了？你别怕，你讲故事讲得很好，以后会有很多人成为你粉丝的。野兔子摇摇头，说，我觉得我走了以后就没人陪你了，你一个人好可怜的啊。

6

夏末,金市连着几天下了一场没死没活的大雨,一座地下停车场被雨水倒灌,人们从水中捞出了几十辆被水泡了的幽灵豪车,有劳斯莱斯与宾利,都是2010年之前的款式,也有不少跑车,估值小一个亿。可没人承认这些车是自己的,雨停后,它们被拉去垃圾场分解成了铁片。一时之间,此事成了金市街上最大的新闻,再也没有人提起这件牧人杀人案。

有一天我梦到了云,她很瘦,戴上了眼镜,和落在窗口台阶上的鹰对视。鹰似乎能用眼神告诉她外面发生的事情。比如霞回到了草原,重新做一个牧人,日子很悠闲。比如野兔子这段时间长高了,不挑食了,在草场认识了一群新朋友。他们关系很好,有个男孩对野兔子特别好,就像当年云和她的玩伴们一样。云笑了,她很欣慰。阳光打在她身上很温暖。

我醒来后回忆,总觉得她的头好像冲我这边偏了一下,好像在对我说,刘文,这一切就是我们最好的选择。

做了那个梦之后没多久,陈诺也来找过我,话题东拉西扯,内容漫无边际。他的鼻子因为兴奋而闪闪发亮,像一只在抓捕路上的警灯。

陈诺靠鼻子破案，这在金市是件出名的事，可也正是这个又红又大的鼻子出卖了他。我知道他的真实目的，他并不相信云的供述。我不再去查这件事，证明我已经知道了真相，并且和那对姐妹结成了同盟。

起先我还装作懵懂，他说什么我就顺着他说，到最后我俩口干舌燥。我都懒得装了，说话支支吾吾，假装自己在写作，正眼都不看他。陈诺很无奈，只得告辞。

我送他出家门，他提出一起散散步。我俩走在小院门外的巷子里，夏夜晚风吹过，我身上微微有些发凉。陈诺突然对我说，其实我是在救你。我有些感动，陈诺声音里的焦急是真诚的。

我说，你救我什么呢？我又有什么值得被救呢？陈诺说，有些人是天生的罪犯，我把他送进监狱就行了。有些人只是迷路了，如果我明明知道，却不给他指条正路，他可能就走在悬崖边跳下去了。我心里不忍。

我笑了，说，你以为你是麦田里的守望者？陈诺愣了，说啥意思，你是不是在骂我？我拍拍他的肩膀，说，快走吧，再不回家嫂子该查岗了。陈诺说，我说的，你好好想想，我的人在草原上蹲守着都快长毛了。这都是债，是需要还的，你别给她们背债，你还不起。我说，我好好想想。陈诺看着我，似乎在看一个陌生人。他说，我本以为你是个软弱的书呆子，就知道写东西，没想到最后事情坏在你手上，你竟然敢和我炸刺儿。我说，这你就不知道了吧？真书呆子什么都不怕。陈诺苦笑，摇了摇头，似乎在懊悔。他说妈的逼，自打结婚，我也变得娘们儿了。

雨季过后，新版《我心书》出版了。我带着新书离开金市，去了草原。那是一年中水草最肥美的时候，走在草甸上，草丛能埋到我的膝盖。凉爽的夏季风吹过，天地间草浪翻滚，"沙沙"作响，像是合唱赞美诗。眼前的深绿神秘浩瀚，轻轻将我淹没。

霞和野兔子在月湖边的毡房前等我，那是她们的新家，新草场，霞花了大价钱，从半导体手上买来的。野兔子一见我，尖叫着扑了过来。她把我扑倒在草原上，咧着嘴说，刘文，我好想你啊。我用尽全身力气，才拽着她从草地上起来。霞走到我面前，说，好久不见，你还好吗？我说，写作，活着，我就剩下这两件事了。霞说，挺实在，像个牧人。隔着很远，我能看到一些渺茫的人影，在野草之间飘来飘去，他们是陈诺派来的便衣。过去了这么久，虽然他们变得胡子拉碴，皮肤黝黑，和草原上的牧人没什么两样，可眼睛依然清澈，盯着我，像是能看到我的心肝脾肺。

野兔子拉着我的手，把我拉进了毡房，里面有很多人。梳头奶奶，老山羊还有牛角。除了牧人们，我没有想到眼镜月牙和锁头这些小时候的玩伴们也来了。我从包里抽出那一摞书，送给在场的每个人。大家给我热烈鼓掌，梳头奶奶抹着眼泪，说没想到，我一个老太婆也认识写书的人了。

我问其中鼓掌最响亮的月牙，你们怎么会在这里，月牙说，是霞把我们叫回来的。霞笑道，我们十多年没有聚了，今天我们忘记所有的身份，所有的恩怨，就是聊天，和以前一样。众人欢呼。

这群四十岁的中年人天真地打打闹闹,像是二十年前那样无忧无虑。我突然有些惭愧,生怕我的书配不上这些牧人。

那天我们唱了很多诺敏歌,喝了很多酒,大家都喝醉了。眼镜非要和牛角摔跤,霞和月牙抱头痛哭,锁头的嗓子都喊哑了,还在一首接一首地唱歌,老山羊和梳头奶奶笑得合不拢嘴,在锁头的歌声中翩翩起舞。唯有"光"慵懒地被霞架在胳膊上,冷漠地看着我。

野兔子把我拉出了毡房,非要带着我去月湖边散步。

湖边的风很清凉,野兔子把麦克放在脑袋上,给我介绍她的羊群。她给每只羊都起了名字,叫到谁,谁就会抬起头"咩咩"叫,好像是在被将军检阅的士兵。野兔子给羊群点完名之后转头看着我,表情非常骄傲,似乎全世界都被她掌握在手心里一样。

我看看四下无人,说,野兔子,你一定要小心那个长着大红鼻子的警察。她拍手道,我记得他,他叫陈诺。

我点点头,陈诺,他不相信你云姨是凶手。也许有一天他会问你是怎么回事。不管他对你好,还是吓唬你,你都闭上嘴巴,记住了吗?野兔子的眼神里闪过一层阴霾,她点了点头。

我们在毡房前分手时,野兔子突然叫住我,说,他为什么不相信是狼咬死了猎人呢?可这就是狼干的啊。

野兔子很困惑地看着我,像一个第一次来到野外的婴儿。我点点头,摸摸她的脑袋,说,这是一个好故事,但我们活在世上,并不是只有故事就足够的。说这话的时候,我心里有点难过。这个世界是怎么了？一个靠故事为生的作家要劝一个天真的傻瓜放弃她的幻想。

　　我在草原上住了很久，一直到所有的草甸从碧绿变得金黄。温差变得越来越大，一早一晚我要穿毛衣套棉袄，到了中午，蚊虫与酷热逼得我泡在月湖里不愿出来。没有人问过我什么时候回去，我这个浪子在牧人心中大概就和地里的野草一样吧，枯黄是自然的，重生也是自然的。

　　草原就像是故事中那位魔术师，让我返老还童。有时候我泡在月湖里，似乎能看到对面是气喘吁吁赛跑着谁也不服谁的双胞胎姐妹。有时候我走在草甸里，能听到火石爽朗的笑声。有一个夜晚，我在羊圈边甚至还看到了年轻时的半导体，瘦削的他看着天上的繁星，野心勃勃却不知道路在哪里。好在草原拥有全世界最干净的夜空，他可以和星群述说自己的梦想。更多时候，我会看到少女模样的云，她站在高高的山顶上，像一棵白杨树一般挺拔。风吹过她的头发，她骄傲地抬起头，眼睛里充满对未来无限的渴望。

　　有一天深夜，我被一阵奇怪的声音唤醒。我还没有清醒，分不清这是什么声音，它从何而来。这声音很刺耳，像有人点燃了一名正在演奏的萨克斯手。霞闯进了我的毡房，把我叫醒，她惊慌地说野兔子不见了。这时我终于辨认出了这是什么声音，有一头狼在一声又一声凄厉地嚎叫，就在我们毡房不远的地方。我全身寒毛直竖，连棉袄都顾不得披，带着霞冲了出去。

像银子一样皎洁的月光洒满草原，风很大，野草沙沙作响，像是无数人在唱一首悲伤的诺敏歌。天空中，光在指引我们。狼的嚎叫越来越大声，我在心里向所有的幽灵祈祷，千万不要发生惨剧了，这个家再也经不住任何打击。

翻过一座山丘，眼前是一望无际的绿草地。我看到野兔子蹲在草地上，一头巨大的公狼在她身旁，像她一样蹲着。野兔子冲着天空"嗷呜——嗷呜——"叫了一阵，然后咯吱咯吱地笑了。公狼慈爱地看着她，亲热地用头蹭野兔子的脑袋。

我们蹑手蹑脚走到野兔子与狼的身旁，狼看了我们一眼，金色的眼眸中没有敌意，像是在打量两个刚认识不久的朋友。我甚至有种感觉，我与这头狼已经认识很久了。

我的脸上湿漉漉的，分不清是泪水还是夜露。霞说，这是怎么回事？我说，也许野兔子从没说过谎，你们可以和鹰做朋友，为什么狼不能是野兔子的朋友？

霞愕然地看着野兔子和那头狼，我小声地说，还记得在你们的婚礼上，野兔子救的那头狼崽吗？也许，这就是长大后的它。霞眯起眼睛，极力辨认着眼前的狼，突然用力握住了我的胳膊。

野兔子叫着我们的名字，拍了拍狼的头。狼半是威胁半是玩笑地打了个喷嚏，弹开了野兔子摁在它脑袋上的手。野兔子却不管这些，开心地向我们跑了过来，狼慵懒地跟在她的身后，距离不远不近。

我继续对霞说，也许狼崽从火灾之后就一直跟随着野兔子，五年，十年。也许在野兔子从一个女童长成少女的漫长岁月里，这头狼一直秘密保护着她，承担起了父亲一般的责任。

　　我想起了那个对野兔子袭胸后被卡车撞死的流氓，也许他遭遇的并不是意外，是狼的复仇。我也想起了自己和这头狼在哪里见过面，当时我为了去找梳头奶奶迷失在了沙漠中，正是它把濒死的我带出了险境。也许那并不是偶然，它知道我不是敌人。

　　也许傻瓜不是野兔子，是我。也许真的是狼在天坑里杀死了骆驼。但这只是我的幻想。也许这些事情从没有发生过，站在草原深处，我想，谁能看清它的全貌呢。狼来到了我眼前，威风凛凛地围着我转圈，像一个帝王在巡视他的士兵。我们像被施展了定身法，动都不敢动一下。

　　野兔子拽着狼的鬃毛，狼龇龇牙，无奈地站在了她身旁。她得意地对我们说，这是我的好朋友，我求了它好久，今天它才答应见你们。

　　狼看出了我的惊骇，突然龇牙，恶狠狠地望着我。我感到内心深处一阵发寒，向后退了两步。野兔子急忙搂住狼的脑袋，说别闹别闹，刘文是我的好朋友，你别吓唬他。狼温柔地"呜呜"了几声，趴在了草地上，像一个晒太阳的老汉。

　　野兔子伸手拍了拍狼的脑袋，狼站了起来，盯着我，它眼中的金色越来越浓。我想叫，但是叫不出来。我想跑，却又迈不开腿。远方刮来一阵大风，草原呜咽。我站在大地上，感觉自己比一棵草芥还渺小。我似乎听到远方传来了警笛声，还有陈诺的怒骂。狼警觉地支起了耳朵，看看我们，然后扬起脖子发出了一连串的嚎叫。

我觉得全身的血都因为这狼嚎在变热，直至燃烧。四面八方传来了它同族的嚎叫回应，狂风吹不散，像狼群一般向我心中涌来。在狂风中，野兔子冲我挥挥手，说，刘文，我和霞姨该走了。我的朋友说它发现了一处没有人去过的草原，那里到处都是魔法，雪山和鲜花。我们再也不会回来了。

还没等我反应过来，野兔子带着狼跑向远方，留下一串串风铃般的笑声。她像狼一样自由无畏。霞看了我一眼，冲我挥挥手，向越来越远的他们追了过去。野兔子似乎在喊，快点啊快点。

当他们消失在草原深处的森林时，警车呼啸着停到了离我不远的地方。此时我终于能动了，可四面八方都是人影，他们是陈诺的同事。我无处可逃。这时我听到脚下碧绿的草地"沙沙"响着，像是低沉而又亲切的呼唤。于是我躺在了地上，热泪盈眶，任凭野草向我涌来，像亲人一样把我拥到了怀里。